マリー・アントワネットの恋人

藤本ひとみ

集英社文庫

この作品は、一九九九年五月、講談社文庫として刊行された
『ウィーンの密使　フランス革命秘話』を改題したものです。

目次

マリー・アントワネットの恋人

第一部　王宮シェーンブルンの鳴動

第一章　ウィーン来着

「パリは今、一触即発だ。ヴェルサイユの議場は、近衛兵に包囲されている」

幅《はば》の広い階段を三段飛ばしに走り上がり、衛兵《えいへい》の間《ま》の扉を開けると、中は、主人を待つ従僕や下級貴族、下士官たちであふれていた。普段なら、芝居や音楽、女性の話題で持ち切りなのだが、隣国フランスが風雲急を告げている昨今、宮仕えの者たちの関心は、もっぱらパリに集まっている。

「国王ルイ十六世は、武力で国民議会を解散させようとして、先月二十二日に辺境警備の諸連隊に出撃命令を出したそうだ。二十五日には、二万の外人部隊がパリからヴェルサイユに集結し、翌日には援軍の召集もかかって、今や首都近辺の兵力は三万を超えているらしい」

シェーンブルン宮殿には、廊下がない。この衛兵の間を通り抜けなければ、奥には行かれなかった。

ルーカス・エリギウス・フォン・ローゼンベルクは、肩章のせいでよけいに大きく見える軍服の肩を、扈従《こじゅう》たちの間に割り込ませる。片手で腰の剣をかばいながら人ごみに足を踏みこむと、たちまち前にいた二人の下士官から冷たい視線を向けられた。

「失敬」

言いながら体をよじって次の一歩を出すと、今度は左右にいた近習たちににらまれる。トスカナの宮廷では、いささか知られた連隊付中佐の軍服も、神聖ローマ帝国の首都ウィーンでは、田舎士官のお仕着《しきせ》としか映《うつ》らないようだった。向こうの扉までたどり着くのは、容易なことではなさそうである。

「一方パリ市の選挙民は、これに対抗しようとして市民義勇軍の編制を始め、四万八千人の動員を計画しているとのことだ。パレ・ロワイヤルには連日連夜、数千人の市民がつめかけて集会を開いている。先導者さえ現れれば、たちまち蜂起につながるだろう」

ルーカスは、壁の飾り時計を見上げる。急がねばならない。厳格な祖父フランツ・ゲオルク・フォン・ローゼンベルクは、この宮殿の何処かでルーカスが到着するまでの時間を計っているにちがいなかった。

本当なら、あと二時間は早く来られた。だが祖父の使者が館に着いた時、ルーカスは、サルヴィアーティ夫人マグダレナの服を脱がせていたのだった。

祖父の雷が苦手なルーカスは、即座に彼女の白い肌をあきらめ、言われるままにウィーンに向かって出発しようとしたが、夫人が放してくれなかった。やむなく彼女と過ごす時間を馬への鞭《むち》で稼ぎ出そうと決心し、昼下がりの至福を心行くまで堪能《たんのう》したというわけだった。

その時は、衛兵の間の混雑までは計算に入れていなかった。なにしろ七歳の折に離れて以来、ほぼ二十年ぶりのシェーンブルンである。顔見知りの従僕はすでに一人もおらず、厩舎《きゅうしゃ》の位置もうろ覚えだった。

ルーカスは、無情に動いていく時計の針を恨めしい思いで見上げながら、人々の間を縫って進もうとした。その視界に、背の高い陶器の暖炉が映る。

シェーンブルン宮殿独特のその工芸品は、白地に金泥の花蔦で飾られており、冬場には暖炉、夏場には室内装飾品として人々の目を楽しませていた。焚《た》き口は、壁に取り付けられた後部にあり、召使いたちは、専用通路を通って薪《たきぎ》を運び入れるのである。ルーカスの脳裏に、名案がひらめく。

「パリ市は、代表を議会に送り、軍隊の撤退を要求したが、国王は、これを拒否したということだ。王室の強行派である王弟アルトワ伯爵が、国王を動かしているからだと言われているが、ウィーン子なら誰もが思うことだろう。この陰には、フランス王妃の手が動いているにちがいないと」

ルーカスは身をひるがえし、衛兵の間を後にした。

「なにしろあの方は、このウィーンにいらっしゃる頃から有名だった、人を指に巻く娘だと」

背中でくずれるような笑いが広がる。人を指に巻くというのは、ウィーン独特の言いまわしで、他人を操る、あるいは支配するという意味である。

ルーカスは胸に痛みを感じながら、廊下の途中で足を止めた。召使い用通路は、人目につかないように壁と壁の間を通っている。廊下や踊り場の羽目板の一つが開くように工夫されていて、そこから出入りすることが多い。

以前この宮殿にいた頃、ルーカスは、前を歩いていた小間使いの集団が、廊下を曲がった途端に突然消えてしまうところを何度も目撃し、大騒ぎをしたものだ。訳を知ってからは、冒険ごっこや隠れ鬼に大いに利用した。

先ほど衛兵の間で話題になった人を指に巻く娘、今はフランス王妃マリー・アントワネットと呼ばれる女性と一緒にである。

ルーカスは、彼女をトワネットと呼んでいた。正式名はマリア・アントニアだったが、生まれて間もなくフランスに嫁《とつ》ぐことが決められたため、近親者間ではフランス名の愛称が使われていたのである。

三番目の羽目板を押すと、板は一瞬、弾んで手前に開く。十ツォル程の幅の狭い通路が、両側の部屋の天窓から明かりを受けて細々と続いていた。昔は、広い洞窟のように思えたものだが、今のルーカスの肩幅では、斜交《はすか》いにでもしなければとても通れない。

なつかしい思いに捕らわれながらルーカスは、長靴の下できしむ床をなだめるように歩いた。トワネットと初めて口づけたのも、この中である。もっとも彼女は十四歳半であり、ルーカスは七歳だった。

いくつかの出入口を通りすぎた後、壁越しに部屋の様子をうかがう。静かである。方角からして宮殿の中央部に差しかかっているはずだった。このあたりで外に出て、誰かに祖父フランツの居場所を聞いた方がよさそうだと考えて、ルーカスは、出入口に手をかける。

直後、向こう側から扉が開き、横木をくぐって若い女官が顔を出した。すぐさまルーカスを見つけ、表情をこわばらせる。おののく唇から今にも悲鳴が上がりそうなのを見て取って、ルーカスは彼女に飛びつき、その口を押さえて胸の中に抱えこんだ。

「お静かに」

耳元でささやきながら、悪意のないことを示すために極上の微笑を作る。

「部屋を捜しているだけです」

女官は、たちまち警戒の色を消し、体中から力を抜いて陶然とルーカスを見上げた。口をふさいでいる手を緩《ゆる》めると、溜息と共につぶやく。

「お力になれると思いますわ」

さしたる根拠もないのに胸襟を開く。女というものは、そうしたものだ。息も止まるほどに見つめ、優しく笑いかければ心を動かす。ルーカスは、自分がいつか悪事を働く時には、決して女だけは仲間に加えるまいと決心しながら彼女の体を放した。これ以上、一分も無駄にしたくない。

「トスカナ大公殿下レオポルト様と、大公付顧問で私の祖父のフランツ・ゲオルク・フォン・ローゼンベルクが、一週間ほど前からこちらに滞在しているはずだが、部屋をご存じか」

その時、出入口から、二人目の女官が姿を見せた。ルーカスと、すっかり彼の手先に成り果てた女官が止める間もなく、大声を上げる。

「曲者《くせもの》です。マリア・エリザベト様、曲者でございます。護衛の方々、お出会いくださいませ」

ルーカスは、大きく息をついた。こんなことなら衛兵の間を突っ切った方がよほど早かったと思ったが、今さら取り返しがつかない。扉の向こうで荒々しい足音が起こり、武器のきしみと共に男の声が響いた。

「おとなしく出て来い」

ルーカスは、あきらめて手袋を取り、軍服の砂塵を払った。出入口の向こうは、大公女マリア・エリザベトの部屋らしい。トスカナから不眠不休で馬を駆って来た埃だらけの姿で拝顔するのは、いささか気が咎《とが》めたが、どうにもしかたがなかった。

「わかった」

言ってルーカスは、首に巻いたクラヴァットの形を整えてから、身を屈《かが》め、出入口をくぐった。部屋の中に踏み出すと、六丁の銃口と八本の槍の穂先が、こちらに向けられている。さすがに大公女の部屋だけあり、物々しい警戒振りだった。

「たいした獲物《えもの》でなくて申しわけないな」

見渡せば、女性たちは兵の後方に下がり、一団となっている。ルーカスは、その中から素早くマリア・エリザベトの顔を見つけ出した。

二十年前に数回見かけただけの彼女をたやすく判別できたのは、祖父フランツのおかげである。フランツは、ヨーロッパ中の王皇族の似顔絵と略歴、性格を記帳した極秘の記録を持っており、一年毎に書き換えられるそれを、鞭を片手にルーカスに暗記させるのだった。

「お久しぶりでございます、マリア・エリザベト様。お元気そうでなにより」

マリア・エリザベトは、あっけに取られた。侵入者発見の知らせに、固唾《かたず》を飲んで様子を見ていれば、近衛隊にでも入れたいような気品ある青年が現れ、殺気立つ兵を睥睨《へいげい》したあげくに、親しげに呼びかけてきたのである。夢のような出来事だった。

マリア・エリザベトは、女帝マリア・テレジアの次女で現皇帝ヨーゼフ二世の妹の一人である。大公女の中では一番の美貌の持主で、かつては宮廷の多くの貴公子と浮名を流した発展家だった。だが二十代半ばで天然痘にかかったため、顔中にひどい痘痕《とうこん》が残り、麗しの薔薇と言われた美貌を失った。

かつて熱心に求愛した青年たちが、目をそむけて遠ざかって行くのを見て、マリア・エリザベトは絶望し、姉マリアンネの経営するプラハの女学校に身を沈めたのだった。時おり、こうして宮廷にやって来る以外は、外出することもない。ましてや親しくしてくれる男性など、一人もいなかった。

マリア・エリザベトは、用心深く青年を見つめる。額にこぼれ落ちる栗色の巻き髪、毅然《きぜん》とした光を放つ焦茶の瞳、軍人らしく均整の取れた体軀、どれを取っても思い当たるところはなかった。だが兵に連れて行くように命じるには、あまりにも魅力的である。

マリア・エリザベトは、おずおずと口を開いた。

「あなたの名は」

ルーカスは、唇をほころばせる。

「お忘れとは情けない」

その笑顔がルーカスの表情を幼くした。マリア・エリザベトは、胸の隅《すみ》に眠っていた一つの顔を思い出す。

「ルーク」

彼女がつぶやくと、女官の中で年配の何人かが、感嘆の声を上げた。

「まあ本当にルーク様、ですわ」

ルークというのは、ここに居住していた頃のルーカスの愛称である。五歳から七歳までの二年間を、彼は、この宮殿で皇族たちと共に過ごした。

ルーカスの祖父フランツは、皇帝ヨーゼフ二世の弟に当たるレオポルト公爵の顧問であり、レオポルトがトスカナ大公に任命されると、彼に随行してフィレンツェに渡ることになった。当時、祖父に扶養されていた幼いルーカスも、当然のことながら運命を共にせざるをえない。

ところが、フランツに付いて時おり宮廷に上がっていたルーカスは、皇族たちの人気者であり、特に大公女マリア・アントニアのお気に入りだった。彼女が別れを悲しんで泣き明かしたため、それを見かねた女帝マリア・テレジアの懇願により、ルーカスは、祖父と別れて宮殿に留《とど》まることになったのである。

それから二年、マリア・アントニアがフランスに嫁いでマリー・アントワネットと呼ばれるに至り、ルーカスも、祖父のいるトスカナに戻ったのだった。

「まあ大きくなられて」

ルーカスは、風向きの変化にうろたえる警備兵の間を通り抜け、マリア・エリザベトに歩み寄った。ウィーン宮廷の古式床しい礼儀に従い、彼女の手を求めて片膝を床につく。

「おなつかしゅうございます。お元気でしたか」

顔を伏せて手の甲に口づけると、マリア・エリザベトは、頰《ほお》を赤らめながら信じられないといった表情で首を横に振った。

「二十年振りですよ、ルーク。それにしてもなんと立派な青年になったのでしょう。夢を見ているようだわ」

後ろで、老いた女官たちがはしゃぐ。

「亡くなられたアマーリエ様そっくりにおなりになりました。ウィーンの華と謳《うた》われたあの方のお美しいかんばせが甦《よみがえ》ってきたかのよう」

「これでは、女性が放っておかないことでしょう。ローゼンベルク伯爵も、さぞご心配ですこと」

「でも、お小さい頃から、どこか女性を惹《ひ》きつけるような所がございましたよ」

「ええ、そうでした。天使のようにお可愛らしく、時々は悪魔のように冷たい方で。だからこそ、あのマリア・アントニア様も夢中におなりになったというわけ」

目を細めて見つめ入るマリア・エリザベトや浮かれ騒ぐ女官たちを前にして、ルーカスは、思いつく。この宮殿内で無駄にした時間は、彼女たちに埋め合わせてもらおうと。

いかに祖父でも、大公女の前で怒鳴り散らすわけにはいかない。ルーカスは、胸をなで下ろしながら彼女たちに向ける微笑に力をこめた。いくつになっても、祖父の雷は苦手だった。

第二章　フランスの風雲

恐れ多くも大公女マリア・エリザベトの案内で、ルーカスは、トスカナ大公レオポルトが逗留《とうりゆう》する居殿の控《ひかえ》の間《ま》に足を踏み入れた。後ろに老女官たちが従ったことは勿論《もちろん》である。

待っていたフランツ・ゲオルク・フォン・ローゼンベルクは、いつものように眦《まなじり》を決したものの、マリア・エリザベトの姿を見て二の句が継《つ》げない。

「あまりになつかしくて、つい時間を取らせました。許してください」

大公女からの直々の言葉に、フランツはかしこまる。彼女の後ろでしたり顔のルーカスをいまいましく思うものの、どうしようもなかった。

「では、これで失礼いたします。ポルドルにもよろしく伝えてください」

ポルドルというのは、大公レオポルトの愛称である。フランツは、慎んで口を開く。

「すぐにお取り次ぎいたしますゆえ、お会いになられてはいかがかと」

マリア・エリザベトは、軽やかな笑顔を見せた。

「夕食の時に会う約束をしておりますので、それを楽しみにすることにします。ルーク、後で顔をお出しなさい。積もる話でもしましょう。約束ですよ」

マリア・エリザベトは、後ろ髪を引かれる様子で退室し、それに続いて老いた女官たちも心をこめた眼差《まなざし》を残して出て行く。

その一々に会釈を返しているルーカスを見て、フランツは、頭を抱えこみたい気がした。彼の唯一人のこの孫は、女に助けられることも多い代わりに、女で難儀することもさぞ多いにちがいない。要するに女に左右される男なのだと思えて、情けなかった。

色好みは、フランス人の父親の血に決まっている。大使としてウィーンに遣わされていたラ・ロシュジャクラン侯爵である。フランスに妻子を持ちながら、ウィーンで華々しい女性遍歴を繰り広げ、フランツの愛する一人娘アマーリエまですっかり骨抜きにした。

激怒したフランツと、それを受けて立ったラ・ロシュジャクラン侯爵との間に二度の決闘が行われ、結果は、長い目で見れば五分五分だった。つまり武勇で勝《まさ》ったフランツは、侯爵をフランスに追い帰すことに成功したが、その後アマーリエの妊娠が発覚したのである。

産褥《さんじょく》でアマーリエは死亡し、生まれた子供ルーカスは、フランツの手に委《ゆだ》ねられた。

フランツは、この娘の身代わりを何が何でも立派な男に育て上げようと決心する。

フランツにとって立派な男とは、すなわち軍人のことだった。フランツは、早くからルーカスを厳しく鍛え上げる。木の寝台に直接寝かし、座るのも床の上、真冬でも暖炉のそばには決して近寄らせず、氷の張った河で水泳を教え、真夏の太陽下で武術を教え、体を作ると同時に鞭《むち》を片手に勉学にも力を入れた。もちろん女などは、そばにも寄せつけない。

ルーカスは、どんなことにも順応し、よく吸収して、フランツの理想通り見事な青年に育った。唯一つの難点は、いつも周りに女の影がまつわっていることである。一夜二夜の相手なら、フランツも目くじらを立てるつもりはない。だがルーカスの場合は、長続きする。女が離れていかないのである。フランツに言わせればそれは、職務の障害であり、時として人生のつまずきの因《もと》ともなる危険な状態だった。

フランツの教育課程の中には、女心を掌握する術までは入っていない。思い当たる事といえば、女帝マリア・テレジアの懇願に負けて二年間の宮殿暮らしを許したことぐらいである。皇族たちに取り囲まれて過ごしたあの二年の間に、ラ・ロシュジャクランの忌《い》まわしい血が、ルーカスの体内で急増したにちがいなかった。

「いいかげんにしないか。いつまで女の尻を見送っておる」

不機嫌そうなフランツの声に、ルーカスは、茶色の瞳に笑いを含んで振り返った。

「男が女の尻を見染めなくなったら、人類は滅亡いたします。我がローゼンベルク家の血を継承する者が、この私唯一人という心細い状態であるのも、ひたすら祖父君の軍人的潔癖症《けっぺきしょう》のおかげ。一族の最後の一人として私は、結婚の暁には、バリーレ単位で子孫を増やし、祖父君に献上する覚悟でございます」

フランツは、腹立たしげに咳《しわぶ》いた。

「ここはウィーンだ。下劣なトスカナ単位を使うな。行くぞ。大公殿下がお待ちかねだ」

ルーカスは右手を胸に当て、気取って一礼する。フランツは、いっそう癪にさわったらしく、向き直ってルーカスをにらんだ。

「知っているのは女のことばかりというのでは、お役に立たんぞ。先日パリから届いた『三部会新聞』に目を通したか」

ルーカスは背筋を伸ばし、平然として眉を上げる。

「読みましたよ。ミラボー伯爵の怪気炎は、なかなかのものでした。まさに国民議会の英雄といったところでしょうね。人気がいつまで保つかは、疑問ですが。とりあえず彼を向こうに回さなければならなかった年若いドルー・ブレゼ侯に、同情します」

フランツは、少々安心する。彼が丹精こめて植え付けた批判能力は、どうやら健在らしかった。いささか冷笑的なのが気になるが、将来の展望さえしっかりとつかめていれば、大勢に影響はない。

「パリでの騒ぎがこのまま大きくなった場合、我が神聖ローマ帝国は、どう動く」

突っこむように尋ねたフランツの視線の前で、ルーカスは静かな微笑を浮かべた。

「動かないのが利口というものでしょう」

眼差《まなざし》はしだいに甘さを失い、寒月のように冴える。

「水面下で、工作を凝《こ》らさねばならないとは思いますが」

フランツは、ルーカスを試そうとして更につめた。

「フランスの王妃は、我が皇帝ヨーゼフ二世陛下の末の妹君マリア・アントニア様だぞ。ご助勢せずともよいというわけか」

ルーカスは、瞳の色を深めながら慎重に口を開いた。

「先帝マリア・テレジア陛下の時代なら、君主の個人的事情が国家を動かすこともあったでしょう。だが今は、国家の事情が君主を動かす時代です。我が神聖ローマ帝国がフランスの動乱に際して動くことがあるとすれば、その理由は唯一つ、ヨーロッパの均衡を維持するためでなければなりません」

フランツは満足してうなずき、長身のルーカスを仰ぎ見る。この屈強な肉体、慧眼《けいがん》、沈着な態度、それらは皆、自分が鍛え上げたものなのだと感じて、誇らしかった。これでラ・ロシュジャクランの血さえ混じっていなければ、完璧であったのに。

その不埒《ふらち》な父親の元に、これからルーカスを送らねばならないのだと考えると、フランツは痛恨に堪《た》えなかった。だが直接の主君であるトスカナ大公レオポルトばかりか、神聖ローマ皇帝ヨーゼフ二世まで同じ意向とあっては、いかんともしがたい。

フランツは、万感の思いをこめてルーカスを眺め回し、自分の作品にして亡き愛娘の忘れ形見であるこの青年に、密《ひそ》かに別れを告げた。引き取ってから二十七年、共に暮らして二十五年目の決別だった。

「祖父君、どうかなさったのですか」

勘がいいのも自分の血だと思いながら、フランツはルーカスに背を向ける。

「行くぞ」

第三章　暴動発生

隣室に通じる出入口に歩み寄り、声をかけると、向こう側に控えていた二人の近習が素早く扉を開いた。

中は金蒔絵を施した漆の壁に囲まれた部屋で、ベーメン産のシャンデリアが二つ静かな光を投げ下ろしていた。肘かけ椅子からトスカナ大公レオポルトが立ち上がり、片手を差し出す。

「ルーカス、急に呼び立ててすまなかった」

ルーカスはその手を受け、指輪に口づけた。

「殿下のおいでにならないトスカナは、火が消えた暖炉のようです。もっとも私にとっては、鬼のいない間の何とやらですが」

大公は苦笑しながら目で椅子を勧め、自分も腰を下ろした。ルーカスは、窓際に置かれた半卓子の脇の床几《しょうぎ》を選んで座る。

大公の前で着席する権利は、本来なら将官にならなければ与えられないのだが、ルーカスは尉官時代からそれを手にしていた。特別な戦功があったわけでもないのにと、祖父フランツは訝《いぶか》しく思ったものだが、やがて見当がついた。

マリア・テレジアの次男である大公レオポルトは、ハプスブルク家の人間には珍しい艶福家で、妻との間に十六人もの子供を生《な》しながら同時に愛人を持っている。ところが大公の周辺につどう側近たちは皆、堅物で呼吸が合わず、唯一人ルーカスだけが、話のできる相手として可愛がられているのだった。

武官として教育したはずのルーカスがそんなところで評価されていようとは、フランツにしてみれば、痛恨の至りである。これもラ・ロシュジャクランの血のせいと、恨みは募るばかりだった。

「先週、私とフランツが兄上に呼ばれてここに来たのは、他でもない。フランスのブルボン家に嫁いだ妹マリア・アントニアのことだ」

ルーカスは、軽い息をつく。やはりという思いを拭えなかった。

大公の兄である神聖ローマ皇帝ヨーゼフ二世は、仏名マリー・アントワネットと呼ばれるこの妹について、以前からよく大公に相談を持ちかけていた。フランスから聞こえてくる悪評に心を痛める母マリア・テレジアを見兼ねたものの、自分一人では対処できなかったのである。

アントワネットの夜遊びがあまりに激しいと聞いた一七七七年には、大公は、事情をはっきりさせるためにヨーゼフ二世に訪仏を勧めた。その結果、フランスに渡ったヨーゼフ二世からの手紙によって意外な事実が発覚する。

フランス国王ルイ十六世は包茎であり、義務感から痛みをこらえて王妃と愛を交わしているものの、少しも楽しくないというのである。

レオポルトは、兄を介して十六世に手術を勧め、その結果、二ヵ月後にはアントワネットから母マリア・テレジアに、自分が完全に妻になったという喜びの手紙が届いて、この一件は落着した。

だが胸をなで下ろす間もなく、次々と問題が起こる。アントワネットが国費を自分のために使いすぎること、慣例を無視しすぎること、宮廷人事に口を挟みすぎること、行動があまりに軽はずみであること、国王以外の男性と親しくしすぎること。母マリア・テレジアは、娘の行状を痛嘆しながら他界した。

「あの子は、自分の仕事を何一つしていないね」

一国の公女に生まれ、一国の王妃になったアントワネットには、その務めを果たす義務があり、それを遂行するからこそ特権が許されるというものなのに、彼女は王妃としての権利をほしいままにしながら同時に市民の自由を味わおうとし、双方の義務を放り出して顧みなかった。

他人の批判を撥《は》ねつけ、肉親の忠告も無視し、自分のお気に入りで身辺を固めて我が道を突き進むアントワネットに、ヨーゼフ二世は絶望し、これでは不評を買うのもやむをえないと弟に書き送ってきていた。

だがいくら不肖の妹でも、ハプスブルク家の一員である。家長のヨーゼフ二世としては、放り出すわけにもいかない。あの手この手で何とか矯正していくよりしかたなく、兄弟間を行き来する書簡の数は、年を追って増えるばかりだった。

「あの子をフランスに嫁がせたのは、ハプスブルク家とブルボン家の友好と両国の平和のためであったというのに、これでは国際紛争の火種になりかねない。あの子はハプスブルクの名を汚していると、兄上はひどくお嘆きだ。ましてや今、パリは極めて危険な状態にある。民衆の不満は国王よりもあの子、ひいてはこのハプスブルク家に向かっているのだ」

言いながら大公は身を乗り出し、膝の上に肘をついてルーカスを見すえた。

「兄上も私も、あの子のことは気にしている。だが私たちは、あの子の兄である以上に、神聖ローマ帝国とトスカナ大公国の君主なのだ。いざ事が起これば、肉親の運命より自国の運命を大切にせねばならない。ルーカス、わかるか」

女帝マリア・テレジア譲りの青く澄んだ大公の瞳は、時として冷厳な光を放つ。ルーカスは息を飲んでうなずいた。話は、しだいに核心に近づいていく。

「昨年、フランスのグルノーブルで起こった騒ぎと、今ヴェルサイユで起こっている騒動とは、極めて似ている。だが今回の方が、比較にならないほど規模が大きい。グルノーブルは貴族と民衆の反乱で収まったが、今回はさらに進むかもしれない。すなわち、革命だ」

ルーカスは胸が熱くなる。革命、なんと血の騒ぐ言葉だろう。起こすにしても抑えるにしても、とにかくそこには闘いがあるのだ。ルーカスは、それを好む。

「だが兄上も私も、表立った手出しはできない。なぜなら、あの子を救おうとすることは国内干渉に直結し、フランスの内輪もめに巻きこまれる危険が大きいからだ。今、帝国下のネーデルラントやハンガリー、ベーメンでは、民族主義の動きが活発化し、兄上は鎮圧に苦慮されている。またプロイセンは、ポーランドに進出して我が国の国境を脅《おびや》かしつつある。兄上も私も、フランスなどに関わり合っている時間も兵力もないのだ」

大きく息をついて大公は、椅子の背に体をもたせかけた。肘かけに乗せた片腕を上げ、顔をおおう。

「世界情勢も家の立場も無視したあの子の自己本位には、まったく困ったものだ。もう三十歳も半ばになるというのに、いつまでたっても幼児性が抜けないのだからな。ルイ十六世陛下も、もう少ししっかりしてくださって、あの子を押さえてくれるとよいのだが」

ルーカスは、自嘲的な笑いを浮かべた。

「それは、ご無理というものです。なにしろトワネット様は、人を指に巻くお方ですから」

歯に衣《きぬ》を着せない言い方が、大公の苦笑を誘う。大公は気を取り直して手を下げ、頼もしそうにルーカスを見た。

「そういうあの子を振り回すことのできる唯一人の人間が、ルーカス、おまえというわけだ」

ルーカスは視線を伏せ、昔の思い出を見つめる。

「もう二十年近くも前のことです。トワネット様も私も子供でしたから。今頃は私のことなどお忘れになっていることでしょう」

大公女の中で一番の美人と評判を取ったのは、先ほど再会したマリア・エリザベトである。アントワネットは、いつもそれをうらやんでいた。だがルーカスの助言で気がついたのだ。美貌が、必ずしも人の心を捕らえるとは限らないということに。

「ねえルーカス、私ね、一番美しいのはエリザベト姉様でも、一番もてはやされるのはこの私だと、きっと皆に言わせてみせるわ」

間もなくマリア・エリザベトは天然痘にかかり、アントワネットの好敵手の地位から脱落した。アントワネットは、心から姉の不幸を悲しんだが、この世の美と称賛の儚《はかな》さを、そこから学び取ることはしなかった。フランスに嫁ぐ二年前の出来事である。

「兄上と長時間に亘《わた》って話したのだが、あの子に直言でき、動かすことのできる人間は、やはりルーカスをおいていないのではないかという結論に達した。パリは、混乱の最中《さなか》にあり、あの子を送りこんだオーストリアは、民衆からも王侯貴族からも蛇蝎《だかつ》のように憎まれている。だが君なら、半分はフランス人だ。しかも君の父君ラ・ロシュジャクラン侯爵は、ルイ十六世陛下の側近でもある。その子息なら、宮廷にも容易《たやす》く入りこむことができるだろう」

ルーカスは、大公の意図を察して背筋を正した。パリに行けと命じている。

「あの子に教え諭《さと》してほしい。今の国家機構の中では、国王も王妃も、一つの機関として動かねばならないのだということを。あの子の頭の中では、いまだに絶対王政が光り輝いているのだ。国家も領土も国民も、あの子は自分の持ち物だと思っている。ルイ十四世陛下のおっしゃった『朕《ちん》は国家なり』の世界を、そのまま生きようとしているのだ。時代錯誤は破滅への道標になる」

言葉を切って大公は立ち上がり、漆をぬった胡桃材《くるみざい》の壁にはめこまれている自分と兄の肖像画に視線を上げた。二人が堅く握手を交わしているその絵は、ローマでの会見を記念して二十年前に描かれたものである。

「兄上は、神聖ローマ皇帝であられるご自分を、国民の従僕と公言された。君主とは、国民を支配する者ではなく、民のために奉仕する人間の代表であるというのが兄上のお考えだ。私も同じ気持でいる。そうでなければ王族は、この先、生き延びることすらできないだろう。我々は今、時代の審判にさらされているのだ」

確信をこめて言いながら大公は、ルーカスの前に歩み寄る。

「ハプスブルクのためにフランスに行き、あの子をおとなしくさせてくれないか。そして助言し、忠告して王妃としての務めに勤《いそ》しませてほしい」

ルーカスは緊張して口を開く。

「その場合、私は、どのような権限で行動することになるのでしょうか。帝室、あるいは大公殿下の使臣としてですか。それとも私個人としてですか」

大公は顔をゆがめた。さすがに老フランツの仕こみだけあり、細部まで神経が行き届く。味方にすれば頼もしいが、敵にすれば手ごわく、また利用しようとすれば痛い目に遇うにちがいなかった。腹を割って話すよりない。

「有体《ありてい》に申せば、今のフランスの状況は、あの国の力を弱めている。それはそれで結構なことだ。だが反乱が過熱しすぎ、王政がくつがえされるようなことになってはまずい。それは早晩、我が国にも波及し、帝室に抵抗する勢力に力を与えるからだ。こちらとしては、そんな事態に陥《おちい》らないように、王家と反乱勢力をうまく御し、均衡をはかっていきたい。そのためには、この騒動の原因の一つがハプスブルク家の大公女にあるという汚名は、早々に拭っておかねばならないというわけだ。またこれに関してオーストリアが動いたという印象ももたれたくない。フランスの現状は、先ほど説明した通りだ。ここでオーストリアの動きがもれれば、どんな勢力のどんな口実に利用されるか知れたものではない。フランス国内のいざこざに足を掬《すく》われていると帝国内の焦眉の急に対応できないというのが兄上のお考えであり、私の意見でもある」

ルーカスは、焦茶の瞳に鋭利な光をまたたかせる。

「つまり私は、密使であるわけですね。帝国やハプスブルク家は、私への命令を厳秘に付しておきたいと」

はっきりと言い直されて、大公は、やむなくうなずいた。

「その通りだ」

ルーカスは、闘志に満ちた笑いを浮かべる。

アントワネットとの再会も、父との初めての対面も興味深かったが、何より心を惹《ひ》かれたのは、動乱のパリをこの目で見、その熱狂を実際に呼吸できるということだった。噂《うわさ》や新聞記事でしか知らない激昂の坩堝《るつぼ》に飛びこみ、そこに身を浸して生きる毎日は、何と刺激的なことだろう。

体中の血がわき返る思いで、ルーカスは、両手を拳に握りしめる。今すぐにでもパリに飛んで行きたかった。だが問題は、祖父フランツである。

ルーカスは、視線だけを動かして祖父の姿を捕らえた。ルーカスの誕生すら侯爵に知らせていない頑固者が、ラ・ロシュジャクラン家を足場に活動を強《し》いられることになる今回の役回りを、喜んでいるはずはなかった。

加えて高齢でもあり、ここでルーカスが旅立てば一人残されることになる。ましてやフランスは騒然としており、ルーカスは帝国の保護の外に置かれるのだ。運がなければ、これでこの世の別れになるかもしれなかった。

ルーカスは祖父を見つめ、彼の返事を待つ。もし反対するのならば、押して出かけることはしたくなかった。いくら気丈でも、やはり年寄りである。可哀想だという思いが先に立つ。

ルーカスの視線の先で、フランツは、わずかに咳《しわぶ》いた。堅い表情をくずさず、横顔を見せたまま身じろぎもしない。不審に思うルーカスに、大公が言った。

「フランツには、すでに了解を得てある」

ルーカスは、わずかに目を細める。先ほどの祖父のしみじみとした眼差《まなざし》が思い出された。

「金子《きんす》、通行証を初めとして、すべての用意は整っている。ルーカス、パリに行ってくれるか」

ルーカスは立ち上がり、姿勢を正した。祖父の決意を無駄にはできない。

「祖父がお受けしたものならば、私の気持をお尋ねになるまでもありません。慎んで行かせていただきます」

敬礼してルーカスは、そのまま祖父に向き直った。

「立派に務めを果たし、必ず戻ります。どうか」

その声に重ねるようにけたたましい足音が起こり、肩越しに叫びが上がる。

「ただ今、パリより火急の使者が玄関に到着いたしました。こちらに向かっておりますが、いかがいたしましょう」

一気に緊張する空気の中に、大公の答えが響いた。

「通せ」

ルーカスは、素早く壁際に下がり、祖父と肩を並べる。近習があわただしく扉を開け放ち、やがて疲労困憊《ひろうこんぱい》した使者が、宮殿の従僕に抱えられるようにして姿を見せた。

「ご無礼ながらご挨拶《あいさつ》方、割愛させていただきます。七月十二日、朝九時、財務総監ネッケル罷免《ひめん》の知らせがパリに届き、同日午後四時、パレ・ロワイヤルにつめ掛けていた民衆が動き出しました」

ルーカスは息をつめる。

「煽動家の挑発に乗った彼らは、オペラ座に押しかけ興行を中止させると共に、クルティウス蠟人形館《ろうにんぎょうかん》からネッケルとオルレアン公爵の胸像を略奪し、それを掲げてサン・トノレ街を行進、ランベスク公率いる竜騎兵と小競り合いを繰り返しながら数を増し、暴徒と化しました。これに対してパリ防衛司令官ブザンヴァル男爵は、この鎮圧を断念し、全隊を部署から引き上げさせたそうです。このために市内は、無政府状態となり、入市税徴収所や商店、貴族の館が、次々と焼き打ちにあっています。また民衆は、国王軍との対立を予想して武装を要求し、市庁舎に押しかけ、十四日朝には廃兵院に押し入って三万余の銃と二十の大砲を強奪しました。現在は、火薬を求めてサン・タントワーヌ街二三二番地にあるバスティーユ要塞に進行中です」

大公が、うなるようにつぶやく。

「ついに革命か」

ルーカスは、音を立てて踵《かかと》を打ち合わせ、大公に向き直った。

「このままパリに発《た》たせていただきます。トワネット様のことは、ご心配なく。ハプスブルク家が後ろ指を指されることのないよう誠心誠意ご指導申し上げ、かつお守りいたします」

大公がうなずくのを確認して、ルーカスは祖父を振り返る。

「必ず戻ります。どうかそれまで、ご健勝で」

体が火を噴きそうに熱く、走り出さずにはいられなかった。

第二部　宮殿ヴェルサイユの攻守

第一章　指に巻くか巻かれるか

ルーカスは、マリアヒルファー街道を東に取り、リンツからパッサウ、レーゲンスブルクを経て、ハイデルベルクに抜ける。さらにメッツ、シャロン、モーとたどって、打ち壊されたラ・ヴィレット入市税徴収所を通り、パリ市に入った。七月二十六日の昼過ぎである。

不眠不休で馬を乗り継ぎ、約二百七十マイレを六日で駆け抜けてなお意気軒昂《いきけんこう》であり、好奇心にあふれていた。

聖マルタンの鉄柵を越えると、ようやく畑が途絶え、道の両側に建物が並び始める。正面には、左右に植えこみを配した聖マルタン市門が見えた。それを潜って市内に踏みこむと、火薬と焦土の匂いが鼻を突く。

空気は、騒然としていた。通りや街角に、ピックを握った多くの男たちがたむろし、パン屋の店先には気が遠くなるほど長い女たちの行列ができている。

「市の永久委員会に行ってみなよ。バスティーユ解体作業の臨時雇いを募集してる。うまくピエール・パロワ親方の下に入れりゃ、一日三十六スーになるって話だ。仕事にあぶれた連中が殺到してるんで、相当待たされるがな。実は俺も順番待ちだ」

「小金がありゃ、パレ・ロワイヤルの勲章屋に行った方が早い。バスティーユの解体現場で支給されている赤い身分証明書を、十二リーヴルで売っているんだ。それがありゃ作業に紛れこめる」

「バスティーユなら、獄房の案内人も募集してるぜ。見物人が押しかけるんで、解体作業の邪魔にならないようにパロワ親方が有料の見学コースを組んだんだってさ。解体の時に出る石や鉄で、要塞の模型や賞牌を作ったりもしているらしい」

「あいつは、バスティーユのおかげで大儲けだ。こっちは、あのせいで上得意の貴族どもの逃亡が始まって、商売上がったりだぜ」

「今日のパンは、十四スーだってさ。一年前にゃ八スーだったのに。うちの亭主の日当は、十スーなんだよ。バスティーユが落ちたって、何も変わりゃしないじゃないか。おまけに品薄ときてる。いったい何時間並ばせるつもりなんだよ」

「バイイみたいな薄のろを、市長にしとくから駄目なのさ」

「あたしゃ、三日前にこの目で王様を見たよ。ヴェルサイユからパリにいらして、市庁舎に入られたんだ。何の飾りもない燕尾服を着てらした。感動で涙が出て、思わず万歳と言っちまったよ。貴族やオーストリア女にだまされておられるお気の毒な方だよ」

「ラファイエット将軍が言ってる国民衛兵の祖国色の新しい制服ってのは、自前でそろえるんだってね。武器までだよ。そいで来月の九日に、各地区の教会で軍旗を祝福する式典をやらかすんだってさ」

見慣れない軍服を着たルーカスが通り過ぎると、彼らは一様に口を閉ざし、胡散臭《うさんくさ》そうな顔付きで見送りながら、目と目で合図を交わし合った。

早馬が頻繁《ひんぱん》に通り過ぎ、略奪を受けた道路沿いの館の中で、時おり壁のくずれ落ちる音が響く。家々の玄関脇にはアジびらや風刺画が張り付けられ、中でもアントワネットは、オーストリア女と呼ばれて散々なこきおろされ方をしていた。

ルーカスは、とりあえずラ・ロシュジャクラン邸に行った方がよいだろうと判断する。誰かに場所を聞かなければならなかったが、街頭で武器を手に徒党を組んでいる男たちに向かって、オーストリア訛《なま》りのフランス語で話しかけるのは危険に思われた。

適当な相手を捜して聖マルタン街を下って行くと、ジュリアン修道会の角から、馬に乗った三人の男が姿を見せる。ルーカスの前方を横切り、細い小路に入って行こうとしていた。

服装は三人ともまちまちだが、帽子と上着につけた三色のそろいの花形記章を見れば、秩序ある団体に所属していることは明らかである。ルーカスは馬の腹に軽く踵《かかと》を打ちつけて追いかけ、声を掛けた。

「ラ・ロシュジャクラン侯爵邸に行きたいんだが、道を教えてくれないか」

彼らは振り返り、太陽を背にしたルーカスを眩《まぶ》しそうに見た。最年長と思われる男が馬の向きを変え、ルーカスに歩み寄る。

「あなたの名は。ラ・ロシュジャクラン侯と、どういうご関係ですか」

ルーカスは、名乗ろうとしてしばし考えた。オーストリア人と知られない方が便利かもしれない。それで自分の名ルーカス・エリギウスを、フランス読みに直し、後ろに侯爵の家名をつけて答えた。

「私は、リュック・エロワ・ドゥ・ラ・ロシュジャクラン。遠縁の者だ。パリで暴動が起きたと聞いて駆けつけて来た」

年若い男が皮肉げな笑いを浮かべ、鞍の前輪に腕を置きながらルーカスの方に身を乗り出す。

「暴動ではない、革命だ。バスティーユ陥落により、政治の主導権は国民議会に移管された。三日前、国王はパリに出向いて三色の帽章を受け取り、自分がフランス人の父にして自由な人民の王であることを認めたのだ。これを革命と言わずして何と言う」

ルーカスは眉を上げた。

「これは失礼。で、ラ・ロシュジャクラン侯爵の館は、どこなんだい」

軽く往《い》なされて、若い男は気色《けしき》ばんだ。

「きさま、国民衛兵を愚弄《ぐろう》する気か」

年配者が後ろを向いてそれを押さえ、再びルーカスに向き直る。

「侯爵邸は、アンファシ・ルージュ区にあります。場所は、この先を左に折れ、まっすぐ行って突き当たりのヴィエイユ・デュ・タンプル街を左に曲がった所にあるフラン・ブールジュワ通りの角です。もっとも今は、三部会、改め立憲国民議会の開会中ですから、ご本人はヴェルサイユの方にいると思いますが」

ルーカスは微笑《ほほえ》んだ。

「詳《くわ》しいな」

すると男は、それまでの慎重さとは打って変わった無造作なしぐさで帽子の天辺をつかみ、軽く持ち上げた。

「革命前まで、お館に出入りしておりました。ご本人にお会いになりましたら、お伝えください。家具屋のモルヴィルがよろしく申しておりましたと」

屈託《くったく》のない微笑みが、豌豆豆《えんどうまめ》のような顔によく似合う。どうやら国民衛兵というのは、パリ市の選挙人たちが組織した市民義勇軍のことらしかった。若い兵は権威を確立しようとして必死だが、年配になると余裕が出るのだろう。

「必ず伝えよう」

言ってルーカスが馬の首を返そうとすると、年配の男は、急いで付け加えた。

「バスティーユ襲撃に参加した下層階級が、余勢をかって市内のあちこちで秩序を乱しています。充分、気をつけてください」

ルーカスはうなずき、馬の向きを変えながら彼らを振り返る。

「その三色記章は、革命の印か」

若い兵が、力んで答えた。

「パリ市の紋章の色である赤と青の間に、国王の色の白を配してある。パリとブルボン王家の融和を意味する国民衛兵の標章だ」

ルーカスは意外な気がした。つまりパリは、国王の存在を容認しているのだ。この革命は、王座を打倒しようとするものではないということになる。ウィーンで予想していたよりは、遥かに穏《おだ》やかな状態だった。ルーカスは胸をなで下ろすと同時に、毒気を抜かれた思いで小さな息をついた。

「そうか。ありがとう」

これなら何も泡を食って飛んで来るほどのこともなかったと思ったが、今さら戻るわけにもいかない。ともかくもラ・ロシュジャクラン邸を訪ね、ヴェルサイユでの宿泊先を聞き出して、そこまで行ってみようと思った。

「では失礼する」

手綱で軽く馬の首を叩き、聖マルタン街の方に歩み出すと、遠くで教会の鐘が鳴り始めた。それに呼応して目の前のジュリアン修道会でも、左前方の聖マルタン教会やニコラ礼拝堂でも、鐘が打ち鳴らされ始める。

驚いて馬を止めるルーカスの周りで、家々の窓がけたたましく開き、人々が顔を出した。

「警鐘だ」

しだいに大きくなる鐘の音に混じり、地を揺るがすような重々しい太鼓の連打が響き渡る。不穏さを増す空気に、大砲の発射音が拍車をかけた。やがて各戸の扉が開け放たれ、ピックや槍を掲げた人々が足音も荒く飛び出して来、たちまち路上を埋めつくす。

「さあ地区に出かけるぞ。旗はどこだ」

叫びが上がり、人々の手から手に旗が渡されて、ついに先頭にたどり着く。

「よし、行くぞ。愛国的義務を果たしに」

気勢を上げて人々は、河のように動き始めた。その脇を、先ほどの三人の兵が血相を変えて駆け抜けて行く。ルーカスもあわてて馬の腹をけり、その後に続いた。少しでも遅れれば人波に巻きこまれ、動きが取れなくなりそうだった。

「これは、何だ」

大声で怒鳴ると、一番後ろを走っていた中年の兵が振り返った。

「パリの地区が、市民に非常召集をかけたんです」

鐘の音は狂ったように激しくなり、大砲が連射される。

「武装蜂起です」

あちらこちらの小路から出て来た行列は合流し、膨《ふく》れ上《あ》がり、ついにはルーカスたちの馬の歩みを止《とど》め、押し返した。馬は後退《あとずさ》りを強《し》いられ、熱《いき》り立《た》っていななく。ルーカスは首をたたいて、しきりになだめた。

「またどこかを襲撃するのでしょう」

「まずいぞ、早く市庁舎に戻らないと」

ピックや槍の穂先が太陽の光をはね返し、興奮と緊張でこわばる市民の脂ぎった顔を照らし出す。喧噪《けんそう》の中で熱狂が生まれ、大きな渦となって人々の意思を飲みこみ、彼らの自己を吸収した。群衆が形作られ、熱を高めて一つの生命のように呼吸し、際限もなく成長していくのを、ルーカスは呆然として見下ろす。初めて目にする革命は、解き放たれた野獣のようだった。

＊

地区広場になだれこむ市民の群れを見送って、ルーカスは兵たちと別れ、アンファシ・ルージュ区に向かった。ラ・ロシュジャクラン邸はフラン・ブールジュワ通りの一角を占める大きな館で、厚い壁が作る迫持《せりもち》をくぐると、中はよく手入れされた庭園だった。

鉄の門扉のかけ金が壊れている。ルーカスは注意深くあたりに目を凝《こ》らし、広がる芝生が踏み荒らされているのを見つけた。玄関の扉に身を寄せれば、中から荒々しい物音がする。

ルーカスは、腰帯から短剣を引き抜き、握り締めて背の後ろに隠した。

瞬間、音を立てて二階と三階の窓が開け放たれ、食卓や椅子、寝台、簞笥《たんす》が次々と投げ落とされる。けたたましい音に、館内に入りこんでいる男たちの喚声が入り混じった。

「オレは、先に地区に行っているぞ」

太い声と共に扉が内側に開き、腹の出た背の低い男が銀の壺を担《かつ》いで現れる。ルーカスはとっさに男の首に左腕を巻きつけ、引きずり寄せて短剣を突きつけた。壺が足元で音を立てる。

「ゆっくり歩け」

男の後ろに隠れながらその体を押して家に踏みこむと、中はピックを片手に獲物を捜し回る男たちであふれていた。絨毯《じゅうたん》は剝がされ、絵画や彫刻は放り出され、聖櫃戸棚はあらかた引き出されて中味が散乱している。

「強盗だ、助けてくれ」

男が叫ぶと、仲間たちは手を止めてこちらを振り返り、笑いの混じった胴間声を上げた。

「おまえも、ついに年貢《ねんぐ》の納め時ってわけだ」

「女房には、寄付を集めてやるから心配すんな」

言い放って彼らは、再び家捜しにかかる。天から相手にされずに男は不貞腐《ふてくさ》れ、ルーカスは戸惑った。どうやら普通の感覚ではないらしい。

「頼むから助けてくれ。これをやる」

首を縮めながら男は、ポケットから金鎖のついた時計を引っ張り出し、ルーカスの目の前に翳《かざ》した。開いたままの蓋の裏には、女性の細密画がはめこまれている。ルーカスは、それが自宅の居間に掛かっている母アマーリエの肖像と同じ物であることを見て取り、男の首を締め上げた。

「強盗は、どちらだ」

階上で扉の音がし、威圧感のある太い声が響く。

「さあ、引き上げだ。グレーヴ広場に行くぞ」

ルーカスが顔を上げると、アンドロマヌ型の黒い帽子をかぶった背の高い男が階段を下りて来るところだった。

年の頃は、三十代後半。屈強な体に似合いの太い鼻梁と張った顎《あご》を持ち、大きな目には力がある。釦《ボタン》を外したシャツの襟元《えりもと》に灰色のスカーフを巻きつけ、厚く筋肉の盛り上がった胸には国民衛兵の印の花形記章を飾っていた。先ほどの兵たちの物より、一回り大きい。

「おい、いいかげんにしろ。行くぞ」

長靴で階段を駆け下りながら階下の男たちに声をかけ、ルーカスに目を止める。

「誰だ」

ルーカスは、男に向き直った。

「そちらの名こそ、聞きたいものだ。パリは夜盗の巣窟か」

男は意志の強さを感じさせる唇を曲げ、わずかに笑いながらゆっくりと階段を下《くだ》り切り、ルーカスの前に立った。巨漢である。

「国民衛兵隊大隊長アントワーヌ・ジョゼフ・サンテールだ」

二つの黒い瞳に考え深げな光がまたたく。たくましい体中からは、木の樽の匂いがした。

「桶屋か」

ルーカスが言うと、男たちの笑い声が起こった。サンテールも苦笑する。

「近いな。酒屋だ。サン・タントワーヌ街でビールの醸造をしている。おまえは」

ルーカスは腕を解いて男の首を放し、その手から金時計を引ったくって言った。

「リュック・エロワ・ドゥ・ラ・ロシュジャクランだ。この家とは遠縁に当たる。パリで革命が起こったと聞いて、様子を見にきたところだ」

サンテールは、まっすぐにルーカスを見すえた。

「どこから来た」

なかなか鋭い。射しこむような視線は、ルーカスの顔の上に貴族の特徴を見出そうとして間断なく動いていた。ルーカスは、笑顔でそれを逸《そ》らせる。

「北部だ」

言いながらここに来る途中で通り過ぎた村々の名を、目まぐるしく思い出した。追及されても、何とか答えられる所でなければならない。

「モーの近くのマルヌ河沿いのエトージュ村から来た」

サンテールは、なおもルーカスを見つめたままで言った。

「エトージュ村には、オーストリア人が多いわけか」

ルーカスは瞳を凝縮させる。後ろで男たちの動きが止まり、たちまち空気が緊張した。

サンテールは、笑いを含む。

「ま、いい」

言いながら彼は、ルーカスの目の底に自分の意思を押し付けた。これは、貸しだと。

ルーカスは息をつく。どうやらサンテールは、取引のできる男らしかった。

「気の毒だが、この館は、ご覧の通りの有様だ。先日のバスティーユ襲撃の際、略奪を受けた」

　ルーカスは肩をすくめる。

「今、略奪されているところかと思った」

　サンテールは、男たちを振り返った。

「この館で貴族が陰謀をたくらんでいるとの密告があり、証拠書類を捜していたところだ。だからといって我々の中に、不心得者が一人もいないということにはならんが」

　大きな目でにらみ回されて、男たちは、ばつが悪そうに顔を見合わせた。

「ま、現場というものは、こうしたものだ」

　サンテールは、ルーカスに向き直る。

「細かいことを言っていても、動きが取れんからな」

　不敵な眼差《まなざし》の底には、清濁合わせのむたくましい精神がひそんでいた。雑多な市民を率いる義勇軍の隊長ともなれば、こういう人物でなければ務まらないのかもしれない。

「運が悪かったと思って、あきらめてくれ」

　ルーカスは溜息をつきながら、惨状を見回した。

「それしかないようだな。いやだと言ってみても、どうにもなりそうもない」

　サンテールは笑って腕を伸ばし、ルーカスの背をたたく。

「そう深刻になるな。革命は富の再分配をめざす。おまえの物は、おまえに戻るさ」

なだめるような口調にけたたましい足音が重なり、出入口の扉から一人の男が飛びこんで来て叫んだ。

「先ほど蜂起した一部の地区が、フーロン邸を襲い、フーロンを虐殺、その娘婿のベルティエ・ドゥ・ソーヴィニを拉致《らち》して、大通りをこちらに向かっています」

耳をそばだてれば、遠くから人々のどよめきが伝わってくる。サンテールは、身をひるがえして階段を駆け上がった。ルーカスも、すかさず後に続く。

「被害に遭ったのは、誰だ」

走りながら聞くと、サンテールは素早く口を開いた。

「フーロンは大臣、ソーヴィニは、パリ総監だ。二人とも以前から、食料の悪質な投機人として市民の敵意を招いていた」

サンテールは廊下で足を止め、次第に大きくなる鼓笛隊の音楽と、人々のざわめきの方向を確認すると、バルベット通りに面した部屋に駆けこみ、窓と鎧戸を開け放った。

瞬間、なだれこむような喚声と共にキャトル・フィス通りの角から興奮した人々の群れが現れる。帽子の、あるいは無帽の頭上に槍やピックをきらめかせながら、市庁舎に向かって行進して行くところだった。

サンテールは窓辺に両腕をつき、眼下に差しかかる群衆を見下ろしていたが、やがてルーカスを振り返り、指を上げた。

「あれがフーロンだ」

サンテールのさし示す方向に目をやって、ルーカスは息を飲む。切り取られた頭部が、長い槍の先に突き刺され、高々と掲げられて揺れていた。口の中には、干し草と汚物がつめこまれている。投機人として人々の食料をもてあそんだ罪状によるものらしい。血みどろの胴体は縄で結わえられて馬に結ばれ、道路の上を引きずられていた。

「後ろの幌なし馬車に乗っているのが、ソーヴィニ」

まだ若いその男のフィレンツェ風の白いタフタ織りの外套《がいとう》は血にまみれ、破れていた。槍の先の生首が、時おり男の顔に突きつけられる。男が悲鳴を上げると、人々はそれを真似て奇声を発した。

憎悪に満ちた爆笑が起こり、口汚い野次が飛び、次々と唾が吐きかけられる。ピックを向ける者や、剣を手に馬車に乗りこもうとする者もおり、周りを固めた国民衛兵は、ソーヴィニをかばうのに必死だった。ルーカスは頰《ほお》をゆがめる。

「これが、パリの革命か。狂気の饗宴だな」

サンテールは、窓辺から身を起こし、ルーカスに向き直った。

「革命は、良い人間が全員幸せになり、悪党が一人残らず滅亡するような単純なものじゃない」

深い響きを含んだ声がルーカスの胸を突く。

「たとえ何割かの良い人間を犠牲にし、何割かの悪人を栄えさせたとしても、やり遂げなければならないものだ」

サンテールの黒い瞳の中に、激しい生気と孤独が光っていた。

＊

その夜を、ルーカスは、荒らされたラ・ロシュジャクランの館で過ごした。各通りに面した三つの入口は、すべて錠が壊されており、いつ誰が忍びこんで来るかわからない状態だったため、ルーカスは、やむなくそれらを一望できる三階の廊下の隅《すみ》に陣取ると、腕の中に剣と銃を抱え、壁に寄りかかって朝まで眠った。

どんな所でも、どんな心境でも、必要な睡眠だけは確保できるという特技に関して、ルーカスは祖父フランツに感謝しなければならないようだった。

明くる朝、ウィーンから携《たずさ》えてきたパンの残りを齧《かじ》り、ヴェルサイユに出発する。

相も変わらずパン屋の前には長い行列ができ、至る所に失業した男たちがうろついていた。石畳のあちらこちらにできた血だまりには野良犬が群がり、先を争って鼻先を赤くしている。

セーヴル通りから市門を出て、ヴェルサイユまで約一時間。ルーカスは王宮に行く前にまず議会を見ておこうとして、市内を一巡した。

ヴェルサイユは、小さな街である。主要通りも三本しかない。見て歩けばすぐにわかると思ったのは正しく、パリ大通りと標示されたプラタナス並木の途中にあるムニュ・プレジールの館が、それに当てられていた。

傍聴席に通じる出入口には、人集《だか》りができている。ルーカスは馬を預けた男にエキュ銀貨を握らせ、中に入った。

「暴徒を武力で鎮圧し、パリに秩序を取り戻せ」

吠えるような大声が響き、拍手が議場に満ちる。ルーカスは背伸びをし、演壇の上で筆記帳を閉じる黒い服の議員を見た。

肥満《ごうまん》した大男で、痘瘡《とうそう》の痕を派手に残した容貌は怪異というより他に言葉がない。目には傲慢な輝きがあり、額縁のように顔を取り囲んでいる大袈裟《おおげさ》な髪型や、口角の下がった唇は自己顕示欲の強さを感じさせた。ルーカスは、自分の脇で懸命に速記をしている若い男をつつく。

「あれは、誰だい」

男はもどかしそうに、首から下げたインク壺に筆記具を突っこみながら答えた。

「ロアレ出身の議員オノレ・ガブリエル・リケッティ・ドゥ・ミラボーだ」

ルーカスはウィーンで読んでいた『三部会新聞』を思い出す。あの発行人が、確かミラボー伯爵だった。

「貴族だが、第三身分から立候補して当選し、今や議会の英雄だ。六月二十三日から議事進行の鍵を握っている。ミラボー伯について書きゃ、新聞は飛ぶように売れるんだ」

ミラボーは丸めた筆記帳を手の中に握り締めると、自信に満ちた態度で背筋をそらせ、あたりに侮蔑《ぶべつ》の視線を送りながら議席に戻った。確かにあの新聞の執筆者にふさわしい態度である。

代わってまだ二十代と思われる青年が発言を求め、空身《からみ》で演壇に向かった。青白い顔に上を向いた鼻、大きな口を持っていたが、動作には品がある。両手を静かに演壇の上に置くと、青年は、明瞭な声で言い放った。

「諸君、確かに昨日、パリでは二つの首が切り落とされた。フーロンとソーヴィニだ。これらについて我々は、同情を要求されている。だが彼らの血は、それに値するほど綺麗なものだろうか」

賛否両論の叫びが上がる。青年は、それらが収まるまで落ち着いて待ち、感情を抑制した冷静な弁論を展開した。

「秩序を維持するために必要なものは、弾圧ではない。新しい憲法であり、それを擁護するための新しい軍隊である」

革命の熱狂を秘めた若々しい瞳が、ルーカスの胸に染みる。

「あいつは、誰だ」

隣で男が仕事に勤《いそ》しみながら答えた。

「ドフィネ州出身のアントワーヌ・ピエール・バルナーヴだ。このパリ革命の先鞭《せんべん》をつけた『グルノーブル屋根瓦の日』に、危険文書を配布して民衆の圧倒的支持を受けた若造さ」

グルノーブルの騒ぎは、ルーカスも聞いている。バルナーヴは、弱冠二十七歳にして、そのただ中に登場した期待の新星だった。

ルーカスは、胸が疼《うず》くような気がした。今まで知識でしか知らなかった人々が形を持って次々と目の前に立ち現れるのを見て、感動し、興奮した。彼らを相手にいずれ一勝負しなければならないだろうと考えると、震えが止まらない。

「バルナーヴも、筋は悪くないが、まだまだ青いね。今日のところは、ミラボー伯の意見が通るだろう」

ルーカスは、たぎる闘志を懸命に抑えこみながら聞いた。

「君の眼鏡に適《かな》った議員は、他にいるかい」

男は一瞬、手を止め、それから親指を立てて議場の隅を指す。

「あいつだ」

そこには、粘土で型押ししたようなこわばった姿勢で、痩《や》せた小柄な男が座っていた。髪に時代遅れの髪粉を振り、眼鏡を掛け、唇がほとんど見えないほどきつく口を結んでいる。膝の上には分厚い原稿が乗っており、それを押さえている両手は、緊張で絶え間なく震えていた。

「アラス出身のマクシミリアン・マリ・イジドール・ロベスピエールだ。あいつは演説しない。原稿を読むんだ。おかげで速記が楽だ。だからあいつの意見は、新聞に載りやすい。そこまで計算しているのさ。たいした奴だよ。なにしろあのミラボー伯がこう言ったんだ。『あの男は、遠くまで行くだろう』ってね」

ルーカスは、目を凝《こ》らしてロベスピエールを見つめる。そうして見ている限りにおいては、神経質そうなただの男だった。内に炎を秘めているのかもしれないが、それを発見するには、試金石が必要だった。今は、名と顔を覚えておくことしかできない。

ルーカスは、もう一度議場を見渡してから、人ごみを縫って外に出た。馬に飛び乗り、王宮に向かう。逸《はや》る気持に駆り立てられ、鞭《むち》を振るって大通りを駆け抜けながら思った。革命は、今を盛りと燃えている。押し止《とど》めることは、もはや不可能だろう。だがその中に、多くの矛盾する要素をはらんでいることも事実だった。

今にそれが押さえようもなく噴出し、彼らを分裂させるだろう。その時、王家がどう動くかで、これからのすべてが決まってくるにちがいなかった。

歴史が音を立てて回転し、新しい舞台にふさわしい人間を呼びこんでいるのを感じて、ルーカスは身震いする。その舞台に乗ることのできる人間以外は闇の中に振り捨てられ、忘れられていくのだ。アントワネットは、どちらに属するのだろう。時代の光を浴び、その中で永遠に生きるのか、それとも。

＊

ヴェルサイユの宮殿は、パリ大通りの突き当たりにある。両側に大小の厩舎《きゅうしゃ》を配したアルム広場を横切ると、金の紋章を掲げた青銅の鉄柵門に行き当たった。その向こう遥かに広がる内庭の正面に、宮殿が見える。

ルーカスは、見咎《みとが》められないのをいいことに内庭を仕切る格子柵まで馬を乗りつけた。あたりには今、着いたばかりらしい貴族の馬車が幾台か止まっており、門衛たちは忙しそうである。

とりあえずラ・ロシュジャクラン侯爵を訪ね、親子の名乗りでもしてみようと思いながら、ルーカスは馬を下り、宮殿を見回した。ウィーンのシェーンブルン宮やベルヴェデーレ宮を見慣れている目には、装飾過多の旧時代的建物と映り、さしたる感慨はない。正面のバルコニー上に掲げられた金張り青銅の時計が五時少し前で止まっていることだけが不思議だった。

「こら、こんな所まで馬で来ちゃいかん。ここは公爵様以上だ」

ようやくやって来た門衛に、ルーカスはピストール貨幣を握らせ、口をつぐませる。

「ラ・ロシュジャクラン侯に会いたいんだが」

門衛は、手綱を受け取りながら宮殿中央棟を振り返った。

「侯爵様なら屋階に居殿を持っていらっしゃる。あそこから入れば、衛兵が取り次いでくれるよ」

ルーカスは、指差された右側の翼館に向かう。出入口をくぐろうとすると、その両側に立っていた二人の衛兵に見咎められた。

「どこへ行く」

ルーカスが用を告げると、二人は目配《めくばせ》を交わし、肩に担いでいた銃を下ろした。

「侯はパリに戻られた。市内の居館をお訪ねするがいい。さ、帰れ」

胸に銃口を突きつけられて、ルーカスは眉を上げる。

「危ないな」

二人の表情は固く、緊張している。金をつかませたぐらいでは、とても動きそうもなかった。おそらく上層部から命令が出ているのだろう。となれば、ここで押し問答を重ねていても時間の無駄だった。

「わかった。では、代わりに王妃にお会いしたい。どこに行けばいい」

兵たちは表情を和《やわ》らげ、南側の棟を指す。

「王妃様の居殿は、あちらだ」

ルーカスは丁寧《ていねい》に礼を言い、彼らに背を向けた。胸に疑問が渦を巻く。なぜ侯爵に会わせないのだろう。パリで革命騒ぎが起こっている昨今、あまり呑気《のんき》な理由は考えられそうもなかった。

身が締まる思いでルーカスは、足早に内庭を突っ切る。金にぬられた大理石柱の間をくぐると、二階に上る幅の広い階段が見えた。色彩豊かな大理石を使い、踊り場を挟んで蝸牛《かたつむり》の殻のように曲がっている。吹き抜けの両側は、だまし絵と手摺《てすり》のある廻廊《かいろう》で飾られていた。

上り切った所は、大理石の壁とフレスコ画の天井を持つ重厚な部屋で、窓が少ないために暗い感じがした。乱雑に置かれた銃架や鉄製の簡易ベッド、携帯椅子の間に、赤の袖飾りをつけた衛兵たちが待機している。

窓辺に立っていた二人の兵が、ルーカスを見つけてすかさず歩み寄り、両側から取り囲んだ。体で、ルーカスの退路と進路を断ちながら尋ねる。

「お名前とご用件を」

ルーカスは、微笑しながら二人を代わる代わる見た。王妃の居殿内なら、オーストリアの名にもまだまだ力があるはずだった。

「ルーカス・エリギウス・フォン・ローゼンベルク。ウィーンから来ました。マリー・アントワネット様にお伝えください。ルークが会いに来たと」

二人の衛兵はうなずき、長靴の踵《かかと》で寄せ木の床を二度打った。部屋につめていた兵たちが走り寄り、出入口に向かって列を作りながら姿勢を正す。ルーカスは、その前を通って次の間に踏みこんだ。そこでも兵たちが直立している。

「ただ今王妃様は、内殿の方におられます。こちらでしばらくお待ちください」

案内された部屋は、正面にトルコの青い大理石で作られた美しい暖炉を持ち、壁布から絨毯《じゅうたん》、暖炉用衝立、床几《しょうぎ》や中国風椅子の上掛けに至るまで緑色でまとめられていた。天井の彎曲部《わんきょくぶ》に黄金の彫像を飾り、部屋の四方にはニスぬりの隅簞笥《すみだんす》を配してある。

まだ日が高いため照明器具は取り外されていたが、夜ともなれば金ぬりのシャンデリアや、枝付燭台で彩《いろど》られるにちがいなかった。

ルーカスは、パリの街頭にあふれていた失業者たち、狂気の群をなす民衆を思った。五リューほどの距離にありながら、地獄と天国ほどのこの差はどうだろう。それを埋めようとして民衆は、あれほどに熱狂するのかもしれなかった。

先王ルイ十五世を織り出したタピストリーがわずかに揺れ、その向こうをあわただしい足音がいくつも走りすぎる。ルーカスは壁に耳を寄せ、それらが蝶番《ちょうつがい》のきしみと共に、隣の部屋に入りこむのを確認した。

「ルークですって」

金泥をあしらった白い扉の向こうで、上ずった声が上がる。

「ウィーンからルークが、本当に来たというの」

どうやら足音は、アントワネットとお付きの女官たちらしい。壁の向こうは、内殿になっているのだろう。ルーカスは苦笑する。三十半ばになっても興奮して走り回り、隣の部屋まで筒抜けになるような声を上げるようでは、実の兄から幼児性が抜けないと言われても確かにしかたがなさそうだった。

「二十年ぶりよ。なんだか怖い。鏡を見せてください。ああ、せめて前以《まえもっ》て誰かを知らせによこしてくだされば、一番綺麗な青い服を用意しておいたのに。でも、いいわ。しかたがない。扉をお開けなさい。行きます」

両開きの扉が開け放たれ、ルーカスは、振り向く。そこに、二十年を経てふくよかな女性となったアントワネットが立っていた。

明るい銀緑の英国風ローブを着、白い天鵞絨《びろうど》地に羽を差したボネをかぶっている。長い鼻と顎、少し突き出した下唇は昔のままだったが、大きな襟刳《えりぐり》からのぞく豊かな胸と、膨《ふく》らみをおびた手は、彼女が確実に充実の年齢に差しかかっていることを示していた。美しかった金髪は、髪粉を振っているためにほとんど白く見える。

「お久しぶりでございます」

ゆっくりと頭を下げるルーカスの前で、アントワネットは立ちつくす。別れた時、彼女は十四歳半、ルーカスは七歳だった。
十四、五歳の娘は、すでに結婚適齢期の女性であり、服装も大人とさして変わらない。その意味では二十年経っても基本的な変化はなかったが、男性の七歳は、まだ子供であり、二十七歳の青年との差は驚異的である。
アントワネットは、今目の前に現れた精悍《せいかん》な将校と、小さかったあのルークを容易に結びつけることができず、驚きの色を浮かべて言葉を呑んだ。

ゲルマンの血を感じさせる均整の取れた長身、切りこんだように鋭い容貌は、ここヴェルサイユでは、めったに見られない。アントワネットの驚愕《きょうがく》は、次第に喜びに変わり、感情をよく映す青い瞳にそれがあふれ出た。

「よく来てくれました。ルーク、本当に久しぶりね」

差し出されたアントワネットの手に、ルーカスはウィーン風に口づける。

「パリで革命と聞いて、案じていましたが、ヴェルサイユではまだ混乱には至っていないようで安心しました」

伏せた視線を上げると、アントワネットの嬉《うれ》しそうな眼差《まなざし》とぶつかった。

「それでわかりました。あなたが突然いらした訳が」

大きな目が、陶然とした微笑を含んできらめく。

「私を助けに来てくれたのですね。まあ皆が逃げ出そうとしているこんな時期に。いったい何が、あなたにそれほどの勇気を持たせたのでしょう」

ルーカスはうつむいた。彼女が求めている答は、恋である。激しい恋に駆り立てられて、一人の男が自分を救いに駆けつけて来たのだと思いたがっている。相も変わらず夢の中で羽ばたいているロマンチストである。

フランスに嫁いで二十年にもなるというのに、彼女を変える人間は、ブルボン家の中にも側近たちの中にも、ただの一人もいなかったらしい。そのお粗末さに、ルーカスは呆《あき》れながら、どうしたものかと考えた。

好きなように思わせておきながら管理し、動かしていくのも一つの方法ではある。だがそれでは、危険が大きすぎるように思えた。いつまでも夢見る少女のままでは、他人にも利用される可能性がある。加えてアントワネットに悪い癖があることを、ルーカスは知っている。

アントワネットは、自分を愛する者、自分に忠誠を捧げる者を、翻弄《ほんろう》して楽しむ。二十年もの歳月を経ながら、なお彼女のためにウィーンから駆けつけて来たなどということを肯定すれば、どれほど有頂天になるかは想像もつかなかった。

それほどに相手を逆上《のぼ》せ上がらせることのできる自分に陶酔し、その力を使ってみたくて我慢できなくなるのである。そうなったら、手に負えない。

やはりここは、少し締めておいた方がいいだろうと考えてルーカスは顔を上げ、まっすぐにアントワネットを見つめた。

「私が来たのは、お救いするためではありません。それどころか、あなた様にお仕置きをするためです」

アントワネットは一瞬、瞳の動きを止め、それから吹き出した。半ば広げた扇子で口元をおおう。

「そうでしたね。ルークは、いつも意地悪で、私の思い通りになってくれたことなど一度もありませんでした。でも私は、それが気に入っていたのですよ」

ルーカスは冷笑した。

「恐れながらそれは、気に入っていたというより、気になっていたというべきでしょう。トワネット様は、何事もご自分の思い通りでなければ満足しないお方。一人でも逆らう者がいれば、その心を征服するまで、関わり合わずにいられないのです。母君マリア・テレジア陛下に泣きついてまで私をおそばにお留《とど》めになったのも、ただ完全に飼い馴らしたかっただけのこと」

アントワネットは、鋭い音をたてて扇子を閉じた。長い顔からは血の気が引き、半ば以上も露《あらわ》になっている丸みを帯びた肩は、小刻みに震えている。

「無礼な。それが二十年ぶりのあなたの挨拶《あいさつ》ですか。ええ、確かにうけたまわりました。遠路はるばる、ご苦労でした。下がりなさい」

ルーカスは頭を下げ、数歩後ずさりしてからアントワネットに背を向けた。ゆっくりと出入口に向かう。胸には確信があった。このまま彼女が黙っていられるはずはない。必ず引き止めるに決まっている。

やがて後ろで、涙声が響いた。

「帰るのですか、冷たい人。か弱い女が一人で、このフランスに残っていなければならないというのに」

ルーカスは振り向く。アントワネットの白い頬《ほお》には、涙が一筋伝わっていた。ルーカスは息をつく。

この涙と声を、かつてアントワネットは、シェーンブルン宮の鏡の前で練習したのだ。どうすれば鼻声にならず、また鼻水を出さずに、美しい涙だけをこぼして相手を説得できるか。そそのかしたのは、ルーカスだった。

聖ニコラウスの祝日にぜひとも人形がほしいと願っていたアントワネットに、笑顔で懇願するよりも涙混じりに押した方が強力だと教えたのである。以降、彼女は、その手を頻繁に使う。

それを冷笑することは簡単だったし、皮肉まじりの会話はルーカスの趣味でもあったが、彼の方にもアントワネットの懐に飛びこまねばならない事情がある。このあたりで妥協した方が無難だろうと思えた。

「トワネット様が私をお望みになるのなら、喜んでおそばにお仕えいたします。元々そのつもりでウィーンを出て来たのですから」

アントワネットの目に、勝ち誇ったような光が宿る。ルーカスは、それを押さえつけようとして強くにらみすえた。

「ただし私を指に巻くような真似は、ご無用に願います。時間の無駄ですから。私は、トワネット様をよく存じています。あなた様ご自身よりもずっとよく」

アントワネットは長い睫《まつげ》を伏せ、瞳を隠した。

「思い出しましたわ。あなたと私は、共犯者でしたわね」

くやしそうな表情が、ルーカスに、幼い彼女を思い出させる。宮殿の廊下の隅で、よく地団駄を踏んで泣いていた。ルーカスが初めて出会った時もである。

『お母様が構《かま》ってくださらないのです。ご公務がお忙しいのですから、しかたのないことですけれど。でもローマ王を継承していらっしゃるヨーゼフ兄様や、お気に入りのミミ姉様、お美しいエリザベト姉様などには、よくお言葉をおかけになるというのに、私のことはお忘れになっているも同然。無念でなりません』

子供の数が多い家庭では、たいていそんなものである。普通は、子供の方があきらめ、それなりに順応していくのだが、アントワネットは違っていた。自分が注目されない現実などというものは、断固として認めず、受け入れないのである。

それだけのたくましさと果敢さを持ち合わせながら、いたいけな赤子のように泣きじゃくる両面性がおもしろくて、ルーカスは助言した。

『ご兄弟の中で、一番目立てばよいのです。どんなことでもいい。目立つようにおやりなさい』

ルーカスは、その時、士官幼年学校の夏休みで、ウィーンに戻り、祖父フランツについて宮廷に上がっていた。アントワネットへの教示は、身をもって学んだことである。

『そうすればお母様は、私を振り向いてくださるの。本当に。でもそうだとしたら、なんて素敵なのでしょう。いいわ、やってみます。ありがとう。あなたのお名前は』

以来、シェーンブルン宮を訪れるたびに、ルーカスは新しい愛情問題を抱えて苦境に立っているアントワネットにせがまれ、あれこれと指南《しなん》してきた。

その多くは、誰も正面切っては教えてくれない処世や保身の術であり、世をうまく泳ぎ渡るための入れ知恵だった。幼い頃から皮肉屋で、大人社会を風刺することが好きだったルーカスは、それらを辛辣《しんらつ》な微笑と共に機知としてささやいたのだった。半分は冗談のつもりだった。

ところがアントワネットは持ち前の軽率さで、その結論だけを手早く自分の内に根付かせる。その結果、非常に要領のいい我儘《わがまま》娘ができあがったのだった。曰《いわ》く、人を指に巻く娘である。

それに気づいてルーカスは、愕然《がくぜん》とする。以後できるかぎり彼女を避け、影響を与えないように努めたが、すでに遅かった。人を指に巻く娘とアントワネットが非難される時、ルーカスは胸の痛みと共に思う。その彼女を指に巻いたのは、自分であったかもしれないと。

「わかりました、ルーカス。昔の関係に戻りましょう。そしてまた私に、いろいろと教えてください。なにしろ今は、あの時よりさらに大変なご時世なのですもの。私は、信頼できる助言者を必要としています。そばにいてください」

ルーカスはうなずく。何はともあれ第一段階は、なんとかうまくいったようだった。

第二章　トリアノンの逗留者

アントワネットの案内で、ルーカスは国王ルイ十六世に拝謁《はいえつ》するために王の内殿に向かう。本来の経路でいけば、鏡の廻廊《かいろう》から正殿に出、「ヴィーナスの広間《ひろま》」から入るか、もしくは一度内庭に出、先ほどルーカスが門前払いを受けた出入口の奥にある王の階段を上るか、どちらかなのだが、アントワネットは、意味深長な笑いを浮かべながら、ルーカスをまず自分の寝室に導いた。

夏用の調度で飾られたその部屋は、北側の壁に面して巨大な天蓋付寝台が備え付けられ、黄金の手摺《てすり》で仕切られていた。先ほどの広間と同じく、壁布から床几《しょうぎ》の掛け布まで同じ錦織りのトール絹布である。

花とリボンと孔雀の羽を配した華やかな図柄に、ルーカスは、めまいがした。寝台の上に張り出した天蓋は黄金で、噴水をかたどった駝鳥の羽があしらわれている。

「よくこんな所でお休みになれますね」

ルーカスが溜息をつくと、アントワネットは肩をそびやかした。

「私のために新設されたのは、天井の四隅にあるオーストリアとフランスの紋章、それに暖炉だけです。あとは、ポーランド王女で皇太后となられたマリー・レクザンスカ様からのお下がり。その前にここにいらしたのは、サヴォイア公女マリー・アデライド様、その前はバイエルン選帝侯女マリー・アンヌ様、さらに前はイスパニア王女マリー・テレーズ様。早く言えば歴代の王妃の寝室なのです」

うんざりしたように言ったアントワネットに、ルーカスは微笑する。

「つまり未来の国王が宿るところというわけ」

アントワネットは視線を冷たくした。

「あなた、しばらく会わない間にさらに下品になりましたね」

ルーカスは、ゆとりを持って会釈を返す。

「痛み入ります。せっかくのご寝室へのご案内、少しは艶《つや》っぽい話もせねば、ご意向にそむくかと存じまして」

アントワネットは憤然として黄金の手摺《てすり》の中に踏みこみ、壁布に手を掛けて捲《めく》り上げる。その陰から一枚の扉が現れて、ルーカスの目を見張らせた。アントワネットは、悪戯に成功した子供のように笑う。

「内殿への出入口です。あちらにも、もう一つあるのよ。ねえルーカス、よく私たち、シェーンブルンの召使い用通路を探検したでしょう。ここに来てこれを見た時、私、まっ先にそのことを思い出して、あなたを連れて来ればよかったと思ったのよ」

あどけない笑みが、時を押し戻す。生き生きと輝く青い瞳が愛らしかった。

「今日、それがついに現実になるんだわ。なんだか夢を見ているようよ。覚めてしまわないうちに、さあルーカス、行きましょう」

差し出されたアントワネットの柔らかな手を、ルーカスは、握り締めた。手をつなぐと、心もつながると歌った詩人は誰だったろう。まんざら嘘でもないかもしれない。

「ここは私の図書室」

誇らしげに言ってアントワネットは、自分の紋章の入った美しい装丁の書籍の上に視線を滑らせた。ルーカスは、いかめしい題名ばかりが並んだ本棚を一瞥《いちべつ》し、おそらくそれらは一度たりとも読まれたことがないにちがいないと考えた。

「本は、眺めるものではありません。読むものですよ」

さりげなく鎌《かま》をかけると、アントワネットはつないでいた手を強く引っ張って先を急いだ。

「次は撞球室、食事室、それから午睡室です」

こちらは、どの調度品も、かなり使いこまれている。ルーカスは苦笑した。

ウィーンにいた頃アントワネットには、本に関して有名な武勇伝がある。

アウグスティナ教会の弥撒《ミサ》の最中に、彼女が聖書を取り落としたため、近くにいた高位の貴婦人が拾って差し上げようとしたところ、被《おお》いだけは聖書だったものの中味は、当節不謹慎と悪評高い淫《みだ》らな恋愛小説だったのである。しかも彼女は、ルーカスを相手にそれを実践しようとした。

「何がおかしいのです」

不愉快そうにこちらをにらんだアントワネットに、ルーカスは言わずにいられなかった。

「今度ウィーンから、例の恋愛小説を取り寄せましょうか」

アントワネットは耳の端まで赤くなり、つないでいたルーカスの手をいまいましげに振り切ると、両手でスカートを持ち上げ、小走りに先に立った。ご機嫌を損ねたルーカスは、女官や扉番の近習たちの奇異な視線に耐えながらその後に続かねばならなかった。追いついたのは、螺旋《らせん》階段を下り、長い低廻廊《かいろう》を抜け、いくつかの小部屋を通り抜けて半円形階段に差しかかった時である。そこ《そこ》に二人の衛兵がいて、アントワネットに敬礼した。彼女は表情を整え、気取って聞く。

「陛下は、今どちらに」

アントワネットは小さな時から、身分が下の者に対して、常に居丈高《いたけだか》である。高貴な者は、そうあらねばならないと思っている。それは、彼女が昔仕入れた知識なのだ。今もそこから抜け出せない。

「『閣議の広間』にございます」

兄であるトスカナ大公レオポルトも、かつてはそうだった。だがしだいに民衆となじむようになり、今ではトスカナの父として愛されている。これからの王族は、そうあるべきだと考えるに至り、自己意識を改革したのだ。

アントワネットが後生大事に抱いている旧態依然とした王妃像から抜け出ることができるのは、いつのことだろう。彼女がフランスの母になる日は、果たして来るのだろうか。

「ルーク、行きますよ」

アントワネットは、青と金にぬられたブロンズの手摺《てすり》に手を置きながら階段を上り、浴槽が備え付けられた小殿の脇を通って、『閣議の広間』の扉の前に立った。

「お開けなさい」

王妃が通る時、扉は両開きにされる。中は三つの窓と四つの金ぬりの扉を持つ広い部屋で、北側にある内庭の花壇を一望することができた。グリオット大理石の暖炉の上には、セーヴル焼きの壺と大時計が置かれ、壁はミネルヴァの絵や、赤大理石で作ったローマの英雄の胸像で彩られている。

「陛下、失礼いたします」

アントワネットの声に、暖炉のそばで会議用卓子を囲んでいた男性たちが振り返る。中央で一番先に腰を上げたのがフランス国王ルイ十六世であることは、ルーカスにもすぐにわかった。

健啖家《けんたん》でありながら決して太らなかったと言われるルイ十四世の血も五代目ともなるとさすがに効力が薄れるのか、頬は丸々とし、腹部は刳形《くりかた》を描いて大きく迫《せ》り出している。だが表情は穏やかで、善意にあふれていた。

「わざわざ来なくても、使いをくれれば私が出向いたのに」

椅子を蹴散《けち》らすようにして歩み寄るルイの後ろに、寵臣たちが続く。ルーカスは素早く視線を走らせ、他の王族の顔を捜した。

王弟プロヴァンス伯爵は、すぐ後方にいたが、アルトワ伯爵の姿は見えない。従兄弟であるオルレアン公爵もいない。他にもコンデ公爵やランベスク公爵など、いく人もの大貴族が不在だった。ルーカスは考える。父ラ・ロシュジャクラン侯爵の行方が不明であることと関係があるのかもしれない。

「ウィーンから私の古いお友達が参りましたので、一刻も早く陛下にご紹介したくて」

言いながらアントワネットは、ルーカスを振り返る。

「この方がどなたか、お当てになってくださいませ。陛下が、たびたび話題にされる方のご親戚でございましてよ。よくご覧になれば、面差《おもざし》がどことなく似ておられますゆえ」

ルイは大きな目を細めたり見開いたりしながら、矯《た》めつ眇《すが》めつルーカスを見つめたが、やがて軽く両手を上げた。

「私にはわからない。誰か、王妃に勝てる者はいないか」

廷臣たちの視線を一気に浴びてルーカスは、いささか居心地が悪く、浮き腰になる。

アントワネットが、からかうように笑った。

「女性の視線を集めることには慣れていても、相手が男性では、勝手が違うようですね」

ルーカスはアントワネットをにらんだが、彼女はさっきの仕返しとばかり笑いを収めなかった。

「わかりませんな。だが似ているといえば、親衛騎兵隊将校のアンリにどこか」

アントワネットは顔を輝かせ、頼りなげなこの発言者にうなずいた。

「そうです。この方は、ラ・ロシュジャクラン侯爵がウィーンに残した忘れ形見。親衛騎兵将校アンリの異母兄に当たるルーカス・エリギウス・フォン・ローゼンベルクです」

驚きの吐息が部屋に広がる。アントワネットは得意げにうなずき、ルイは両手を差し出してルーカスの手を握り締めた。

「ラ・ロシュジャクランには、いろいろと世話になった。また同家嫡男アンリも、まだ十七歳だというのによく仕えてくれている」

ルイの手には、大きな胼胝《たこ》がいくつかあった。ルーカスは、ルイの趣味が錠前作りであることを思い出す。それを初めて知った時、ルーカスは、ルイに親しみを感じたものだ。

ハプスブルク家では、すべての男性が手に職をつける義務を持っている。マリア・テレジアの夫で、前神聖ローマ皇帝のフランツは錬金術師をめざしていたし、現皇帝ヨーゼフ二世は印刷工、トスカナ大公レオポルトは家具職人であり、その嫡男は園芸家だった。

ハプスブルクの素朴な美風を自然に備えているルイを、皇帝たちは好感を持って見つめている。だからこそアントワネットとの生活がうまくいかないとの報告を受けた時には、皇帝ヨーゼフ自ら、パリを訪れもしたのである。だが素早くフランス風の粋《いき》に染まってしまったアントワネットには、小国オーストリアの伝統は野暮に思えてならないらしかった。

「そうか。では君は、例の悲恋物語の結実というわけだな」

ルイは、どう見ても国王とは思えないほど天真爛漫《てんしんらんまん》な微笑を浮かべた。

「ラ・ロシュジャクランのウィーンでの恋は、ここヴェルサイユでは、シェークスピアのハムレットと同じくらい知られている。なにしろ本人が、誰彼となく言い触らしたのでね。相手は素晴らしく美しい娘だったが、堅物の父親が許さなかったために、二度も決闘し、見事に勝ったが、娘の方が自分の父親を傷つけた男とは一緒になれないというので、潔《いさぎよ》く引き下がったという男涙の物語だ」

ルーカスは笑いを押さえるのに苦労した。どうやら自分の父親は、かなりの見栄坊らしい。

「あと数日早く着けば、親子の対面ができたものを。残念だったね」

ルーカスは緊張し、ルイの顔色をうかがいながら口を開く。

「衛兵に、ラ・ロシュジャクラン侯爵について尋ねましたら、銃を向けられましたが」

ルイは小さな息をついた。一瞬、うつろになった瞳が、哀しみで曇る。

「バスティーユが襲撃され、パリ市が、単独で市長と国民衛兵司令官を任命した時、王族の中には、メッツに亡命しようという計画があった。だが私は、議会やパリ市民と和解していく決心をしたのだ。あくまで戦う方針を固めていた弟アルトワや、コンデ、ランベスクたちは、十六日の夜、報復を誓いながら国外に逃亡した。ラ・ロシュジャクランも一緒だ。彼は、嫡男アンリを親衛騎兵将校として私のそばに残し、自分は革命阻止と王権復古をめざして活動するために、ブリュッセルに向かった」

ルーカスは、ようやくすべてがわかったと思った。脇でプロヴァンス伯爵が、身を乗り出すようにして訊《たず》ねる。

「もちろん神聖ローマ帝国は、我々に加勢してくれるのだろうね。皇帝陛下は何とおっしゃっている」

ルーカスは姿勢を正し、視線を伏せた。

「恐れながら私は、七月十四日の報を聞き、王妃アントワネット様のご危難を懸念して駆けつけたもの。不調法ながら陛下のご意向は、うけたまわっておりません」

何度目かの溜息が、あたりに満ちる。革命の成り行きが読めない今、このまま迎合していくか、逃亡するかは思案のしどころにちがいなかった。混迷は深い。

「君は、パリから来たのだろう。状況はどうだったね。我々は、革命を打倒できるだろうか」

ルーカスは驚き、発言者に向き直った。

「陛下におかれましては、去る十七日にパリに行幸され、市民革命を承認されたと伺《うかが》っておりますが」

ルーカスの不審げな眼差《まなざし》に、ルイは口を開きかける。アントワネットの透明な声が、すかさずそれをさえぎった。

「それは表向きのことですわ。王室が、平民の前に膝を屈するなどということがあってはなりません。陛下、そうでございますわね」

決めつけられてルイは口の中の言葉を吐き出す気力を失い、そのまま呑みこみながらうなずいた。

「王妃の言う通りだ」

ルーカスは内心舌打ちする。気の弱い国王と、絶対君主を夢見る王妃などというのは、まさに最悪の組み合わせだった。

「パリの人民は、陛下を愛していますし、革命は王の存在を認めていますよ」

ルーカスの言葉にルイは心を動かされたようだったが、脇でアントワネットが冷笑すると、あわててしかつめらしい表情になった。

「それは、あちら側にも表向きというものがあるからですわ。それが政治というものですもの。私たちは下劣な要求をのむことなく、王室の栄誉を守っていかねばなりません。断固として、ただの一歩も譲ってはならないのです。ああいう輩《やから》は、人につけこむことしか考えていないのですからね」

いまいましげに言い放ったアントワネットに、皆がうなずく。賛同を得て彼女は、さらに付け加えた。

「王権は強化されるべきです。その意味でも、陛下がフランドル連隊を呼び寄せる決心をなさったのは、賢明なことでしたわ。後は日をお決めになるだけ」

優しく微笑《ほほえ》まれてルイは、すっかりよい気分になり、黙殺された自分のいくつかの意見のことなど忘れてしまう。脇で陸軍大臣サン・プリエストが、余勢をかって言った。

「議長は王党派のムーニエですから、うまくやってくれるでしょう。ラリ・トランダルからは、議会をソワッソンかコンピエーニュに移し、パリ市民の影響を根絶してはどうかという案が出ています。ネッケルも賛成していますし、あとは陛下のご決断があれば」

最後まで聞かずに、アントワネットはルーカスを振り返った。

「では私たちは、まいりましょうか」

アントワネットは、難しい話題が苦手である。すぐに退屈するところも、二十年前と同じだった。

「陛下、私たちは、これで失礼いたします。はるばる駆けつけてくれたルーカスに、宮殿内の居殿をお与えいただければ幸いです」

アントワネットの懇願を、ルイはこばんだことがない。

「屋階に、よい部屋があったかな」

ルイの問いに、貴族たちの後ろに控えていた従僕クレリーがかしこまって答える。

「大理石の内庭に面した小殿の物理室の隣がよろしいかと存じます。階段も近く、浴室もございますし、明るく、貴族の若君様にはふさわしいかと」

ルイはうなずき、ルーカスに向き直った。

「ルーカス・エリギウス・フォン・ローゼンベルク、君にその部屋を与えよう。こんな時期に、よく来てくれた。心強く思うぞ」

まっすぐにこちらを見つめたルイの二つの目は誠意と汎愛に満ち、ルーカスの胸を打った。これほど至誠にあふれ、善良さを感じさせる君主に、ルーカスは今まで一度も会ったことがなかった。それらは、国民の下僕というこれからの国王像にとって、格好の要素ではないだろうか。ルイは革命を生き抜けるかもしれない。その時ルーカスは、そう思った。

＊

「ヴェルサイユ宮殿は、もう時代遅れです。仰々しくて、しつこく飾り立てられていて。私の趣味に合いません。それで庭園の東側にあったプチ・トリアノンを改造することにしたのです」

アントワネットは広い石段を滑るように下り、ルーカスと肩を並べてラトナの泉水の脇を歩く。時おり吹き過ぎる風が噴水の水しぶきを二人の上に振りかけ、小さな虹を作った。

「先王陛下が庭園に植えられた木々は一本残らずパリに移し、新しく芝生を植え、小川や湖、洞窟を造りました。英国風にね。それが今の流行《はやり》なのです」

ルーカスは、横目でアントワネットを見る。

「そういえばあなたのその服も、英国風ですね」

アントワネットは嬉《うれ》しそうに微笑み、目を伏せながら芝生の道に足を踏み入れた。

「ええ、流行ですもの」

時好を追うことの好きなアントワネットが、なぜ国家や君主理念に関してだけそれをせずにいられるのか、ルーカスには不思議だった。思考の改革なら、庭園や服ほど費用もかからずにすむものを。

「館にも相当手を入れて、劇場も作りました。何より素敵なのは、農家を作ったことよ。水車小屋もね。私のお友達のランバル公妃は、田舎に領地を持っていて、その中にはおもちゃのような村があるのです。私も、ほしかったの。それで藁葺《わらぶ》き屋根の可愛い家を十二軒建てました。外観は、本当の農家のように素朴に。でも内装は、ヴェルサイユ宮殿以上に洗練されたものにしたのです」

満足げな溜息をつくアントワネットに、ルーカスは唇をゆがめた。

「国民は、パンがないと泣いていますよ。パリ市街の壁は、あなたの悪口で一杯だ。ご自分が赤字夫人と呼ばれていることをご存じでしょう。一国の王妃なら国民のことを考えねばなりませんよ」

アントワネットは、不愉快そうな視線をルーカスに上げる。

「あの人たちが私を嫌っているように、私もあの人たちが嫌いです。柔順で素直で礼儀を知っている善良な国民なら、好きですけれど」

ルーカスは、肩をすくめた。

「残念ながら、そんなに都合のいい人間はこの世に存在しませんね。あなたの悪評は、あなただけの問題ではすまない。ハプスブルク家全体の名誉の問題なのですよ」

アントワネットはうんざりするといった表情で口をつぐみ、両指を組んで、腕を大きく前に突き出した。午後の日差しが、芝生の上で陽炎《かげろう》を揺する。

「なんだか眠いわ。もう午睡の時間かしら」

ルーカスは咳払《せきばら》いをした。

「あなたが眠っている間も、国民は働いています。あなたの流行のためにね」

アントワネットは、ついに足を止める。

「ルーク、あなたは、私をいじめに来たのですか」

ルーカスは目をつぶり、天を仰いだ。

「こうして聞いていると、まるで十代の女性と話しているようだ。頭の中だけが少女で、体は相応に年とっているというのでは、あまりに魅力がないとは思いませんか」

ルーカスの栗色の巻き毛を風がかき乱し、精悍《せいかん》な線を描いた額に吹き散らす。美しい横顔にアントワネットは見惚《みほ》れ、瞋《ふく》れるのを忘れてしまう。

「何が言いたいのです」

聞かれてルーカスは目を開け、焦茶の瞳でアントワネットを見つめた。

「贅沢《ぜいたく》は慎み、国民のために出費をなさい。たとえばあなたが毎日使っている銀の食器、燭台などを、造幣局に送ることです。そこに装飾品を加えていただければ、なお結構」

言いながら腕を伸ばしアントワネットの首に回すと、ルーカスは、首飾りの留め金をはずして自分の手の中に収めた。

「何より美しいあなたの肌を、宝飾品が隠していますよ。お金をかけて美を減らすなどということは、愚かなことだと思いませんか」

賛美の言葉と甘やかな光をたたえた眼差《まなざし》に、アントワネットは逆らえない。彼女は、あきらめて大きな息をついた。

「わかりました。陛下にお願いして、王室の銀食器と燭台を国民に贈与するようにします。それから私の個人的な装飾品も、いくつか」

ルーカスは長い睫《まつげ》を伏せ、最敬礼した。

「王妃様のご慈悲に、心より感謝いたします」

とりあえずは収穫である。この事は、新聞を使って派手に宣伝しなければならない。それも王党派のものばかりではなく、革命派の新聞にも掲載する必要があった。記者のたくさんいる議会で、それとなく噂《うわさ》を流すのがいいかもしれない。

「あなたの言うことは聞きましたよ。次は、私のお願いを聞いてください」

アントワネットは彩色鉛の戦車とアポロンの彫像を配した大泉水の前で、散歩道を右に曲がった。芝生は途切れ、光を反射する白砂利が続く。

「これからご案内するプチ・トリアノンで、ある方に会っていただきたいの」

思いがけない申し出だった。

「逗留《とうりゅう》者ですか」

アントワネットはわずかに頰を染め、歩きながら大運河の彼方に視線を投げた。

「ええ。七月十五日に帰国されるご予定でしたが、前夜バスティーユが襲撃されたために、私を心配してくださって帰国を延ばされたのです。現在、駐仏スウェーデン連隊の大佐で、本国では軽騎兵隊の中佐をなさっており、ご身分は伯爵です」

足を進めるルーカスの視界に、エンケラドスの泉水が映る。今にも岩の中に呑みこまれようとしている巨人エンケラドスの断末魔のあがきを克明に刻んだ青銅像である。

「お名前は、ハンス・アクセル・フォン・フェルセン」

いやな予感がした。

＊

ルーカスの勘は、たいてい当たる。プチ・トリアノンの内殿に通じる随伴の間で、ルーカスが会ったハンス・アクセル・フォン・フェルセンは、三十代半ばすぎと思われる男性だった。

髪粉を振りかけた金髪の鬘《かつら》をかぶり、中高で上品な容貌をしている。優しい眼差《まなざし》と長い鼻の下が、見る者に温柔さを感じさせた。立ち上がると背は高く、痩身である。だが疲れているらしく、身のこなしは鈍重だった。

アントワネットは、まずルーカスをフェルセンに、続いてルーカスにフェルセンを紹介してから付け加える。

「私が今、心から信頼している唯一人のお友だちです」

アントワネットの青い瞳の底に哀願するような光が生まれ、ルーカスの視線にからみついた。

そういうことかとルーカスは思う。一国の王妃が、お気に入りの別邸にお気に入りの中年士官を逗留《とうりゅう》させるというのは、いかにもフランスならではのことだった。オーストリアの潔癖《けっぺき》な母帝マリア・テレジアが聞いたら、憤怒のあまり卒倒するにちがいない。

パリの街頭に張られたアジびらや風刺画の中では、アントワネットの浪費と共に、不倫についても取り沙汰《ざた》されている。煮ても焼いても食えない人間たちが量産する愚劣な出版物にも、一抹の真実はあったというわけだった。

ルーカスは不愉快になりながら、胸の中で自分の任務を反芻《はんすう》した。

アントワネットに助言し、忠告し、王妃としての務めに勤《いそ》しませ、ハプスブルクの名を守り、かつ彼女自身を守ること。この士官との関係も、なんとか清算に持ちこまなければならないだろう。

ルーカスは、二人を代わる代わる見つめながら口を開く。

「恐れながら、友人ではなく、愛人とおっしゃるべきだと思いますが」

フェルセンは、黙ったままルーカスの視線を避けるように横を向いた。アントワネットは青ざめ、頬をこわばらせてルーカスをにらむ。

「友人だから友人と言ったのです。愚にもつかない詮索《せんさく》は、おやめなさい。失礼ではありませんか」

アントワネットは、一度言い出したら決して引き下がらない。たとえ間違いが明らかになってもである。強情はマリア・テレジア譲りらしい。このまま彼女を相手にしていても無駄だと考えて、ルーカスは、フェルセンに向き直った。

「トワネット様と出会われて、何年になられますか」

フェルセンは静かに顔を上げ、格子のガラス窓の向こうに広がる芝生の庭を見つめた。松と鈴掛《すずかけ》の木々の間で、小さな湖が光る。

「初めてお会いしたのは十八歳の折ですから、もう十六年になります。スウェーデン連隊の佐官としておそばにお仕えするようになってから五年」

ルーカスは、素早く歳月を計算する。一七五五年生まれ、アントワネットと同年。出会いは一七七三年、アントワネットは、まだ皇太子妃だ。スウェーデン連隊佐官になったのは一七八四年、ルイ十六世治世下。

「ただ、ずっとフランスにいたわけではありません。スウェーデンに戻ったり、アメリカに行ったり、国王グスターヴ三世陛下に随行して諸国を歴訪したりしていましたので」

穏やかで控えめな口調で言いながら、フェルセンはアントワネットを振り返り、優しい目元に微笑を含んだ。

「実際におそばにお仕えした時間は、少なかったように思います」

アントワネットは抗議の声を上げる。

「あら、時間の長短など、問題ではありませんわ。長く一緒にいれば、心が通じ合うというものではないのですもの」

愛情があふれんばかりの眼差《まなざし》を受けてフェルセンは目を伏せ、会釈を返した。慎みというものは、元来、女性の美徳であったはずなのに、どうやらプチ・トリアノンでは、男女の立場が逆転しているらしい。

ルーカスは、アントワネットの軽率さを腹立たしく思いながら口を切る。

「では、お二人は信頼で結ばれた親友同士ということにしておきましょう。男と女の間に友情が成り立つとは、私は思いませんがね」

アントワネットは憤然としてルーカスに背を向け、フェルセンに歩み寄ると、なだめるように声をかけた。

「お気になさらないでね。ルークは、昔から意地悪で、少し下品なのです」

ルーカスは、咳払《せきばら》いをする。弥撒《ミサ》の最中に猥本を読んだり、年下の少年を相手にそれを実践に移したりする娘は、下品とは言わないのだろうか。いつものように痛烈な皮肉を飛ばしてアントワネットをやりこめたかったが、それより前に、フェルセンに一矢を打ちこんでおいた方がよいかもしれないと考え、思い止まった。せっかくの遭遇である。無駄にはしたくない。

ルーカスは獲物を狙う野獣のようにフェルセンを見つめ、弱点を探った。上品で穏やか、真面目そうに見える。こういう相手には威圧的に出た方が、案外、本音を聞き出せるものだ。ルーカスは罠《わな》を作り、フェルセンに投げかける。

「友情、愛情。お二人の関係がどちらにせよ、たいして真剣なものとは思えませんね。十代の若者でもあるまいし、分別盛りの年齢でしょう。逆上《のぼ》せるのもいいかげんになすった方が、ご名誉のためですよ」

アントワネットが顔を引きつらせるのと、フェルセンがその肩に手を乗せるのとが、同時だった。首を振って彼女の言葉を制してから、フェルセンは、ルーカスに向き直る。

「君のようにはっきりと物を言う人間には、初めて会った。こちらも同様に言わせていただくとするなら、私は、確かに王妃様に愛情を捧げている」

アントワネットの口から驚きの息がもれる。フェルセンは瞳に力をこめ、まっすぐにルーカスを見すえた。

「初めてお会いした十八の時から、ずっとだ。あの仮面舞踏会の夜が、私の運命を決めたのだ。見たところ、君も軍人のようだが、恋に捕らわれた軍人のみじめさを知っているか。私は、いやというほどそれを味わった。そこから逃れようとあらゆる努力もした。フランスを離れて旅をし、また戦争に身を投じ、軍人の妻にふさわしいいく人かの女性と付き合いもした。

だが、すべて徒労だった。長い月日も激しい戦いも別の女性も、この恋を冷ましてはくれないと知って、私はあきらめ、運命に服従する決意をしたのだ。現《うつつ》を抜かしていると言うなら言うがいい。だが真剣でないとは言わせない」

凛然《りんぜん》ときらめくフェルセンの眼差《まなざし》の前で、ルーカスは冷笑する。獲物は、完全に罠の中だった。あとは締め上げるだけである。意外と簡単だったと思いながらルーカスは、ゆっくりと唇を開いた。

「真実の愛だとおっしゃるわけですね。では伺《うかが》いたい。その真実の愛が、なぜトワネット様に影響を与えていないのでしょう」

フェルセンは目を見張る。ルーカスは、微笑を大きくした。

「私は、二十年振りにトワネット様にお会いした。だがトワネット様は、何一つお変わりになっていない。もう少しはっきり言えば、二十年間少しも成長なさっていないということです。あなたの愛は、あなたの人生を変えただけだ。ただの一歩も相手を成長させない真実の愛などというものがありますか。それは真実の愛ではなく、享楽の愛、楽しむだけの愛というものでしょう。

ご存じのようにトワネット様は、一国の王妃としてその特権にあずかりながら、義務については素知らぬ振りをなさってきた。そのそばにいてあなたは、いったい何をしていたのです。

もしあなたがご忠告申し上げていたら、トワネット様は必ずや聞き入れ、態度を改めていたはずだ。なにしろ真実の愛ということですからね。

たとえば、あなたが恋に落ちた一七七三年、あるいは佐官の位階を与えられた一七八四年でもいい、その真実の愛をもってトワネット様の軌道を修正していれば、トワネット様は、今ごろ国民の敬愛の的だったはずだ。

宿命の恋に生きる決心をした男なら、相手の立場や名誉を考え、それを守り、苦言を呈《てい》して当座の愛に水を差しても、相手を高みに導くことぐらいするのはあたりまえだと思いますがいかがでしょう。

あなたは陛下よりスウェーデン連隊の佐官を賜《たまわ》ったということですが、それにはかなりの俸給も年金もついていたはず。その下賜がトワネット様の懇願によるものであったことも、あなたにはわかっていたはずです。

とすればあなたは、赤字夫人と言われたトワネット様の軌道修正をするどころか、自分の利益のためにそれを助長した他の多くの佞臣《ねいしん》たちと同じということになります。運命の恋、真実の愛などと粋《いき》がるのは、およしなさい。あなたは、ただ恋に不慣れなだけの普通の青年だったのです。それが仮面舞踏会で、いささか軽はずみな行動をするフランス皇太子妃と接触し、一目で強い衝撃を受けた。まさにロミオとジュリエットですね。

以降は、不倫の恋に惑溺し、苦悩と陶酔のその果実を貪《むさぼ》るだけで精一杯、男としての責任などは何も考えられなかったというのが本当のところでしょう」

一気に言い放ってルーカスは、口をつぐむ。たちまち広がる沈黙の中で、フェルセンは呆然と立ちつくし、アントワネットは堅く引き結んだ唇を震わせた。大きく見開いた目でルーカスを見つめながら、透明な涙を静かに落とす。

ルーカス仕込みの流儀だった。涙の第一の効用は、相手の自己嫌悪を促《うなが》すところにある。ルーカスは必要以上に熱を帯びていた自分の言葉を思い出さずにいられず、まさに自業自得の感があった。いまいましく思いながら彼は、姿勢を正す。

「では、これにて失礼いたします」

逃げるように身をひるがえし、出入口に足を向けると、背中でフェルセンの声がした。

「私にも、一つ伺わせていただきたい」

ルーカスはやむなく立ち止まり、肩越しにフェルセンを振り返る。眼差《まなざし》がきつくなるのを止められない。ルーカスは手負《てお》いなのだ。罠にかかった獲物を切り裂こうとして、自分自身を傷つけた。

「男性と女性の間に友情が成り立つとは思わないと、君は言った。ならば君は、なぜこの危険な時期に、ここにやって来た。なぜそんなにも熱心に、そんなにも理詰《りづ》めで私たちの愛を愚弄《ぐろう》し、破壊しようとする。君のその態度の中に、王妃への愛を感じるのは私の気のせいか」

ルーカスは体をこわばらせた。先ほどフェルセンに向かって放った矢が跳《は》ね返り、まともに自分の胸深く突き刺さるのを感じて息ができなかった。

だが黒白は、はっきりとつけておかねばならない。ルーカスは痛みをこらえ、なだめながらフェルセンに向き直る。

「あなたというお方は、よくよく恋愛のことしか頭にないとみえる。目をお覚ましなさい。世の中には、熱中するに値する多くのことがありますよ。王妃の寝台に潜りこむこと の他にもね」

そうであってほしいと思った。

第三章　美貌の親衛騎兵

体を引きずるようにしてルーカスは、ヴェルサイユ宮本殿に戻った。疲れていた。すでに夕焼けもいろあせ、闇は深まっている。中央棟の各窓には蜜蠟《みつろう》の光がきらめき、夜の中に沈んでいく宮殿は、美しく大きな船のようだった。

黒みを帯びた赤大理石のドーリア式円柱が立ち並ぶ中央玄関では、部屋付の老いた従僕が一人、ルーカスの帰りを待って立っていた。

「お世話をさせていただきます、セレスタン・ギタールでございます」

祖父フランツと同年配である。ルーカスは腕を伸ばし、冷たくなったセレスタンのお仕着《しきせ》の肩を抱いた。

「待たせたな。案内を頼む」

セレスタンはかしこまり、ルーカスから銃を受け取ると、携帯用の油洋灯を掲げて先に立つ。

低廻廊《かいろう》側の廻廊を抜け、小内庭に面した半円形階段を三階まで上ると、すぐ脇がルーカスの部屋だった。三間続きの一番奥が寝室、中ほどは食事室と浴室、手前は従僕用である。

セレスタンは手にしていた銃を寝室の壁に掛けると、洋灯の火をシャンデリアと床置き燭台に移した。

「お風呂は用意ができております。お食事は、ヴェルサイユ市の食堂に注文してありますので、先に浴室の方へ」

ルーカスはうなずき、出ていくセレスタンを見送りながら剣帯を外して剣と共に寝台の上に放り投げた。

瞬間、背後でわずかに空気が動く。振り向こうとした時にはもう、脇腹に剣の切っ先が当たっていた。

「動くな」

剣先は巧みに肋骨を避け、その間に押し付けられている。二プースも突きこまれれば、完全に心臓に入る位置だった。軍人か、専門の暗殺者である。

「ヴェルサイユ内も、なかなか物騒《ぶっそう》だな」

言いながらルーカスは、素早く室内に視線を走らせ、武器を捜した。不幸なことに、銃からも剣からも遠い。手を伸ばして取れそうな物といえば、乳白色の大理石暖炉の前にある金の薪置き台、その上に置かれた青銅の胸像、蠟燭《ろうそく》の燃える枝付燭台の三つだった。

　ルーカスは少しずつ体をずらせ、剣の角度を変えながら暖炉ににじりよる。

「おっと、動くなと言っただろう。この詐欺師め」

　ルーカスは驚く。侵入した賊から、山師呼ばわりされるとは思わなかった。

「私が何をした」

　ルーカスの問いに、背中の声はせせら笑った。

「ラ・ロシュジャクラン侯爵がウィーンで子を生《な》したなどという話は、今まで聞いたことがない。おそらく侯の悲恋物語を聞き及び、本人が宮殿から姿を消したのを幸い、某《なにがし》かの俸禄《ほうろく》にあずかろうという魂胆《こんたん》だろう」

　ルーカスは鼻を鳴らした。

「私もここに来るまで聞いたことがなかった。ラ・ロシュジャクラン侯が、祖父フランツ・ゲオルク・フォン・ローゼンベルクとの決闘に二度まで勝ったなどという話は」

　剣の先がわずかに揺れる。動揺しているらしい。ルーカスは力を得、相手を取りこみにかかった。

「第一、考えてもみるがいい。男盛りの侯爵が長期間ウィーンに滞在し、美貌の娘と恋仲になって、何もなくてすむと思うか。質実剛健なオーストリア人ならともかく、侯は、恋を宗《むね》とする生粋のパリ男なのだろうが」

深い溜息が漏れ、剣先がためらう。その瞬間を見澄ましてルーカスは暖炉に飛びつくようにして枝付燭台をつかみ上げ、振り向きざまにたたき下ろした。

「やめろ。わかった」

音をたてて剣が折れ、空を飛んで、入って来ようとしていたセレスタンの足元に転がる。ルーカスの前で血の噴き出る手を押さえていたのは、まだ十代の少年だった。

細くしなやかな体を鮮烈な青の軍服に包み、肩から銀の飾り紐を斜めにかけているところを見れば、親衛騎兵らしい。たとえ最下級でも、陸軍少尉の肩書を持つ。

「アンリ様」

驚愕《きょうがく》したセレスタンのつぶやきで、ルーカスは先ほどの国王の話を思い出した。亡命する父と別れて王の側に残ったというラ・ロシュジャクラン家の嫡男、十七歳のアンリのようである。

「悪かったな。痛むか」

ルーカスが右手を差し出すと、アンリは顔を上げ、左手でルーカスと握手を交わしながら不敵な微笑を見せた。

「たいしたことはない。あなたの動きに即応できなかった私が、間抜けだ」

陶磁器のように白い肌や、癖のない金髪、その光を受けたプロイセン青の瞳の鮮やかさが、ルーカスにアンリの母の美貌を想像させた。ルーカスの母も美しかったと言われている。どうやらラ・ロシュジャクラン侯爵は、かなりの器量好みであったらしい。

見栄坊、しかも美女好み。今まで知らなかった父のあれやこれやが少しずつわかってきて、ルーカスは苦笑した。なつかしいような、困惑するような不思議な気持だった。

セレスタンがアンリの手当をしている間に、ルーカスは風呂に入った。持ってきた新しい服に着替えて、兄弟一緒に食卓を囲む。

ルイの厨房から、ブルゴーニュ産の赤葡萄酒が半ダース贈られて来ていた。二人は出会いを祝福してその栓を抜き、一杯目は年長者のルーカスの祖国神聖ローマ帝国に、二杯目はアンリの祖国フランス王国に乾杯した。

食事がフリカンドーに差しかかる頃には、葡萄酒はすでに二本が空いていたが、アンリは、なお水でも飲むかのように淡々と杯を重ねていた。青い瞳は冴えわたり、弁舌は正確を極める。ただ態度だけがしだいに堅苦しさを失い、肉親と向かい合うのにふさわしいものとなった。

ルーカスの場合は飲むほどに陽気になり、気が大きくなる。途中でいったん眠くなるが、それを越えればいつまでも飲み続けられた。

四本目の瓶に手をかけながらルーカスは、なお顔色も変えないアンリに舌を巻く。父ラ・ロシュジャクランには、見栄坊、美女好みの上に酒豪の名を冠しても間違いではなさそうだった。

「王妃に関する誹謗文書《ひぼうぶんしょ》は、飛ぶように売れている」

アンリは、形のいい唇をくやしそうにゆがめた。

「一七八一年に発行された『マリー・アントワネットの生涯に関する歴史的研究』、こいつが最高だ。八三年に、バスティーユで五百三十四部を焼却したが、それ以降も毎年増刷され、秘密経路を通って店頭に出ている。同性愛、近親相姦、自慰、乱交、何でも喜ぶ売春婦扱いだ。

文書だけじゃない。ストラスブールでは、なんと硬貨まで鋳造された。陛下の額に、寝取られ男を意味する角が生えているやつだ。版画になると、もっとすごい。有翼怪獣ハルピュイアの姿をした王妃が、鋭い爪の間に人民をつかんでいたり、陛下の体の上に腰を下ろしていたり、寝室で王弟アルトワ伯爵から体位を教わっていたりと、まあひどいものだ。だが責任は、王妃自身にある」

アンリはやりきれないと言ったように両肘を食卓につき、ルーカスの方に身を乗り出した。

「王弟アルトワ伯とは、今まで二人きりで一緒に過ごすことが多かった。それで八五年の三月にノルマンディ公が生まれた時には、もう一人の王弟プロヴァンス伯爵までが言ったくらいだ。子供の父親の名を確かめるべきだと。

王妃が、自分を才色兼備な女性だと思いこんだのは、このアルトワ伯のせいだと言われている。他にもアーサー・ディロン、ブザンヴァル男爵、リーニュ公、ヴォドルイユ伯らと関係が噂《うわさ》された。いずれも容姿端麗で、ご婦人方の注目を浴びている伊達男ばかりだ」

ルーカスは、リーニュ公爵の顔を思い出しながらうなずく。神聖ローマ帝国領ヘンネガウ州ブルールの地で栄えているこの公爵家は、美男子ぞろいで有名な一族である。

「まだある。ロザン公とは、度の過ぎたふざけ合いをしたために、彼の方が不敬罪に問われ、追放になった。今プチ・トリアノンに逗留《とうりゆう》しているスウェーデン人ハンス・アクセル・フォン・フェルセンなどは、就寝の儀のすんだ真夜中にも堂々と王妃の部屋に入っていく」

アンリの酒量は増すばかり、ルーカスも同様だった。

「王妃の行動は、フランス王室への侮辱だ。国民の不信を誘発し、陛下への嘲罵《ちようば》を育てている。オーストリアが彼女をフランスに送って寄越したのは、ブルボン王家を転覆させようとのたくらみか、それともハプスブルクにあれよりましな女がいなかったのか。どちらだ」

いささかからみ癖があるのかもしれない。ルーカスは浴びるように杯をあおり、音をたてて卓子の上に置いた。

「ハプスブルクの名にかけて、始末はつける。早急に事態を収拾し、王家並びに陛下に傷をつけることのないよう力をつくすつもりだ。まあ見ていろ」

第四章　追想のベルヴェデーレ

半ダースの赤葡萄酒を二人できれいに空けてしまうと、明くる朝は当然のことながら辛《つら》いものとなる。

「おはようございます」

セレスタンが鎧戸と窓を開けに来ても、ルーカスは寝台から起き上がれなかった。

「ルーカス様、朝でございます。オーストリアには、長靴のままお休みになる習慣がございますか」

皮肉とも冗談ともつかない口調で言いながらセレスタンは情け容赦なく部屋に光を入れ、闇を追い出す。

ルーカスは、腕を伸ばして自分の隣にいるはずのアンリを引き寄せ、共闘態勢を取ろうとした。今朝方まで飲んでいて、二人で服のまま寝台にもつれこんだのである。

ところが腕は空をかき、指は羽布団を引き寄せるばかり。眩《まぶ》しさに顔をしかめながらやっとのことで目を開けると、アンリの姿はなかった。驚いてルーカスは寝台に肘をつき、半身を起こす。

「あいつ、どうした」

セレスタンはアルコーヴのカーテンを房の付いた紐で整えながら、感嘆したように答える。

「先ほど七月営舎に戻られました。昨夜は世話になったからと、ご祝儀をはずまれて。よく気のつくお方です。確かルーカス様より十歳ほどもお若いのでは」

ルーカスは、いやな顔をしながら軍服の胸ポケットに指を入れ、一ルイ金貨を引っ張り出す。

「昨夜は世話になったな」

セレスタンは、かしこまって押しいただく。彼の勤務時間は、朝六時から夜十時までである。時間の超過に対して特別賃金が支払われるのは、あたりまえのことだった。

「何でもドゥエーから来るフランドル部隊の到着日が決定したため、それに先立つ準備と、スイス衛兵隊との合同歓迎会の支度で猫の手も借りたいほどだとか」

セレスタンの言葉が頭に染みる。ルーカスは、羽布団を抱えて横になりながら考えた。パリでバスティーユが襲撃されたのは、一つには、ルイが首都近辺に外人部隊を集結させ、緊張を招いたからだった。

その後もパリは、不穏な空気に包まれている。いつ何が起こっても不思議ではない。今、ヴェルサイユにフランドル連隊を呼び寄せることは、新たな火種を提示することになりはしないか。

バスティーユ襲撃の成功により、民衆は自分たちの力を自覚している。次にはさらに素早く、さらに過激にやってのけるにちがいなかった。

ルーカスは胸が騒ぎ出して止められなくなり、寝台の中から大声を上げる。

「セレスタン、熱い風呂を大至急頼む」

入浴でなんとか人心地をつけ、軽く食事をすませると、ルーカスは部屋を出、半円形の階段を足早に下りて王妃の居殿に向かった。フランドル連隊の召集について、再考を強《し》いるつもりだった。本来なら国の方針を決めるのはルイなのだが、昨日の様子ではアントワネットに話をつけた方が確実に思えた。

居殿に行くと、アントワネットは狩りに出かけるルイを見送った後、馬車でプチ・トリアノンに向かったとのことだった。あそこにはフェルセンがいる。ルーカスは昨日のことを思い出して複雑な気持だったが、だからといって行かないわけにもいかない。

馬を飛ばして庭園外路を走り、鉄柵門まで駆けつけると、今度は門衛が、王妃様はべルヴェデール館に出かけられたと言う。ベルヴェデールというのは、ウィーン郊外にある壮麗な宮殿ベルヴェデーレのフランス読みである。

興味深く思いながらそこまで馬を乗りつけると、館の前にある石段の両脇にスフィンクスの像が置かれているのが見えた。

ウィーンのベルヴェデーレ宮は、まさにそのスフィンクスの階段で有名である。アントワネットがフランスに嫁ぐ時の送別会も、ベルヴェデーレで行われた。四千人の客を招待しての大園遊会は、今もウィーン社交界に語り継がれている。

アントワネットはウィーンをなつかしんでいるのかもしれないと、ルーカスは思う。マリア・アントニアと呼ばれていたその少女期、彼女は何の義務も負うことなく、気ままに楽しい毎日を過ごしていた。今も同様の振る舞いをしているが、世間の風当たりは、それがもはや許されないものであるということをアントワネットに感じさせているだろう。

満たされていた輝くような少女期、もう一度その中に生きたいと願う気持が、王宮から離れたプチ・トリアノンを造らせ、このベルヴェデールを建てさせたのかもしれない。

ルーカスは馬を下り、風が吹き過ぎるその館の前に立った。窓辺に伸びた一位《いちい》の枝が、小さな音をたてながら壁をなでる。

ルーカスは信じている。若さは無力だと。幼年期は、その無力の極である。体も小さく、腕力も知識もなく、自分自身の地位も資力もない。あるのはただ、それらをいつか身につけたいと願う熱情だけである。

それを燃やし、時間を犠牲にしながら人は、力を手にするのだ。ルーカスは、そうして育った。昔に戻りたいなどとは思いもしない。今が最高である。

それをアントワネットに教えたい。庇護されなければ生きていけなかった籠の中の自由より、義務を果たすことによって生まれる今の本当の自由と力を喜び、それを確実に手につかむべきだと。人間はいつも、現在を最高にした方がいい。

「ルーク」

風に髪を洗わせながら振り返ると、芝生の中の小道をアントワネットが歩いて来るところだった。チュールをあしらった明るい海色の英国風ローブを着、白い革の小さな靴を履《は》き、手には薔薇を一枝持っている。

「酪農小屋にチロルから牛が届いたのよ。今、見てきました。とてもしっかりした雌牛。鶏は、たくさん卵を産んでいるし、週末には、おいしいお菓子が焼けることでしょう」

後ろには、やはりフェルセンが従っている。ルーカスはアントワネットに軽く頭を下げただけで、フェルセンを無視して口を切った。

「フランドル連隊の到着日が決定したとのことですが、召集を再考されるよう陛下にご助言をお願いいたします」

アントワネットは、眉根を寄せる。

「なぜですか」

ルーカスは歯がゆく思う。聞かなくても推察できなければいけないことである。だが、のどかなプチ・トリアノンと恋愛に満足を見出そうとしているアントワネットに、今のパリの独特の雰囲気を理解しろと言っても無理かもしれなかった。ルーカスは、自分をなだめながら説明する。

「徒《いたずら》に民衆の不安をあおりたて、バスティーユ襲撃の二の舞いを演じさせる危険があるからです。今は、パリを刺激しない方がよいと思われます」

アントワネットは後ろにいるフェルセンに視線を流し、目と目を交わし合ってからルーカスに向き直った。

「国王が自分の軍隊を呼び寄せて、何が悪いのです。いちいち民衆の許可を取らなければならないのですか。不安をあおりたてると言いますが、ドゥエーから来るフランドル連隊は、たかだか千百人ですよ。パリに準備されたという国民衛兵軍の何十分の一ではありませんか。王室にも自分を守る権利があります。民衆が再び襲撃を起こすというのなら、なおのことです」

青い瞳の中で得意げな微笑が揺れ、自信がきらめく。ルーカスは不審に思いながら、あれこれ考えをめぐらせていて、やがて気づいた。

昨日ルーカスは、フェルセンの言葉に胸を突かれ、とっさに切り返すことができなかった。勘のいいアントワネットは、それを見ていて確信したのだ。ルーカスは、自分に恋をしていると。

そうなると、弱点でも握ったように勝ち誇るのがアントワネットである。彼女の心の中でルーカスはその時、尊敬すべき辛辣《しんらつ》な幼なじみから、ただの崇拝者の一人へと転落したのだ。

アントワネットを操縦するためには、彼女のことなど歯牙にもかけないといった様子と、この上なく大切に思っているという素振りを巧みに使い分け、即《つ》かず離れずの関係を維持して、絶えず彼女がこちらを気にかけるように仕向けていかなければならない。

今までルーカスは、常にそうしてきた。だが昨日、思ってもみなかったフェルセンの質問で、不覚にも一瞬、それをくずしたのだった。

「私は、フランドル連隊の召集に賛成です。ルーカス、この話はこれで終わりにしましょう。さ、お茶にしますよ。あなたもいらっしゃい」

アントワネットは眼差《まなざし》でフェルセンを促《うなが》し、ルーカスのそばを通り過ぎる。彼女は自信を持っているのだ。どんなに軽くあしらっても、どんなに拒絶しても、ルーカスが自分から離れていくことはないと。なぜなら彼は、恋の絆で自分に縛られているから。

ルーカスは、歯ぎしりしたい思いでその後ろ姿を見送った。アントワネットを再び掌中に収めるためには、彼女の確信を突きくずさねばならない。そうでなければ、言うことを聞かないだろう。アントワネットを嫉妬させるような飛び切りの美女か、あるいはアントワネットの価値観を崩壊させるような大事件、どちらかが必要かもしれなかった。

第五章　バスティーユ再び

パリに関するルーカスの不吉な予感は、およそ二ヵ月の後に見事に的中する。

その間ルーカスは、アントワネットの操縦をいったんあきらめ、銀食器や装身具を献納する彼女について大宣伝を行うために、あれこれと動いていた。

ヴェルサイユ宮に伺候《しこう》する王党派の議員たちと接触を図り、その旨を議会で発表させたり、自分も足しげく議場に出入りし、何人もの新聞記者に近づいては、さりげなく話題を提供したりしたのである。

立憲国民議会では、八月四日に封建制度廃止決議が行われ、パリに続いて地方都市で次々と起こる市民革命と市民暴動についての対策が練られていた。

また憲法制定に向けての動きも活発化し、八月二十六日には、前文に当たる人権宣言の審議が完了、翌日から憲法本文についての熟議が始まる。最初の重要議題は、一院制か二院制か、議会の決議に関して王の拒否権を認可するか否か、の二つだった。

これらをめぐって、議会がついにいくつかの派閥に分裂していくのを、ルーカスは見ていた。王の権力を最大に認めようとする王党派、それを最小に制限しようとする民主派、そして双方の中間に位置する派がさらに二つに分かれ、合計で四派が誕生したのである。

ルーカスが初めて議会をのぞいた時に見た咆哮《ほうこう》する虎のようなミラボー伯爵は、中間派の右派に属して立憲派と呼ばれた。まだ若いバルナーヴは、中間左派として三頭派の異名を取る。そしてあの神経質そうなロベスピエールは民主派だった。

二週間もの激論の末に、九月中旬に投票が行われ、バルナーヴ率いる三頭派の主張が圧倒的な勝利を収めた。議会は一院制となり、王には制限付の拒否権が与えられたのである。

ルーカスは、これらを傍聴しながら自分の任務にとって一番有益な政治家は誰かを検討した。大公レオポルトの思惑である王家と革命の均衡をうまく取るということも考え合わせれば、極端な左右両派は除外される。残るは立憲派のミラボー伯爵か、三頭派のバルナーヴだった。

どちらか一方を選んで接触し、お互いの利害関係を調整して手を結ぶ。革命勢力の中に味方を作り、その派を懐柔して議会を動かすことができるようになれば、パリの暴動もアントワネットへの誹謗《ひぼう》も、今ほどの脅威ではなくなるはずだった。

なぜなら、暴徒鎮圧法だの誹謗禁止法だのを通過させ、取り締まることが可能になるからである。パリは掃除され、静かになるだろう。アントワネットは、当面の攻撃を逃れられる。

その後は、やはりじっくりと時間をかけ、革命の時代の王妃としてふさわしく教育していくしかない。フェルセンのように感情におぼれる男ではなく、もう少し理念と政治的視野を持った幅の広い男をそばにつけ、アントワネットの精神を磨き、成長させることである。

ルーカスは現時点ではそれが最良の方法であると確信し、何があっても推し進めるつもりでいた。ところがミラボー伯爵かバルナーヴかの選択を検討している時、意外にも足元から反対の声が上がる。

立憲国民議会はまだ君主制であり、議決に対して王の裁可がなければ、法は有効にならなかった。そのため議会は、人権宣言と封建制度廃止法を国王ルイ十六世に提出していたのである。だがルイは、いつまでたってもこれらを裁可しようとしなかった。原因はアントワネットである。

「議会の言うなりになどなってはなりません。一度譲歩すれば、次もせざるを得なくなります。彼らは、そうして次々と私たちの権利を削り取っていくつもりなのです。だいたい議会とは何でしょうか。国民の集まりではありませんか。国民とは、王の下に服従すべき者のことですよ。国王の威厳をお見せなさいませ。陛下が首を縦にお振りにならなければ、このフランスでは何事も動かないのだということを、下々に知らしめるのです」

その結果ルイは、提出された議決にかなり多くの留保をつけ、修正した。つまり裁可しなかったのである。

ルーカスは、焦慮《しょうりょ》の色を濃くした。これでは革命勢力と手を組むどころか、議会全体を敵に回すことになる。成り行きに注目しているパリ市や民衆、新聞記者たちも黙ってはいないだろう。

王妃の寄進についてルーカスの広報活動が成功し、せっかく好意的な記事が出始めているという時に、すべてを水泡に帰するような真似だった。

ルーカスは、ルイから私的小晩餐に誘われた機会をとらえ、彼を説得しようと決意する。もちろん本当に説き伏せなければならない相手は、ルイの隣に座るアントワネットだった。

「セレスタン、先月末の新聞を出してくれ」

八月末のパリでは、蜂起した市民がヴェルサイユに押しかけようと行動を起こしかけた。国王が議決を裁可しないのは、王妃と反動貴族たちにそそのかされているからだという噂が流れたのである。

週刊誌記者デムーランは叫びたてた。国王を彼らから引き離すために、パリに移せと。市民たちは、ヴェルサイユに向かって示威運動を起こそうとし、司令官ラファイエットの率いる国民衛兵隊に阻止されたのだった。

もしラファイエットが止めてくれなかったら、ヴェルサイユで、バスティーユの二の舞いが演じられていたかもしれない。背筋が冷たくなるような思いをしたルーカスだったが、ルイもアントワネットもパリでの騒ぎを知ってか知らずか気楽なもので、その翌日も前日と少しも変わらず、ルイは狩りに出かけ、アントワネットはプチ・トリアノンでそれぞれ時間を過ごしていた。

今日は、たっぷりと恐れおののいていただくつもりで、ルーカスは新聞を手に小晩餐が用意されている「磁器の食事の広間」に向かう。相変わらず冗談とも皮肉ともつかない口調でセレスタンが見送ってくれた。

「ご成功と、私の勤務時間内のお帰りをお待ちしております」

＊

「磁器の食事の広間」は、宮殿中央棟の二階内殿に続く新殿の端にある。

王の内庭に向かって窓が開かれ、白い漆喰に金泥の縁取りをした天井と壁は、見る者に清楚な感じを与えた。料理を運ぶ従僕が出入するためのいくつもの扉は、鮮やかな青い繻子《しゅす》のカーテンで隠され、椅子や衝立にも同色の布が張られている。

招かれていたのは、ルーカスと陸軍大臣サン・プリエスト、ドルー・ブレゼ侯、ランバン公妃、それにフェルセンだった。ルイとアントワネット、ルイの妹エリザベート夫人が同席する。

話題は狩り、トランプ遊び、賞牌蒐集へと移り、一向《いっこう》に政治に向かなかった。ルーカスは、やむなく頃合いを見計らって切り出す。

「陛下が議決を裁可なさらないと、パリではもっぱらの噂ですが」

言いながら胸ポケットから新聞を出し、席次に目を配った。記事は、かなりな誹謗文を含んでいる。アントワネットの手に渡る前にフェルセンが読めば、彼女まで回さないに決まっていた。

必ずアントワネットに目を通させるためには、先に彼女に渡さなければならない。ルーカスは、左回りの回覧を謀《はか》り、右隣のサン・プリエストに新聞を渡した。

「陛下は、すでにパリに行幸され、革命をお認めになっているわけです。よって、いずれは議会の決議も認可されるものと私は推察しております。これほどに大袈裟《おおげさ》に立ち騒いでも、しょせんは空騒ぎということになるのではないかと思いますが、いかがでしょう」

ルーカスが言葉を終える頃には、新聞はアントワネットの手の中で震えていた。様子を見ながらルーカスは、言葉を継ぐ。

「やはり王侯がいったん口から出した約束は、お守りにならなければならないでしょうし」

アントワネットは、音をたてて新聞をフェルセンに手渡しながら言い捨てた。

「それは表向きのことだと申し上げたはずです」

青い目は険《けん》を含み、顔からは血の気が引いている。

「陛下は、王家の面目を保たねばならないとお考えです。裁可など考えられません。そうですわね、陛下」

ルイはあわてて羊の股肉から顔を上げ、うなずいた。新聞は、活字の表面をなでるように見ただけで、次に回してしまった。せっかくの晩餐の最中に、難しいことは考えたくない。ましてやルイは近視である。面倒な気持が先に立つ。

「王妃の言う通りだ」

ルーカスは身を乗り出す。

「しかし、その新聞でおわかりかと思いますが、八月末には、そのせいで市民が蜂起しています。このまま非裁可が続けば、ヴェルサイユは第二のバスティーユです」

ルイは背筋を引きつらせる。バスティーユ陥落の後、パリに出かけた彼は、略奪や襲撃の生々しい現場を直接目にしたのだ。旗を掲げて気勢を上げる民衆も見た。それまで、国王を崇《あが》めようとして集まる人々しか見たことのなかったルイには、まさに脅威だった。

彼は、うめくようにつぶやく。

「あの悲劇が、ここヴェルサイユで再びくり返されるというのか」

ルーカスは、すかさずルイの動揺につけこんだ。

「はい、陛下。陛下が裁可をなさらなければ、必ずや蜂起した民衆が」

言いかけたルーカスを、アントワネットが高い笑い声でさえぎる。

「ほらルーク、私の言った通りでしょう」

ルーカスは虚を衝《つ》かれ、一瞬、言葉を失った。アントワネットは笑いを収め、セーヴル焼きの蓋付きスープ大鉢の陰から、ルーカスの顔をのぞきこむ。

「だからフランドル連隊が必要なのですよ。彼らが私たちを守ってくれるでしょう。陛下には、先見の明がおありになったのですわ」

最後に優しい眼差《まなざし》をルイに投げて、アントワネットは言葉を終える。ルイは先ほど急に不安になったように、今度は急に安心する。

間もなくフランドル連隊が駆けつけて来るのだから、パリの民衆が押しかけたとしても、一溜《ひとたま》りもないだろう。ルイは、胸をなで下ろしながら羊の股肉に視線を落とす。

「そうだね。彼らを呼び寄せておいて本当によかった」

ルーカスは扼腕《やくわん》する。再び料理に戻ってしまったルイの関心を引きつけることは、もう難しい。ルーカスは、やむなくアントワネットに向き直った。

「人民と事を構えることは、得策ではありません。人民は陛下の存在を認め、支持しています。議会もです。王の拒否権に反対した最左翼の民主派でさえ、王位の存続には異論を唱えていないのです。それに対して王家が強硬な姿勢をとり、軍を動員したりすれば、彼らに王室に対する憎しみを抱かせることになります」

ルーカスは、蜂起した民衆のどよめきを思う。光にきらめくピック、血を噴く生首、憎悪に満ちた爆笑。あのすさまじい熱狂が、まともにアントワネットに向かったらと考えると、いても立ってもいられない気がする。

その時はもう、どんな力をもってしても決して救うことはできないだろう。今しかない。

「それは、大変危険なことです。武力対決は、お避けになるのが賢明ですし、今ならそれも充分できることなのです。民衆は、陛下を愛しているのですから」

アントワネットは長い睫《まつげ》を伏せ、ブリュッセルで作られた日本磁器のソース入れに手を伸ばした。

「確かに陛下は、愛されているかもしれません。でもそれは、あたりまえのことです。陛下は民衆とフランスの父であり、彼らは陛下なくして生きていけないのですから」

はっきりと言ってアントワネットは、つぶやくように付け加えた。

「でも私は、憎まれているわ」

自嘲のこもった言葉を、隣でルイが大急ぎで拾い上げ、力をこめて言い放つ。

「王妃を憎む者は、私を憎むものだ。王妃の敵は、私の敵なのだ」

アントワネットは慎ましやかに礼を言い、視線の端でルーカスに勝ち誇ったような微笑を送った。ルーカスは奥歯をかみしめる。相変わらずたいした演出家だった。

フェルセンが音をたてて立ち上がり、手にしていた新聞を丸めて卓上の枝付燭台の上にかざす。たちまち火が移り、炎となって燃え上がった。フェルセンはそれを暗緑色の大理石の暖炉に投げこみ、手を払って一同を見回した。優雅な微笑を浮かべる。

「さあ食事を続けましょう」

誰にも異存はなく、ルーカスは敗北を抱きしめる。アントワネットを押さえなければ、どうにもならないというのが結論だった。

＊

ルーカスが苦慮を重ねている間に、フランドル連隊がヴェルサイユに到着する。親衛騎兵隊とスイス衛兵隊合同の歓迎会は、十月一日にヴェルサイユ宮殿北翼棟の王室オペラ劇場で開かれることになった。

ルーカスは、せめてルイとアントワネットがこの会を無視してくれることを願う。そうすれば、それを根拠に、お二人は実はこの召集に反対していたらしいという情報を流すことができた。市民感情も少しはなだめられるだろう。

ルーカスは、それについてやんわりとアントワネットに申し入れる。だが取り付く島もなく却下された。

「ルーカス、何を言うの。王家のためにやって来てくれた人たちの歓迎会に、私たちが顔を出さずにすむはずがないでしょう。王家は、礼儀知らずだと言われますもの。少しは世の中の常識というものをお考えになったらいかが」

アントワネットは王と共に、二人の子供まで同伴してこの歓迎会に姿を見せる。王家を象徴する白、王妃を象徴する黒を組み合わせた花形帽章を、女官たちを通じて配る手《て》筈《はず》まで整えたのである。

かくて十月一日の夜、ヴェルサイユ宮には感激したフランドル兵の叫びが谺《こだま》した。彼らはたくさんの料理でもてなされ、四百本の酒瓶を空にしたあげく、剣を翳《かざ》して王と王妃の健康を祝し、二人の帽章をつけて王家保護を誓ったのだった。そのままヴェルサイユの街やパリ市に繰り出した兵も少なくなかった。

遥々《はるばる》やって来た彼らは、苦労をねぎらわれて嬉《うれ》しくなり、国王一家の姿を見て素朴に感動し、単純にも一身を捧げる決意をしたのである。酔いがまわっていたせいもあり、全員が軍人だったこともあって、今の状況では王室を称える時には必ず、人民と議会も同じように扱わなければならないということなど考える余裕がなかった。

ルーカスは異母弟に当たるアンリに事情を話し、王家のためにできるだけ騒ぎを押さえてほしいと頼んでおいたのだが、一人の力には限界があった。

翌朝、パリ市は、この歓迎会についての記事を載せた新聞の売り子の叫びで湧き返る。二十七歳の弁護士エリゼ・ルスタロが発行している『パリの革命』、医師ジャン・ポール・マラーが先月から発刊を始めた『人民の友』、バスティーユ襲撃やヴェルサイユ行進を煽動《せんどう》したカミーユ・デムーランの『フランスとブラバンの革命』の三紙である。

パリでは、九月中旬から末にかけて、極端に食料事情が悪化していた。悪徳パン屋への襲撃が相次ぎ、穀物を積んだ荷馬車が襲われ、国民衛兵が出動する騒ぎも一度ならず起こったのである。

「いつになったらパンが食べられるのか」というのが人々の挨拶《あいさつ》代わりであり、その話を聞いた王妃が、パンがないならブリオッシュを食べればいいのにと言ったらしいという噂も、真《まこと》しやかに流れていた。

国王が新たに軍隊を呼び寄せたというだけでも充分に刺激的であるのに加え、その兵たちがヴェルサイユで存分に食べ、四百本もの酒瓶を空にしたとなると、市民の激憤は押さえようもない。彼らが王と王妃の帽章を身につけ、革命の標章である三色記章を踏みにじったと記事は訴えていた。

しかも王妃は、その行為を喜んだらしい。『人民の友』のマラーは、筆をつくして王家を攻撃する。

「武器を取れ。市の大砲を引きずり、ヴェルサイユへ行軍せよ」

セレスタンが買ってきたそれらの新聞に、ルーカスは注意深く目を通した。正しい記述もあり、間違っているものもあった。だが問題は、パリ市民は確実にこれらを信じるだろうということだった。

王の裁可が下りないために、パリ市も議会も苛立《いらだ》っている。今、市民が蜂起したら、必ずや市も議会も同調するだろう。バスティーユ以上の騒ぎになるに決まっていた。

暗澹《あんたん》とした予感に、ルーカスは身震いする。王家はどうなる。アントワネットを救う手立《てだて》はあるのだろうか。

第六章　革命のアマゾネス

ルーカスは、じっとしていることができず、ヴェルサイユを飛び出してパリに向かった。

市内は、相変わらず騒然としている。街頭には失業者がうろつき、店屋の前には女たちの長い列ができていた。新聞の売り子たちは、とうに自分の割当《わりあて》を売り切ってしまったらしく姿が見えない。代わりに路上に落ちたそれらが、風に舞い、泥に汚れ、馬車の車輪に巻きこまれている。

群れた人々の話題は、もっぱらヴェルサイユで行われたという兵の乱痴気騒ぎのことだった。それも声高にしゃべっている集団は少ない。

胸にたぎる同一の感情によって言葉が昇華され、重い視線がやり取りされている光景を、ルーカスは背筋が冷たくなるような思いで見て回った。ほんの少しのきっかけだけで確実に爆発しそうな怒りが静かに街に積もり、人々を埋《うず》めている。

途方に暮れて歩きながらルーカスは、国民衛兵隊大隊長のアントワーヌ・ジョゼフ・サンテールを訪ねてみようと思い立った。彼に聞けば、市民の動きが詳しくわかるにちがいなかった。

サンテールの醸造所のあるサン・タントワーヌ街の場所を聞こうとして、ルーカスは馬を下り、近くにいた小集団に歩み寄る。

「サン・タントワーヌ街のサンテールの家に行きたいんだが」

こちらを振り向いた男たちの訝《いぶか》しげな表情を見て、ルーカスは巻き舌を使い、彼ら独特の発音をおおげさに真似た。

「ビールを一杯ひっかけさせてもらおうと思ってさ」

男たちはくずれるように緊張を解き、笑いながら指でサン・タントワーヌ街の方向を指す。

「あっちだが、ビールは無理だろうよ」

一人の男がルーカスよりいっそうRを強調し、仲間の笑いをあおりながら答えた。

「サンテールは忙しいからな。国民衛兵隊がヴェルサイユに行きたがってるんだ」

ルーカスは息をつめる。市民のヴェルサイユ抗議行進は大いに考えられるところだったが、国民衛兵隊までが動くとなると問題はさらに大きくならざるをえない。

「どうして衛兵がヴェルサイユに。民衆と一緒にか」

ルーカスの背後で高い声が響いた。

「奴らは、国王の所に帰りたがってるのさ」

振り向くと、一人の女性が青毛の馬に乗って近づいて来るところだった。羽飾りのついた帽子をかぶり、黒に見えるほど深い真紅の乗馬服を着ている。男たちが下卑《げび》た笑いを浮かべて道を開けると、彼女はルーカスの前まで馬を寄せた。

大きく開いた服の襟元《えりもと》から、盛り上がった胸が半ば以上も見えている。肩から背中をおおう金髪の反射を受けた緑の目には、人を捕らえて放さない華やぎがあった。

「訳を教えてやろうか」

ぞんざいな言葉を吐くあどけない唇、絞り上げたようにほっそりとした腰、呼吸する馬の丸みをおびた腹を締めつけている肉感的な大腿、しなやかな下肢。ルーカスは、眩しくて目を細める。久しぶりに女に会ったという気がした。

「国民衛兵の中には、その昔、フランス衛兵隊に所属していた連中が大勢いるのさ。そいつらが昨日のフランドル連隊の乱痴気騒ぎを聞いて、そんな賊兵どもに王の警護をまかせておけないと思ったのか、あるいはそんないい目を見られるのなら昔の職場に戻りたいと思ったのか、まあ二つの内のどちらかで、ヴェルサイユに行こうと気勢を上げてるってわけなんだ」

国民衛兵隊は現在、パリ市に所属している。それがヴェルサイユに進軍すれば、王や議会側はパリ市が威嚇行動に出ていると受け取ることだろう。緊張はさらに高まり、事態は複雑になる。

「わかった。ありがとう」

ルーカスは身をひるがえして馬に飛び乗ると、手綱を絞って先ほど教えられた道の方に向きを変え、彼女を振り返った。

「名は」

女性は、唇に微笑を含む。

「テルヴァニュ」

男たちが、驚きと冷やかしの混じった声を上げた。

「おまえの名は、メリクールってんじゃなかったのかい、アマゾネスさんよ」

メリクールは鼻で笑って前かがみになり、片腕を鞍の前輪にかけて男たちを見下ろした。

「気に入った男には、本名を教えるのさ」

男たちの短い口笛を浴びながらメリクールは意気揚々と視線を上げ、まっすぐにルーカスを見た。挑むような眼差《まなざし》の底で、婀娜《あだ》めいた光がひるがえる。

ルーカスの胸に甘い疼《うず》きが生まれ、たちまち体中に広がった。パリに来て以来、任務が忙しくて女性と夜を楽しむ暇がない。今すぐにでも誘われて行きたかったが、あいにく急いでサンテールに会っておいた方がよさそうだった。となれば、再会の約束を取り付けるしかない。

「上の名と住所は」

ルーカスが尋ねると、メリクールは緑の瞳を半ば閉じ、陶然とした表情で答えた。

「住所は、トゥールノン通り八番地。上の名前は今は教えない。一度寝て、あんたが私を満足させてくれたら教えてやってもいいけどね」

卑猥な歓声が起こり、ルーカスは笑ってメリクールに背を向けた。

「その時は死ぬほど堪能《たんのう》させてやるよ。名前が一つしかないのを、残念に思うだろうぜ」

*

サンテールの家は、サン・タントワーヌ街の外れのビール工場の敷地の中にあった。取り壊し作業が進められているバスティーユ監獄とは、目と鼻の距離である。オルタンシア・ビール社と銘打たれている醸造工場の建物は大きく、出入する荷馬車の多さから見ても相当な規模の会社のようだった。

鉄柵門の前でルーカスが馬を下りようとすると、けたたましい音と共に門が開けられ、中から黒い馬にまたがったサンテールが鞭《むち》を振り上げながら走りだして来るのが見えた。赤い折り返しのついた青い上着の肩から白い剣帯を掛け、同色のヴェストとキュロットをつけている。

ルーカスが地面に下りて声をかけると、サンテールは一瞬、振り向き、あわてて馬を止めた。たくましい体を空中に放り出すように飛び下り、走り寄ってくる。

「おい」

周囲の視線を気にして声をひそめながらサンテールは、大きな手でルーカスの胸元をつかみ上げ、引きずり寄せた。

「この間の借りを今返せ。オーストリア人なら、なんとか王妃と話をつけて王に議会の決議を裁可させるんだ。でないと、えらいことになるぞ」

たぎるような眼差《まなざし》を突きつけられて、ルーカスは息をついた。

「それができれば苦労はない」

サンテールは、いまいましそうにルーカスを放す。

「役に立たん奴だ」

ルーカスは、よじれたジレの胸元を直しながら言った。

「とりあえず国民衛兵をなだめろよ。ヴェルサイユ行きを阻止するんだ」

サンテールは、うなるような声を上げる。

「そのつもりだが、オレ一人じゃ役者が不足だ。今、最高司令官のラファイエット侯を迎えにやっている。ヴェルサイユにいるんだ。議会の副議長だからな。それまで騒動が起きないよう、これから市庁舎に出かけようと思っていたところだ」

ルーカスは、議場を思い浮かべながら尋ねた。

「国民衛兵隊は、王の裁可拒否に対してというより昨日のフランドル連隊の無礼講に反応していると聞いたが、今度はどう動く」

サンテールは太い眉をしかめる。

「司令官次第といったところだ。ラファイエット侯は名門出身の貴族で、アメリカ独立戦争に参加して名を上げた軍人だ。帰仏して、二十五歳で元帥に抜擢《ばってき》された。バスティーユ襲撃後は、パリ市の選挙人によって司令官に任命され、今は三万一千の国民衛兵隊を掌握している。自由主義者で、節度ある革命というのが座右の銘だ。過激な王党派や貴族と、過激な民衆を共に押さえて革命を管理し、王と人民を結び合わせていこうとする立憲派の一人というわけだ。

よって国民衛兵隊も、革命に反抗する貴族や投機人を逮捕すると同時に、民衆の暴動を取り締まっている。ただ隊自体が志願兵の集まりだからな。八月に制服だけはようやくそろったものの、明確な規律と秩序は、いまだに浸透していない。

だから今日のような騒ぎが起きるというわけだ。ラファイエット侯も辛いところだな。潔癖《けっぺき》な人柄が愛されて市民の間では最高の支持を受け、パリの王などと呼ばれているが、人気だけでは政治は動かん」

三万一千の兵力は魅力だと、ルーカスは思う。しかもそれらはパリ市民によって支持され、容認された軍隊なのだ。

それを統帥する司令官ラファイエットを味方につけることができれば、かなりの力になるだろう。立憲派なら、手を組むことも夢ではない。さらに彼の人気を利用できれば、上々だった。

「サンテール大隊長」

あわただしく駆けつけて来た馬から、一人の衛兵が飛び下り、敬礼して叫ぶ。

「ただ今、サン・トゥスターシュ地区の女たちが悪徳パン屋を襲い、絞首刑にしようとグレーヴ広場に連行中です。ポンソー地区では、警鐘を鳴らし始めています」

サンテールは馬に駆け寄り、一気に飛び乗ると、手綱を引いてその頭を市庁舎の方に向けた。

「王妃を何とかしろ」

叫びを残して飛び出して行く。ルーカスも自分の馬に駆け寄った。王の裁可拒否、フランドル連隊の到着、国民衛兵の規律の乱れ、パリの食料事情の悪化と失業者の多さ、王妃や貴族への悪感情、すべての要素が第二のバスティーユを準備しているように見えた。必ず、それが起こるだろう。

だが今ルーカスは、アントワネットを守る鍵を見出した。それは、国民衛兵隊司令官ラファイエットだった。パリに来てみてよかったと思いながらルーカスは、セーヴル通りに向けて馬をかった。


市門を抜け、セーヴルの街に差しかかる頃、向こうから全速力で駆けて来る騎馬の一団に出会う。ヴェルサイユからパリ市に通じる一本道である。時間から見てラファイエット侯爵の一行にちがいなかった。ルーカスは馬を止め、道の脇に寄ると、走りすぎる彼らを遣過《やりす》ごした。

国民衛兵の軍服を着た士官たちに囲まれていたのは、高潔な感じのするまだ若々しい男性だった。三十歳を越えるか越えないかだろう。軍人らしい痩身に燃えるような赤毛、端麗な顔立と冷ややかな淡青色の瞳が強い印象を与える。

後姿を見送りながらルーカスは、考えた。ラファイエットを押さえれば、パリの方はなんとかなる。あとは議会だ。アントワネットが動かないなら暗々裏に動き、立憲派のミラボーか、三頭派のバルナーヴを抱きこむしかない。

二人のどちらかとラファイエットを組み合わせ、アントワネットの防波堤を作り上げるのだ。

下準備に三日、一人に二日、合計一週間もあれば、なんとか掌中に収められるだろう。メリクールにも会いに行かねばならない。忙しくなりそうだった。

*

ルーカスはヴェルサイユ宮に戻り、ミラボーとバルナーヴについて調査する。生い立ち、性格、主義を探って、効果的な近づき方を弾《はじ》き出《だ》すためである。

ミラボーは、当年四十歳。プロヴァンスの第三身分から立候補し、首席当選した貴族だった。過去に、借金と女性問題で多くの醜聞を持つ。現実主義者で、立憲派。ネーデルラント貴族のラ・マルク伯爵や医師カバニスなど多才な側近をそろえていた。

一方バルナーヴは、まだ二十七歳。検事の息子で弁護士。『グルノーブル屋根瓦の日』で革命の先鞭《せんべん》をつけた天才であり、現在は富豪のデュポール、貴族のラメット兄弟など自由主義者と親交を結び、三頭派を作っていた。

どちらにも魅力があったが、若く潔癖《けっぺき》なバルナーヴより、放埒《ほうらつ》な中年ミラボーの方が話がつけやすいだろうと思えた。加えてミラボーなら、ラファイエットと同じ立憲派である。

さらに彼の側近ラ・マルク伯爵は王党派であり、アントワネットとも親しかった。ルーカスは、ミラボーを味方に引き入れ、ラファイエットと手を組ませようと決心する。

十月五日の夕方、降りしきる雨の中を議会に向かった。ムニュ・プレジールの館の前は、以前とは比較にならないほど閑散としていた。雨のせいもあり、また次々と議決を行うものの王の裁可が下りずに空転の感のある議事に、皆が愛想をつかしたせいもあるのだろう。

だが中に入ると、議場は焦燥と激憤の坩堝《るつぼ》だった。

「このままでは、いつまでたっても法が有効にならない。何を決めても、決めていないのと同じことだ。早急に国王の元に議会の代表を送り、八月の法令の裁可を要請すべきだ」

ミラボーの咆哮《ほうこう》に、嵐のような拍手が起こる。ルーカスは議場を見回し、ラファイエットがいないことに気づいた。おそらくパリに行っているのだろう。

ルーカスは、とりあえずミラボーと話をつけようとして、傍聴席の端まで歩み寄った。演壇を下り自席に戻るミラボーを捕まえ、話しかけるつもりで待ち構える。

「いや代表でなく、この際、議長自身に行っていただくのはどうだろう」

言いながらミラボーは、腕を伸ばして議長席のジャン・ジョゼフ・ムーニエを指し示した。ムーニエの敬虔《けいけん》な表情がたちまち険悪になっていくのを見ながら、平然とまくしたてる神経は、なかなかのものだった。

「偉大なるドフィネ人と呼ばれたムーニエ氏、ジュー・ド・ポンムの誓いの発議者となった彼こそ、新憲法発足のための使者としてふさわしいのではないか。ムーニエ氏に、国王を口説いていただこう」

野次と拍手が入り交じる中、ミラボーは演壇を下りた。ルーカスは、彼が自分の前に差しかかるのを待ち、小声で呼びかける。

「ミラボー閣下」

ミラボーは脂肪で山のように盛り上がった肩越しに、ルーカスを振り返った。天然痘の名残の痘痕《とうこん》や亀裂を残した荒々しい顔の中で、機を見るに敏な眼差《まなざし》がルーカスを捕らえる。

それに応じてルーカスが口を開こうとした時、出入口の方でけたたましい声が上がった。

「バスティーユ志願兵分遣隊大尉スタニスラ・マイヤール率いるパリの女性デモ隊六、七千人が、大砲と武器を持ち、只今、議会前に到着して、請願のための入場を求めております。いかがいたしましょう」

議場は、一気に騒然とする。ついにパリが動き始めたのだ。ルーカスはとっさにミラボーの肩をつかみ寄せようとしたが、それより早くミラボーは出入口の方に歩き始めていた。ルーカスは議員席と傍聴席をへだてる柵に阻《はば》まれ、歯ぎしりする。

「静粛に。各議員、着席願います」

議長ムーニエの大声が響き渡る中、出入口を守る国民衛兵を押しのけて、一人の青年が姿を見せた。金冠を縁取ったパリ市支給の服を着、バスティーユの塔の形の勲章を赤と青の紐で釦穴《ボタン》につるしているところから、その攻撃に参加した市民の一人であることがわかった。後ろに二十人ほどの女性たちが続く。

「パリからここまで歩いて来た人民に発言の許可を」

泥にまみれた体中から雨を滴《したた》らせ、寒さと怒りに震えながら古い短銃や肉用の金串を握り締める一同に、議員たちは胸を突かれ、言葉を失った。

「代表者の発言を認める。演台へ」

ムーニエの許可を得て壇上に立ったのは、まだ二十五、六歳の貧相な容貌の青年だった。

「私は、バスティーユの勝利者の一人、司令官ローネーから降伏状を取ったスタニスラ・マイヤールです。パリの窮状を訴えるため、女性たちと共に国王陛下の所に参る途中、議員の方々の賛同を得ようと立ち寄りました。

高すぎて買うことのできないパンは、ないパンと同じです。パリには、パンがありません。私たちは絶望し、腕を上げて、議会と陛下の恩寵を求めています。小麦粉を隠匿《いんとく》している投機人の家を捜索する許可を、人民に与えてください。議員の方々の中に混じっている悪辣《あくらつ》な投機人を、罰してください」

議会は蜂の巣をつついたような騒ぎになる。

「それは誰だ。名前を言え」

パリ大司教を初めとする数人の名が次々と上げられ、好奇と弁解の大声でいっそう混乱を極める議場に、表扉をこじ開けて女性たちがなだれこんだ。

「パンを、パンを」

濡《ぬ》れたスカートをたくし上げ、空いている議席に立ち上がって大声でわめきたてる彼女たちを兵や議員が引きずり下ろそうとし、小競り合いが起こる。

ルーカスは、女性たちの中に女装した男が混じっていることに気づいた。女ばかりの方が攻撃されにくいと考えてのことか、あるいはこれが民衆行動ではなく、何者かによってたくらまれ、組織された反乱誘発行動だからなのか。

議長ムーニエがようやく事態を収拾し、発言を求めていた一人の議員を演台に呼び出す。

「ロベスピエール君」

鯱《しやちほこ》張《ば》った動作で台に上ったロベスピエールは興奮で目を見開き、いつにない確固とした声で言った。

「王の裁可拒否に苦しんでいた議会を、今、パリの人民が救おうとしている。我々は、民衆がいかに革命を形作るかを目の当たりにしているのだ。国王の元に、議会と市民の代表を送り、人民の要求を伝えよう」

破《わ》れるような拍手に悲鳴が入り混じる。ルーカスは、背伸びをして出入口の方を見た。犇《ひし》めく女性たちをなぎ倒しながら、一人の国民衛兵が強引に議場に入りこんで来るところだった。

「国民衛兵司令官ラファイエット侯爵閣下より、国民議会に発せられた事前警告を、お伝えに参りました」

立ちすくむ議員と女性たちの間をすり抜けて、使者は議長席近くまで歩み寄り、姿勢を正す。

「司令官ラファイエット侯爵閣下は、パリ市当局の許可を得て本日、午後四時、一万五千の国民衛兵隊を率い、ヴェルサイユ王宮に向けて出発いたしました」

衝撃が議場を駆け抜ける。国民衛兵までヴェルサイユを目指したとなれば、バスティーユに次ぐ二度目の革命が勃発したと言っても過言ではない。

しかも今度の矛先《ほこさき》は、はっきりと王家と貴族に向けられているのだ。愛されている国王はともかく、アントワネットが無傷ですむわけがなかった。ルーカスは、人々をかき分けて出入口に突進する。

「ここに警告申し上げると共に、出兵の理由は、王家と国民議会を守るためであることを宣誓いたすものであります」

おそらくラファイエットは、ヴェルサイユに行こうとする旧フランス衛兵隊所属の部下たちを止めることができなかったのだろう。やむなく自分が同行することによって彼らを管理し、その暴走を押さえ、国民衛兵隊の分裂を防ごうと決意したのにちがいない。勝手に軍を動かしたとの疑惑と叛臣の誹《そし》りを避けるために、パリ市の許可を取りつけ、行軍を合法化したのだ。相当に名誉にこだわる誇り高い人物らしかった。

だがパリ市が、何の条件もつけずにラファイエットの進軍を認めたとは思えない。必ず何か要求を出しているはずだった。それをたずさえてラファイエットは、王宮に向かったのだ。

果たしてそれは何なのか。一刻も早く探り出し、この第二の動きを乗り切る対策を練らねばならなかった。

ルーカスがようやく扉にたどり着き、議場を飛び出すと、降りしきる雨と霧の中に、女たちの集団が黒い木立のように立ちつくしていた。槍や棍棒、ピックを肩に担ぎ上げ、荷車に乗せた二門の大砲の上には二、三名が馬乗りになっている。

「私たちの王様の耳に入れなくちゃ駄目だよ、パリにパンがないってことを」

「きっと何とかしてくださるよ。宮殿には、食料があるって話だ」

「あのオーストリア女と貴族たちが邪魔さえしなけりゃだろ」

「あんな淫売の首は、掻き切ってやるのさ」

「そうだとも。パリでだって、一人やっつけてきたじゃないか」

女性たちの脇を通ってルーカスは、自分の馬に駆け寄る。手綱をほどいて飛び乗ろうとすると、脇から声がした。

「色男さん、お久しぶり」

振り返ると、女たちの先頭に立つ黒い馬の上で、テルヴァニュと名乗ったメリクールが、こちらを見つめていた。

濡れそぼった白いレースのカラコが半透明になり、体にまつわりついて肌の色がすっかり見えている。二つの肩から十文字にかけた弾倉帯の間で胸が盛り上がり、薔薇色の乳嘴が角立っているのがわかった。雨の中の美女は、なかなか迫力がある。

このまま寝室になだれこめないことを残念に思いながら、ルーカスは自分の馬にまたがり、その首を街道の方に向けた。

「君もデモ隊の一人か」

大声で聞くと、メリクールは細い首にからまる濡れた髪をかき上げ、綺麗な二の腕の内側から雨水を滴らせながら得意げな笑みを浮かべた。

「私が集めたのさ。聖マルグリット教会の鐘を鳴らしてね。マスケット銃を調達し、大砲を奪い取り、マイヤールを先導者に立てたのも私だよ」

周りで女たちが口々に叫ぶ。

「バスティーユ襲撃に参加した唯一人の女ってのは、このメリクールのことさ」

ルーカスは走り出しながら一瞬、後ろを振り返った。

「女なら、おとなしく寝室で待っていろよ」

メリクールの大笑いが背中に響く。

「それなら大のお得意さ。昔は貴族相手の商売で、女を売ったもんだよ」

ルーカスは、なるほどと思った。そういう女性なら初対面の時のあの眼差《まなざし》も、婀娜《あだ》な態度も理解できるというものである。それにしても高級娼婦上がりの革命煽動家《せんどうか》というのは珍しい。ますます先が楽しみになりそうだった。

第七章　罠

一段と強くなる雨の中をパリ市に向かって街道をひた走ると、およそ三十分ほどでヴェルサイユ宮殿に向かう一万五千の国民衛兵隊と出会った。六列縦隊を組み、駆け足で行軍してくる。

ルーカスは道の中央に馬を止め、両腕を振り上げて合図を送った。たちまち近づいて来た斥候隊が銃を構えて立ち止まる。ルーカスは、敵意のないことを示すために馬から下りた。

「国民衛兵隊および司令官ラファイエット侯爵閣下を、ヴェルサイユよりお迎えに参りました」

雨の向こうで衛兵の熱《いき》り立《た》った声が響く。

「名乗っていただこう」

ラファイエットは、名門貴族の出である。貴族という人種は、利害関係を超えて家系を尊ぶ。ロシュジャクランやローゼンベルクの名も、利用できるかもしれなかった。

「私は、ラ・ロシュジャクラン侯爵庶子、アンリ・ドゥ・ラ・ロシュジャクランの異母兄に当たるルーカス・エリギウス・フォン・ローゼンベルクです」

衛兵の一人が本隊に駆け戻る。やがて一塊になった影の中から、両脇に二人ずつの兵を従えた一頭の白馬が、こちらに進み出て来た。

騎乗しているのは、この間の男性である。背筋をまっすぐに伸ばした軍人らしい痩身に濃い赤毛、彫りの深い顔立の中から淡い水色の瞳が静かに光っていた。

「ラファイエット侯爵マリー・ポール・ジョゼフ・ロッシュ・イーヴ・ジルベール・ド・モティエだ」

貴族に特有の冷ややかな無表情である。ルーカスはラファイエットの心理をはかりかねた。ともかくも賽《さい》を投げてみるしかない。

「ラ・ロシュジャクラン侯爵庶子、ルーカス・エリギウス・フォン・ローゼンベルクです。陛下より内々のご命令を受け、司令官ラファイエット閣下のご賢慮を伺いに、単身にて参上いたしました」

ラファイエットは、顎《あご》から雨を滴《したた》らせながら微動もしない。まっすぐにこちらを見すえる眼差《まなざし》は、傲慢《ごうまん》に思えるほど沈着だった。

「先ほど早馬にて到着した使者の話では、閣下の行軍の意図は王家と議会の庇護とのこと。しかとその通りであれば、国王陛下は門を開いて国民衛兵を受け入れるご所存であられます」

ルーカスは、慎重にラファイエットの顔色をうかがう。内心ではこの責任を問われることを嫌っているに違いないラファイエットが、逃げこみやすい穴を作ってみた。

「また、もしこの進軍に、閣下の意図以外のものが含まれているとすれば」

雨の向こうで、ラファイエットの表情がわずかに動く。

「今ここにてお伺いし、陛下にお伝えするのが私の使命です。陛下の周りには多くの大臣方がおられ、諸説があり、思うにまかせないのがご実情です。閣下とてご同様のお立場と推察いたします。現状を打開し、誤解を防ぎ、よりよい方向に歩みを進めるため、陛下から遣わされた私を、どうぞご利用いただけますようお願い申し上げます」

目を伏せてルーカスは、返事を待った。降りしきる雨が肩を打ち、背筋にそって流れ落ちるのを感じながら、ラファイエットがうまく罠《わな》にかかるように祈る。

「ラ・ロシュジャクラン侯には、お世話になった」

それが第一声だった。顔を上げると、相変わらず冷ややかなラファイエットの表情がわずかに緩《ゆる》んで見えた。

「父が英国軍との戦闘で死去した折、私が陛下から年金を頂けるようになったのは侯のお力添えによるものだ。また十六歳で親衛騎兵隊に入隊した折も、よく面倒を見ていただいた。妻アドリエンヌとの婚約の話をまとめてくださったのも侯だ。おかげで私は、ノワイユ一族の一人となることができた」

言いながらラファイエットは馬を下り、ルーカスの前まで歩をつめた。

「今は立場を違《たが》えているが、昔の恩を忘れる者ではない」

右手を差し出したラファイエットに、ルーカスは胸をなで下ろし、それを握り締めた。どうやら父には、世話好きという一面もあるようだった。あるいは美女好みに加えて美少年趣味があったのかもしれない。今でも端麗な顔立のラファイエットである。十代には、さぞ美しかったにちがいない。

「私の意図は、先に伝えた通りだ。陛下の身辺を警護したいと望む国民衛兵隊内の声を取り上げて隊の分裂を避け、陛下をお守りするために来た。二心はない。だがパリ市は、陛下のパリ帰還を要求している」

ルーカスは戦慄する。パリ市議会は、国王をヴェルサイユから連れ出し、自分の管理下におこうというのだ。体中から冷汗が吹き出すような気がした。

今ごろ立憲国民議会では、議員と市民の代表を王の元に送る決議がなされているだろう。議員たちは法令の裁可を要求し、市民はパンを求める。そして続く国民衛兵隊は、一万五千の軍事力を持ってパリ遷都を強要する。

ルーカスの以前からの危惧通り、この第二の動きは、バスティーユ襲撃以上の規模を持つ革命に成長しようとしているのだった。

ここまで来る前に何とかしたかった。そのためにルーカスは、必死でアントワネットを動かそうとはかったのである。だがそれも実らず、ここに至ってしまってはもう止める術もない。せめて被害が最小限ですむように、策を講ずるしかなかった。

「確かにうけたまわりました。すぐさま陛下にお伝えし、閣下のご厚意が無駄になることのないよう奮励努力いたします。それでは」

言い捨ててルーカスは馬に飛び乗り、ヴェルサイユ宮に向かう。第二革命の高波を知らず、お気に入りのプチ・トリアノンで中年士官と恋に浸っているアントワネットを何とか救わねばならなかった。

＊

王宮には、すでにラファイエットの使者がついており、またパリから到着した女性デモ隊が、議会代表と共に宮殿に向かおうとしているという報せも届いていた。ムードンで狩をしていた国王ルイ十六世も、プチ・トリアノンにいたアントワネットも呼び戻される。あわただしく重臣たちが集まって善後策の検討に入り、アントワネットは自室で待機するよう命じられた。

ルーカスは、宮殿内居住者の特権で咎《とが》められることもなく中央玄関をくぐり、鏡の廻《かい》廊《ろう》から「閣議の広間《ま》」に通じる扉に向かう。入室を告げようとする下僕を手で止《と》め、わずかに開けられた扉の間に耳を押しつけると、サン・プリエストの声が聞こえた。

「妥協することはできません。逃亡か、抵抗かです。他に道はありません」

即座にネッケルの声が響く。

「私は反対です。逃亡にしても抵抗にしても、革命への挑戦と受け取られます。それは王家を滅ぼそうとする革命家や煽動者の思うつぼです」

沈黙が続き、ルイが苦渋に満ちた嘆声を上げた。

「私は、義務を果たさない国王と言われたくない。いったいなぜ、こんな事になったのだ。私は議会や市民たちと和解していくために、ここに残った。私はパリを愛しているし、彼らを敵に回すつもりはない。なのに彼らは、なぜ私に兵を向けるのだ」

ルーカスは扉の間から体を滑りこませ、静かに卓子の前に立った。

「失礼いたします」

不意の侵入者に重臣たちは気色ばみ、腰を上げかける。ルーカスは、素早く彼らを睨《ね》め回《まわ》した。シャンデリアの光を受けた焦茶の瞳が一瞬、金色にきらめき、一同の動きを制す。濡れそぼったルーカスの全身から雨が霧のように舞い立ち、服に包まれた若い体の熱さを、彼らに教えた。

「国民衛兵隊司令官ラファイエット侯爵より、ご内密のご伝言、お伝えいたします」

重臣たちは、驚きのうめき声をもらす。

「なぜ君が」

ルーカスは切りこむように彼らを見すえた。

「我が父ラ・ロシュジャクランの旧交により、ご信頼いただいたものです」

ルイが納得してうなずき、身振りで先を急がせる。ルーカスは、かしこまって口を開いた。

「国民衛兵隊内旧フランス衛兵隊は、フランドル連隊に代わって陛下の身辺警護につきたいと希望しており、それが今回の行軍のそもそもの原因とのこと。ラファイエット侯ご自身が参加されたのは、衛兵隊の分裂と暴走を押さえるためで、陛下や議会に対しての威圧行動ではないと明言されております。ラファイエット侯は、あくまで陛下に忠誠を誓うものであると」

ルイは大きな溜息をもらす。緊張がほぐれ、重臣たちの間で小さな微笑が取り交わされた。ルーカスはそれに乗じて身を乗り出し、語気を強める。

「しかし一方、パリ市は、陛下のパリ帰還を強く要求しているとのこと。ラファイエット侯はこの行軍を合法化するため、市の要望を呑まざるを得なかったようです」

たちまち緊迫する空気を、ルーカスはあおり立てた。

「間もなく到着する女性デモ隊は、大砲二門と武器を持ち、食料の確保を叫んでいます。また議会は、法令の裁可を求めて彼女たちに同調しています。これらの動きを止めることは、もはや不可能です。これはバスティーユに次ぐ第二の、しかもバスティーユ以上の革命なのです。

バスティーユ攻撃に参加した民衆は、九百四十五人。要塞側には百十四人がおり、双方合わせて百一人の死者が出ました。今回はデモ隊が、六、七千人、国民衛兵が一万五千。バスティーユの規模の十倍以上です。しかも攻防の舞台は、このヴェルサイユ宮。

抵抗するならば、女性も含めた相当の被害を覚悟しなければなりません。まっ先にトワネット様が狙《ねら》われるでしょう。王妃の首を掻き切るというのは、彼女たちの合言葉ですから」

立て続けに言いながらルーカスは、衝撃を受ける彼らを追いつめる。

「しかも一度、革命を容認した後の抵抗です。議会と国民に対する裏切りと取られるのは必定。万が一、勝利を収められなかった時には、即、王家根絶に持ちこまれる可能性もあります。

逃亡にしても同様です。国民の父であることを宣言しておきながら、混迷の中に民衆を置き去りにして逃げ出す王家を、誰が救ってくれるでしょう。二度とこの国に足を踏み入れられなくなってもよいとおっしゃるのなら別ですが」

王弟プロヴァンス伯爵が、怒りと不安の入り混じった表情でつぶやく。

「譲歩しろというのか。だがそれで王家が存続できるという保証はあるのか。いったん彼らの要求を認めたら最後、次々と我々の特権をなしくずしにされるのではないか」

ルーカスは静かに解決策を提示した。

「そうされないように防波堤を作ります。国民衛兵隊司令官ラファイエット侯爵、彼が王家を守ってくれるでしょう」

サン・プリエストが、信じられないと言ったように目を見開く。

「あいつは、三部会の召集を提案した反逆貴族だぞ。ブリエンヌから、あらゆる政敵の中で最も危険な敵と呼ばれた男だ」

ルーカスは自信に満ちた微笑を浮かべた。

「かつては、そうであったかもしれません。しかし革命が過熱してきた今、ラファイエット侯は、以前とは違う立場に立っておられます。つまり無知な民衆の熱狂に嫌気がさし、節度ある革命を求めて国王と人民の結びつきをはかろうと考えておられるのです」

椅子の上でルイが、微かに身じろぎする。ルイは常に、民衆に溶けこみたいと願ってきた。意志が弱いために行動に移すことはできなかったが、心の中ではいつも、先祖たちのように人々に畏怖される君主よりは、愛される君主になりたいと望んでいたのだ。民衆が好きだったし、彼らから好かれたかった。側近の中に一人でも、人民との和をはかってくれる者がいたら、この上なく大切にしていたことだろう。

だが王妃も含めて、そんなことを考える者は皆無だった。今、ラファイエットにその意志があると聞いて、ルイは心が動く。長い間の希望が叶えられるかもしれないと感じて、目の前が開けるような気がした。

「それを実践するのに、ラファイエット侯ほど適任な方は、他にないと思われます。なにしろ侯はパリ市民の敬愛を一身に集め、市会からも信頼され、議会においても重要な役割を担っています。そして名門貴族として陛下にも忠誠を誓っているわけで、つまりすべてをつなぎうる唯一人の人物なのです。

　侯を味方にお付けになることをお勧めします。そして防波堤とし、王家と人民、議会、市会との関係を調整させてこの危機を収拾し、王政の未来を切り開くのです」

　ルイは意気ごんで口を開いた。

「どうやって味方に付ければよい」

　モンモラン伯爵が、溜息混じりに答える。

「金か、地位、あるいは女でしょう」

　ルーカスは首を横に振った。

「名誉です。ラファイエット侯の今日の行動には、周りに対して自分の公明正大さを見せつけるようなところが多分にうかがえます。相当に誇り高く、自分でもそういう人物と思われることを望んでいる方とお見受けしました。

　陛下が侯を評価し、理解して、ご自分の助言者となされば、侯はこの上なく感激し、王室の調停者、守護者として身を粉にして働いてくださるにちがいありません。まず侯の携《たずさ》えてくる要請を受け入れ、その面目を施して差し上げることです」

　サン・プリエストが無念そうにうめく。

「やはり譲歩か」

　ルーカスは声に力をこめた。

「市民の心や議会の意見を掌握しうる強力な味方を持たなければ、この危機を乗り越えることはできません。意地ずくで乾坤一擲《けんこんいってき》の反抗や逃亡に身を任せるより、未来のために堅実な譲歩をすべき時かと思われます」

ルイは、ルーカスの考えに飛びつきたかった。だがそれだけの勇気が出ず、汗ばんだ手を開いたり閉じたりしながら長い時間を逡巡し、やがてつぶやいた。

「重要なことだ。私一人では決められない。特にパリ帰還については、王妃にも相談しなければ」

ルーカスはとっさに口を開き、重臣たちの発言を封じた。

「では私が、トワネット様をここにご案内してまいります」

反対の声が上がらないうちに素早く身をひるがえし、「閣議の広間」を後にする。黄金の錦織りに彩られたルイ十四世の寝室を通り抜け「牛眼の広間」から内庭を囲む廻廊《かいろう》を過ぎ、王妃の図書室から「午睡の小広間」へとたどって扉を開け、寝室に踏みこむと、窓際にいた女官たちの中からアントワネットが振り返った。

「ルーク、よく来てくれました」

寝台と部屋をへだてる金の衝立《ついたて》を飛び越えたルーカスに、アントワネットは腕を広げてしがみつく。ふくよかな体の優しい重みを胸に受け止めて、ルーカスは一瞬、目をつぶった。昔のまま少しも変わらない彼女がもどかしく、哀れで、いとおしかった。

「私たちは、どうなるのでしょう。殺されるのですか。私は、きっとそうでしょうね。だって、とても憎まれているのですもの。ルーク、私を助けて」

すがりつくアントワネットの両腕をつかんで、ルーカスは自分の体から放し、身をかがめて脅《おび》える瞳の底をのぞきこんだ。

「私は忠告した。なのに、あなたは聞かなかった。これはその結果ですよ」

アントワネットは子供のようになんどもうなずきながら、透明な涙をこぼす。

「言うことを聞かなかったことは、あやまります。だからルーク、私を助けて。死ぬのは、いや。獣のような人たちに私を渡さないで。お願い」

ルーカスの手を振り切ってアントワネットは再び彼に抱きつき、胸に頰《ほお》を押し当てて泣きじゃくった。

「怖いのです」

ルーカスは思わず抱きしめそうになる自分の腕に力を入れ、それを堪《こら》えた。少しは辛《つら》い思いもさせねば、成長は望めない。

「ご自分の招いたことです。存分に味わいなさい」

ただ愛し、甘やかしてだけいればよいフェルセンの立場をうらやみながら自分の任務を遂行する。

「どんな人民も、獣ではありません。そう見えるとすれば、それは、人間にふさわしい環境を与えられていないからです。それを与えるのが王家の義務だったのです。あなたは一国の王妃として、もっと人民のことを理解しなければいけない」

アントワネットは、うなずいた。

「わかったわ。そうします。きっとそうします」

素直すぎるアントワネットに、ルーカスは疑いを抱く。こんなに可憐であるはずはない。恐怖から逃れたい一心で、柔順になっているのか、それとも別の何かをたくらんでいるか。

ルーカスは、注意深くアントワネットの様子をうかがいながら、とりあえず彼女の態度を利用して当面の仕事を片付けてしまおうと考えた。

「議会と人民に譲歩するよう、陛下を説得してください。八月法令を裁可するのです。そうすれば議会は、なだめられます。デモ隊の方は雨の中を長く行進して来ており、空腹が怒りを募らせています。パンと葡萄酒を与えてやり、パリに食料を送るよう約束し、一刻も早く解散させてしまうことです。もう一つ、ラファイエット侯率いる国民衛兵隊が到着したら、王家は彼らと共にパリに帰ると誓うのです」

アントワネットは、弾《はじ》かれるようにルーカスの胸から顔を起こした。涙は、すっかり乾いている。

「パリなどに行ったら、殺されます。私は、いやです。あんな所では暮らせません」

いつもの口調で言い放ってから、あわてて再び涙ぐむ。

「私は怖いのです。あなたの言う通りにしたいけれど、怖くて」

ルーカスは腕を伸ばし、アントワネットの肩をつかむと、強引に自分に引き寄せた。

「私がお守りいたします」

子供の頃アントワネットは、ルーカスよりかなり大きかった。慰めようとして抱き寄せると、振り仰がねば顔が見えなかったものだ。今は、こんなにも小さい。すっぽりと胸の中に入ってしまいそうだ。

「必ずお守りします」

抱きしめて腕の中に囲っておけたら、いつもそうして見つめていられたら、どんなにいいだろう。間違いを犯させることもなく、辛い思いをさせることもない。

「ルーク、今日のあなたは、優しいのね」

ささやくように言ってアントワネットは、ルーカスを見上げる青い瞳に甘やかな光を浮かべた。

「わかりました。あなたの言う通りにいたします」

腕を上げてルーカスの精悍《せいかん》な背中に回し、その胸に顔を寄せ、すがるように視線をからませる。

「何でもあなたに従います。だからお願い。ウィーンのお兄様に、私を呼び戻すように頼んで」

ルーカスは背筋を伸ばす。先ほどからのアントワネットの態度の謎が、やっと解けたと思った。ルーカスを籠絡《ろうらく》し、実家に戻る手引きをさせるつもりだったのだ。

ルーカスは大きな息をつく。これだけの騒ぎを引き起こしておきながら、責任も取らずに逃げ出そうとは、呆《あき》れてものも言えない。物事の表面しか捕らえることのできないこの精神を、いったいどうすれば根本から匡正《きようせい》できるのかと考えて、ルーカスはいささか憂鬱《ゆううつ》になった。

アントワネットはその気配を感じ取り、自分の手の下で微妙に身を引いたルーカスの背中を、腕に力を入れて抱きしめ直す。耳元で懸命に訴えてみるより道はなかった。

「お願い、ルーカス、あなただけが頼りです。大使のメルシー・ダルジャントーには、心を打ち明けるような話はできません。私には、あなただけなのです、お頼みします。お兄様に連絡を取り、私の本意を伝えてください」

たくましいルーカスの胸に顔を埋め、アントワネットは祈るような思いで彼の返事を待つ。やがて静かな声が聞こえた。

「フェルセンなら、引き受けるでしょうね。だがあいにくなことに、私は彼ではありません」

アントワネットはいまいましく思いながら身を起こし、手の裏を返すようにルーカスに背を向けた。女官たちにも聞こえるように、はっきりと言い放つ。

「無礼な。それではあなたに頼むことは、もう何もありません。お下がりなさい」

ルーカスは冷笑する。

「私は、私だと申し上げたまでのこと。お怒りを買ういわれはございません。トワネット様、最初にお願いしておいたと思いますが、私を指に巻くような真似は、おやめください。時間の無駄というものです。それさえ弁《わきま》えていただければ、今のお申し出の件、お引き受けいたします」

アントワネットは顔を輝かせて振り返った。

「本当ですか」

心をよく映す眼差《まなざし》に、希望があふれている。ルーカスは目を伏せ、微笑《ほほえ》みたくなるほど愛らしいその姿を視界から消して言った。

「ただし先ほどの三件、議決の裁可、パリの食料確保、そしてパリ帰還について、陛下を説得願います」

アントワネットは喜び勇んでローブの裾を持ち上げ、部屋の出入口に足を向ける。

「わかりました。これから陛下の所にまいり、その旨ご献言申し上げます。ルーカス、くれぐれも約束しましたよ」

念を押すような視線に、ルーカスはかしこまり、会釈を返す。人は、誰しも自分の行為に責任を持たねばならない。フランスの王妃として、その特権を思うさま利用してきたアントワネットには、このフランスに留《とど》まり自分の為した結果と向かい合う義務があるのだ。さらにハプスブルク家の大公女として、オーストリアとフランスの和平に力をつくす重任も負っている。

本人が自己の責務に目覚めてくれれば言うことはないが、そうでない場合は、たとえだましてでも、彼女にそれらを果たさせねばならない。それがルーカスの仕事だった。

＊

議長ジャン・ジョゼフ・ムーニエが、数人の議員とデモ隊の代表を連れてヴェルサイユの宮殿に到着したのは、四時を少し回った頃だった。

国王ルイ十六世は、アントワネットの進言を受けて彼らをパンと葡萄酒でもてなし、代表が選んだ十七歳の花売りピエレット・シャブリに引見した。さらにバルコニーに姿を見せ、サンリスとラニーの小麦を至急パリに送らせる命令書を公開する。

デモ隊代表は国王にかけた期待が裏切られなかったことを喜び、国王万歳を叫んで議会に戻った。マイヤールはその命令書の写しを持ち、二百人の先導隊と共に即座にパリに引き返す。喜びの凱旋《がいせん》だった。

だがその後に続くはずのデモ隊の大部分は、進路を変更する。パンも葡萄酒も与えられず、雨に打たれて議会前で立ちつくしていた彼らの怒りと空腹は、一枚の命令書だけでは埋められなかったのである。

食物と王の姿を求めて彼らは王宮に押しかけ、施錠された鉄柵門を挟んでフランドル連隊やスイス衛兵隊と向かい合った。

その頃、王は、議長ムーニエに対し、議会の要求を完全に受諾すると回答し、作成された書類に署名していた。

王党派だったムーニエは王を憐れみ、その譲歩に心を痛めながら、なお不穏な空気をはらんでいるパリ人民を嫌悪しつつ議会に戻る。

夜の十時になっていた。王の裁可を報告すると、議場には万歳の声が満ちる。ムーニエを始めとする王党派議員たちは、自分たちがすでに時の流れについていけなくなっていることを感じずにいられなかった。

十二時を回り、ラファイエット侯爵の率いる国民衛兵隊が、泥にまみれ、デモ隊を蹴《け》散《ち》らして到着する。ルーカスはラファイエット侯爵のみを王の居室に案内する役目を与えられ、「衛兵の広間」近くの「使者の玄関」に待機していた。

「お待ち申しておりました」

歩み寄ったルーカスを見て、ラファイエットは白馬から下り、右手で腰の剣を鞘ごと抜き取った。

「単独でか」

ルーカスは、うなずいてラファイエットの剣を預かる。

「司令官、それは危険です」

殺気立って駆け寄る士官たちの前に、ルーカスは立ちふさがった。

「謁見の条件は、ラファイエット閣下がお一人で来られること。私が責任をもってお守りいたしますゆえ、ご心配はご無用に願います」

長身のルーカスの威嚇のこもった視線に士官たちは気圧《けお》され、司令官の顔色をうかがう。

「ここで待て」

言い捨ててラファイエットは、「衛兵の広間」に足を向けた。ルーカスは、すぐ後に続きながら声をひそめて話しかける。

「準備は整っております。陛下は、ラファイエット閣下のお立場を理解され、助言者として手厚く遇されるご所存。閣下のお望みになっていることは、すべてお取り上げになることでしょう」

表情のないラファイエットの顔がわずかに赤味をおび、淡青色の瞳に力がこもった。

「君は、なかなか有能らしい」

優雅な仕草で王の階段に最初の足をかけながら、ラファイエットはルーカスを振り返る。

「私の隊に入らないか。今の本業は、何だ」

ルーカスは慎み深く笑って話をあいまいにした。

「痛み入ります。気ままな性格ゆえ、好きな所で勝手に暮らしております」

階段を上りつめると、国王親衛騎兵隊の大尉であるディヤン公爵が警備についていた。ラファイエットの岳父に当たる彼は、命令さえあればいつでも発砲できるように銃を構えたまま、厳しい表情で義理の息子を見送る。

十五年前、ラ・ロシュジャクラン侯爵の紹介でラファイエットとまだ十二歳だった娘を娶《めあ》わせ、ノワイユ連隊の士官に取り立てたことを心の底から後悔しながら。

国王の待つ内殿、「振子時計の広間」に通じる控《ひかえ》の間には、廷臣たちが列をなしていた。ルーカスに導かれたラファイエットが通り過ぎると、非難の眼差《まなざし》が集中し、敵意を含んだささやきが響く。

ラファイエットは、毅然《きぜん》としてそれらを無視し、規則正しく歩みを進めていたが、やがて一つの声を聞き、足を止めた。

「クロムウェルが来たらしい」

ラファイエットは初めて彼らを振り返り、肩をすくめて剣のない腰を見せた。

「クロムウェルなら、武器を持たずに来やしない。英国史をきちんと勉強したまえよ」

辛辣《しんらつ》で的確な一言を放って居並ぶ廷臣たちを黙らせ、ラファイエットは、表情も変えずに「振子時計の広間」に向かう。

傲慢《ごうまん》なほどの誇り高さに、ルーカスは舌を巻きながら後ろに従った。

「ラファイエット侯爵閣下がお着きになりました」

従僕が大声で言いながら扉を両開きにする。王族の待遇である。ラファイエットは気を良くし、いっそう背筋を伸ばすと、燃え上がるような赤毛の頭を高く上げて部屋に踏みこんだ。

まず目に入ったのは、壁にはめられた大きなヴェネツィア鏡の前のパスマンの天文時計。その脇に、天鵞絨《びろうど》の肘かけ椅子から立ち上がる王の姿があった。両側には王弟プロヴァンス伯爵以下、王と運命を共にしようとしている重臣が立ち並ぶ。いずれも険しい表情だった。

彼らを包む緊迫感と沈黙がラファイエットの興奮を高めていくのを見て取り、ルーカスは小声でささやく。

「側近の方々はともかく、陛下は閣下をお待ちになっておられました。閣下は、王家と人民の結び付きを目指していらっしゃるはず。ならば今、あなた様と陛下が結ばれることこそが、その第一歩」

ラファイエットは、背中を押される思いで口を切った。

「陛下、私は陛下をお救いするため、それが叶わぬ時は、せめて陛下の足下で死ぬために、やって参りました」

ルイは両手を差し出して歩み寄ると、突き出た自分の腹を気にしながらぎごちなく、雨に濡れたラファイエットを抱擁した。

「よく来てくれた、ラファイエット殿。お会いできて非常に嬉《うれ》しく思っている」

温かみの感じられるルイの態度に、ラファイエットは内心、胸をなで下ろす。彼が恐れていたのは、この行軍が王や議会に対する背信行為と取られることだった。それでは、理性と秩序を重んじる自分の品位に傷がつく。

それを避けるためにラファイエットは、言葉を重ねて旧フランス衛兵隊員たち一万五千を説得し、進軍を中止させようとしたのだが、ヴェルサイユに戻りたいという彼らの願いを断つことはできなかった。

それればかりか彼らは、ラファイエットの同意が取れなくても、自分たちだけで王宮に行進するつもりでいたのである。そうなった場合、国民衛兵隊は二つに分裂し、彼らの暴走に責任を持つ者は、いなくなるのだった。

ラファイエットは、やむなく同行を決意した。出来上がったばかりの国民衛兵隊の統一を維持し、彼らを管理して、その力で過激な王党派と過激な民衆を押さえていかなければ、自分の理想とする革命を遂行することはできない。

「司令官、あなたのご提案を伺いましょう」

ラファイエットの求めるものは二つだった。一つは、自分の部下たちの切なる願いであり、もう一つはこの行軍を合法化しようとしてパリ市会の同意を求めたために突き付けられた要求である。それらが王の機嫌を損《そこ》ねないように祈りながら、先ほどのルーカスの言葉を頼りに口を開いた。

「現在、国民衛兵となっている旧フランス衛兵は、一ヵ月前の部署に復帰し、フランドル連隊や国王親衛騎兵隊に代わって、陛下をお守りしたいと希望しております。どうぞ彼らに、陛下の神聖なご身命を守ることを許していただけますよう。

さらに一つ、パリ市会は陛下がパリにご帰還くださることを、切に願っております。古いご先祖の方々の居城の置かれたパリにお帰りになり、市民たちの近くにお住まいいただけますよう、私からもお願い申し上げます。そうすればとりあえず、極端な事態は避けることができましょう」

あいまいに表現された切実な状況に、重臣たちは緊張を強める。その気配を感じ取って、ラファイエットは言葉に力をこめた。

「私が、命に換えましても必ずそれを回避してご覧にいれます。秩序を維持し、民衆蜂起を押さえ、行政権を強化して陛下と人民が手を携《たずさ》えることのできる新しいフランスを作っていきたいというのが、私の願いです」

ルイはうなずく。予《あらかじ》めルーカスから聞かされ、アントワネットに勧められ、重臣たちと検討を重ねていたことである。迷いはなかった。

「わかった。君の二つの提案を受け入れよう」

ラファイエットの方が動揺する。多少の付帯条件はつくものと思っていたからである。信じられない思いのラファイエットに、ルイは人の良さそうな微笑を向けた。

「私は、今後とも君が、良き助言者として私を助けてくれることを強く希望している。そうしてくれるだろうね」

ラファイエットは感動し、ひざまずいて王の手を受けた。

「天地神明に誓いまして必ず」

ルーカスは、安堵《あんど》の吐息をつきながら二人を見つめる。ラファイエットを味方につけたということは、彼の抱える国民衛兵隊三万一千を掌中に握ったということである。バスティーユ以上の規模で立ち上がりつつあった第二革命は、今、押さえられ、王家の危機は消失したのだった。

ルーカスは、相変わらず鉄柵門の外にうろついている六千余のデモ隊の解散をラファイエットに申し入れ、自分は宮の屋階に戻って倒れるように眠りこんだ。長い一日だった。

ルーカスの要請を受けたラファイエットは、デモ隊を指揮しているマイヤールに解散を命じる使者を送ると同時に、国民衛兵隊を配備につけた。

自分自身は、緊張感から解き放たれて虚脱状態にあったため、そのままヴェルサイユ市内の祖父ノワイユの館に帰り、綿のように疲れた体を寝台に横たえる。ルイも、またアントワネットも同様だった。

ラファイエットの使者は、任務を果たそうとしてデモ隊の中にマイヤールの姿を捜したが、マイヤールは報告のためにパリに戻っていた。使者は、やむなくその後を追い、パリに向かう。

指導者を失ったデモ隊は、空腹と寒い雨に怒りを募らせた。朝方、苛立《いらだ》ちの限界に達して、ついに宮殿に突撃を決行する。高まった憎悪は、今まで通り王妃マリー・アントワネットに向けられていた。

「あのあばずれの腹を裂いて、心臓を引きずり出してやるんだよ」

配置についていた国民衛兵隊は、市民に発砲することを禁じられていたため、突入して来る彼らを押さえられず、じりじりと後退しながら説得を重ねたが、次第に分断され、人々の間に埋もれてしまった。

危機を感じて銃に手を掛けた兵は、デモ隊の一人を倒したものの、すぐさま飛びかかられ、惨殺される。王妃の部屋の外で警備についていた兵も、彼女に警告を発したために、同じ運命をたどった。

「オーストリアの売女は、どこにいる」

群衆は扉を打ち壊し、逃げ出した王妃の部屋に乱入すると、荒らしながら鏡の廻廊《かいろう》になだれこむ。

＊

「ルーカス様、起きてくださいませ。勤務時間外ではありますが、大変です」

セレスタンに揺すり起こされてルーカスが跳び起きた時には、階下は物音とわめき声、銃声で騒然としていた。

「どうした」

服に手を伸ばし、あわただしく腕や脚を突っこみながら聞くと、セレスタンは恐ろしそうに十字を切った。

「暴徒が大理石の階段から宮殿内に侵入したのです。只今、王妃様のお部屋のあたりかと」

ルーカスは壁の銃をつかんで部屋を飛び出し、半円形階段を走り下りる。大理石の階段は、宮殿中央棟の東側にあり、上りつめれば王妃の居殿に続いていた。その手前には

「衛兵の広間」があり、兵たちがつめている。

アントワネットには、逃げる時間ぐらいはあったにちがいない。おそらく寝室の隠し扉から内殿に抜け、王の居殿に向かったことだろう。とすれば、反対側から合流した方が早そうだった。

ルーカスは、小殿、浴室を抜け、「閣議の広間」に入りこんだ。壁一つへだてた鏡の廻廊《かいろう》からは、すさまじい騒ぎが響いてくる。扉や窓を打ち壊す音、ガラス陶器類を投げ出す音に混じって、吠えるような叫び声がアントワネットを罵倒する。

誰の姿もない王の儀式用寝室を駆け抜け、「牛眼の広間」を開けようとすると、中でいくつもの女性の悲鳴が上がった。

扉を開けさせまいとする力に逆らって、ルーカスが強引に押し開くと、二人の女官の向こうに、エリザベート夫人とランバル公妃に囲まれたアントワネットが恐怖に顔を引きつらせていた。

「トワネット」

ルーカスの声で初めてアントワネットは、彼を捕らえる。

「ルーク」

腕を差し伸べた彼女にルーカスは駆け寄り、抱きしめた。指の先まで青ざめたアントワネットの体は冷たく、押さえようもなくおののいている。

「殺されるわ。殺されてしまうわ、きっと」

ルーカスは腕に力をこめ、アントワネットを胸の中に包みこんだ。

「大丈夫、必ず守ります」

鏡の廻廊との間の扉に斧が打ちこまれ、砕けた板が飛沫《ひまつ》のように飛び散る。歓声が上がった。

「ここは危ない。こちらへ」

アントワネットの肩を抱いたルーカスが、来た方向に引き返そうとすると、一階に通じる小階段の扉を開けて王女マリー・テレーズと皇太子ルイ・シャルルが駆けこんで来た。後ろに国王ルイと、プロヴァンス伯爵夫妻、トゥルーゼル夫人が続き、最後に親衛騎兵数名とアンリが姿を見せる。

アントワネットは身をかがめて二人の子供を抱きとめ、泣きじゃくる二人をなだめながら自分も涙で声を途切れさせた。ルーカスは、アンリに走り寄る。

「状況は」

アンリは、乱れて顔に降りかかる金髪の間から、焼けつくような目でルーカスをにらんだ。

「始めにトリアノンがやられているという報告が入って」

ルーカスの背後で、アントワネットが小さな声を上げる。フェルセンのことを案じたらしかった。

「分遣隊を派遣したために、こちらが手薄になったんだ。連中は、王妃の居殿から鏡の廻廊《かいろう》、正殿にかけて荒らし回っている。逃げるなら、王の内殿を通って小階段から北翼棟だ」

次々と打ちこまれる斧は、扉の裂け目を大きくする。ついに向こうからこちらがのぞけるまでに広がり、群衆は鯨波を上げた。

「淫売がいたぞ」

アンリは素早く扉に向き直る。

「ここは私がくい止める。ルーク、君は陛下を安全な所までお連れしてくれ」

言いながらアンリは抜き身の剣を掲げ、一瞬ルイに敬礼を送った。

「陛下、この場にておいとまいたします。どうぞ、ご無事で」

音をたてて扉が蹴《け》り倒され、アンリが率いる騎兵隊の銃声が響く。ルーカスは、王たちを急《せ》き立てて隣室に追いやった。

二人の子供を先頭に女性、男性の順で儀式用寝室を走り抜け、「閣議の広間」から内殿に飛びこむ。殿《しんがり》を務めるルーカスが扉を閉めようとして後ろを振り向いた時、「閣議の広間」の西側にある扉が激しく揺すられ、押し倒されて、そこから鎌や棍棒を手にした暴徒が姿を見せた。

「いたぞ、こっちだ」

ルーカスは手早く扉を閉め、銃床を肩の上に担ぎ上げて部屋の中央に立ちふさがった。

「早く行ってください。北翼棟まで走って」

泣きながら振り返るアントワネットの手を、ランバル公妃がつかんで引きずるように走り出す。

「ルーク、ルーク」

アントワネットの声が小さくなるのを聞きながら、ルーカスは弾丸の数を計算し、何分くい止められるかを考えた。

パリで見た熱《いき》り立《た》つ群衆の姿が、脳裏に甦《よみがえ》る。ピックに突き刺されて揺れていた生首。まさか自分が同じ運命をたどることになろうとは、あの時は思ってもみなかった。

だが、これも成り行きである。しかたがない。

きしみ、ゆがむ扉に狙《ねら》いを定め、息を殺して待つ時間が、一分二分と過ぎる。額から脂汗が滴《したた》り、手の平がじっとりと濡れた。

やがて高い音と共に蝶番《ちょうつがい》が飛び、斜めにぶら下がった扉から、武器を握り女装した男の上半身が現れる。ルーカスは、引金を絞った。

直後、重い銃声が上がり、男の体がのけぞるようにくずれ落ちる。女たちの悲鳴に、荒々しい足音が混じった。ルーカスの耳に、力のこもった大声が飛びこむ。

「国民衛兵隊大隊長ラザール・オッシュ、ラファイエット司令官の命により陛下をお救いに参りました。陛下は、どちらに」

ルーカスは銃身を下げ、汗を拭う。扉に駆け寄って向こうをのぞくと、なだれこんだ国民衛兵が、暴徒を鏡の廻廊《かいろう》の方に押し返しているところだった。圧倒的多勢である。ルーカスは扉の裂け目をくぐり、「閣議の広間」に入った。サンテールと同じ大きさの花形記章を付け、ルイを捜して大声を上げているラザール・オッシュの肩をつかんで内殿を指さす。

「陛下は、あちらだ。ご家族とご一緒に北翼棟に向かっておられる。早く救護を」

ラザールが部下と共に駆け出すのを確認して、ルーカスは足早に「牛眼の広間」に引き返す。アンリの身が心配だった。

「閣議の広間」も、儀式用寝室も惨憺《さんたん》たる有様で、椅子は転倒し、燭台や額、胸像は放り出され、カーテンは裂け、鏡や窓は壊されている。黄金の刺繡をあしらった寝台おおいの上には、酔った民衆が折り重なり、歌を唄いながら寝転んでいた。

国民衛兵が、彼らを一人ずつ立ち上がらせ、鏡の廻廊《かいろう》の方に追い立てる。飾り時計やセーヴル焼きの壺を服に隠して持ち出そうとする者も少なくない。

「牛眼の広間」に足を踏み入れると、寄せ木作りの床は血にまみれ、負傷した親衛騎兵や民衆がうめき声を上げて転がっていた。アンリは、頰《ほお》から吹き出す血を二の腕で拭いながら壁に寄りかかっている。

　全身に返り血を浴びていたが、顔の傷の他には怪我をしている様子はなかった。ルーカスは倒れている怪我人をまたいで歩み寄り、アンリの前に立つ。

「美少年がだいなしだな」

　アンリは苦い笑いを浮かべてルーカスを見、興奮のために底光りする青い目で窓の外を指した。

「見ろよ」

　ルーカスは窓辺により、大理石の内庭を見下ろす。上り始めた朝日が、犇《ひし》めく群衆と武器、頭上に掲げられた兵の首を照らしていた。

「王妃を露台に出せ」

「王妃の首をパリへ」

　次第に強まる叫びが宮殿を揺るがせる。アンリがゆっくりとルーカスに近寄り、ささやいた。

「いっそ連中の要求を満たしてやってはどうだ。そうすれば、陛下もブルボン王家も救われる。背に腹はかえられない」

　ルーカスは腕を伸ばし、アンリの肩を乱暴に抱き寄せた。

「切り抜けて見せるさ。まあ、見ていろ」

第八章　バルコンの名演技

暴れる酔っ払いや怪我人が次第に片付けられ、ようやく静かになった部屋に、大隊長ラザール・オッシュがルイとアントワネットたちを連れて戻って来る。前後してラファイエットや大臣たちも駆けつけて来、主要人物が顔をそろえる頃には、群衆の叫びはさらに大きくなっていた。

「王妃を出せ。王妃一人を出せ」

アントワネットはルイの後ろに身を隠し、子供の手を握ったまま頑として動かない。たとえ宮殿ごと爆破されたとしても、一人で外に出るよりはましだと思っているような表情である。そんな彼女に、誰も、露台に出てくれとは言い出せなかった。

内庭の叫びはますます熱をはらみ、すごみを帯びる。一同は途方にくれ、顔を見合わせるばかりだった。

このまま群衆を放置しておいては、いつまた暴挙に出るかもしれない。ルーカスは策を練り、ラファイエットに進言する。

「ひとまず閣下が露台にお出になり、民衆をなだめてみてください。そして次には、陛下にもお出ましを」

おそらくそれでも押さえられないだろうと、ルーカスは推察していた。アントワネット自身が出て行かない以上、駄目なのだ。だが彼女を露台に出すなら、その前にあらゆる危険を排除しておかなければならなかった。

民衆は武器を持っている。長年の憎悪の的が目の前に現れれば、攻撃せずにいられないだろう。それを防ぐためにラファイエットとルイを先に行かせ、彼らを慰撫する必要があった。

「やってみよう」

ラファイエットは王の儀式用寝室に踏みこみ、その中央の窓を開けて、黒地に金の彫刻を施した手摺《てすり》のある王の露台に出た。ルーカスは耳を澄ませて群衆の反応をうかがう。

いっせいに静まり返った彼らは、直後にラファイエット万歳の大歓呼を上げた。さすがにパリの王と言われるだけある。この人気を利用すれば、アントワネットを憎悪する民衆の心も和らげることができるかもしれなかった。

「陛下は、パリに行かれると私にお約束くださった」

怒濤のような拍手が起こり、歓声が上がってラファイエットの言葉を中断する。その隙《すき》を見てルーカスは、アンリの上着に手をかけた。

「貸せ。もっと盛り上げてやる」

訳がわからないままにアンリは急《せ》かされ、上着を脱ぐ。ルーカスは腕を通すと、ラファイエットの後を追って露台に歩み出た。突然、現れた若い親衛騎兵に気を取られる民衆の前で、ルーカスは胸の白色記章をむしり取り、ラファイエットに言った。

「あなたの三色記章を私につけ、抱擁してください」

白色記章は王家の象徴、三色記章は革命の標章である。ラファイエットは、ルーカスの言葉の意味をすぐに理解し、それに従った。

ルーカスは、白色記章を空に放り投げ、三色記章をつけられた胸を誇らしげに張り、人民万歳と叫んでラファイエットに抱きしめられる。王家崇拝者が、革命の戦士へと変貌する様子を見せつけられた人々は、熱狂的な鬨《とき》の声を上げ、両腕を突き上げてルーカスの叫びを繰り返した。

「では、陛下を」

ルーカスの要請で、ラファイエットは部屋に戻り、ルイを連れ出す。王の姿に、割れるような拍手が起こった。それが収まるのを待ってルイは口を切る。

「私は、家族と共にパリに行く。善良で忠実な諸君に、私の全てを委《ゆだ》ねるつもりだ」

喚声が庭に満ちる。機を見てルーカスは部屋に入り、アントワネットを窓辺に誘《いざな》った。彼女は首を強く横に振り、自分を引き出そうとするルーカスの腕にすがりつく。

「いやです。あの人たちが私をどんな目で見ているか知っているでしょう。殺されます」

ルーカスは、もう一方の腕でアントワネットの肩を抱いた。

「お守りいたします。今はあなたが出ることが必要なのです」

アントワネットは、首を振り続ける。

「いやです。一人では怖いの。せめて子供たちと一緒に」

ルーカスは強くアントワネットをにらみすえた。

「私を信じて、さあどうぞ。でなければ、この危機を逃れることはできませんし、私も責任を負いかねます」

はっきりと言われて、アントワネットは断り続ける勇気を失い、おずおずと露台に歩み寄る。

「ラファイエット閣下、トワネット様の手を取ってください」

ラファイエットが振り返り、腕を伸ばす。アントワネットは、恐る恐るそれを握り締め、露台に踏み出した。

人々は一気に喚声を呑みこむ。緊張した沈黙があたりに広がり、アントワネットは泣き出しそうな顔でルーカスを振り返った。小さな青い靴が青銅の露台の上で震え、堅い音を立て続ける。ルーカスは急いで彼女の後に続き、発砲された場合に備えてその前に立ちふさがった。

「王妃様は、今まで側近たちにだまされ、利用されておられました。が、今後二度とそのようなことはないでしょう。王妃様は、あなたがたと結びつきたいと心より願っておられます。それを今ここで、お約束なさるそうです」

言いながらルーカスは、ラファイエットに視線を走らせる。

「閣下、トワネット様に敬意をお示しください」

ラファイエットは恭《うやうや》しく片膝をつき、アントワネットの手を押しいただいて口づけた。人々の間から驚きのどよめきがもれる。

ルーカスは、いつでもアントワネットをかばえるようにすぐそばに立ちながら息をつめて彼らを見下ろした。

パリ中の信望を集めているラファイエットが、パリ中の憎悪の的である王妃に膝を屈し、彼女を認めたのである。民衆はどう出るだろう。ラファイエットが堕落したと取るか、それとも王妃を再評価するか。乾坤一擲《けんこんいってき》の大勝負だった。

やがて勢いづいた声が上がる。

「王妃を撃て」

同時に、別の叫びが起こる。

「王妃、万歳」

徐々に大きくなる二つの主張の間で、大多数が戸惑い、どちらにもつきかねているのをルーカスは見て取った。こんな時には、ほんの些細《ささい》な行動が、すべてを決定することになる。

アントワネットは革命の敵ではないのだということを、はっきりと示さねばならなかった。ルーカスは自分の胸についていた三色記章を取り、アントワネットの前に差し出す。

「革命の標章に口づけなさい」

アントワネットは涙をこぼしながらルーカスを見た。

「私を助けてくれますね。あなたを信じていいのですね」

ルーカスはうなずく。

「私がウィーンを出て来たのは、あなたをお救いし、お守りするためです」

アントワネットは、泣きながら革命に口づけた。ルーカスはその三色記章をいったん人々の前に掲げてから、アントワネットの胸につけ、大声で言った。

「革命、万歳。司令官、万歳、王妃、万歳」

民衆の間から、それに追随するいくつもの叫びが上がり、しだいに他を圧倒する。

「革命万歳、司令官万歳、王妃万歳」

ラファイエットは立ち上がり、もう一度身をかがめて王妃に口づけた。群衆はいっそう力をこめて叫び、手を打ち鳴らし、銃を天に向けて発砲する。彼らは王妃を許し、受け入れたのだった。

「王妃、万歳」

ルーカスは心の底から大きな息をつく。王家の被害を最小限度に抑え、第二革命をやり過ごすことに成功したのだった。

アントワネットが露台から身を引き、倒れこむように部屋に足を踏み入れると、子供たちが駆け寄り、抱きついた。

「お母様、泣かないで」

「お母様がお泣きになると、私たちも泣きたくなってしまいます」

二人の子供を抱きしめてしゃくり上げるアントワネットを見ながらルーカスは、恐怖と屈辱のこの体験が彼女に反省を強い、その価値観をくつがえしてこれからの生き方への暗示になることを願った。

民衆の中でももっとも過激な一団が過去の憎悪を水に流し、アントワネットを自分たちの良き母として認めたのである。アントワネットには、革命時代の王妃として生きる道が開かれたのだった。

今度こそ間違うことなく、まっすぐに進んでほしい。進ませなければならない。そう思いながらルーカスは、床に腰を下ろした。後から入って来たラファイエットも脇にへたりこむ。

「皆、よくやってくれた」

ルイの言葉に、一同は顔を上げ、汗や涙や血に汚れたお互いを見つめ合った。

「おかげで、革命もようやく終わった。私たちは、これからパリに移るが、以前と変わりなく誠意を持って仕えてほしい」

その場に居合わせた誰もが、ルイの言葉に同意し、うなずいた。革命はこれで終わったのだと彼らは思い、辛《つら》い体験に疲労した頭と体で、そこからの解放を喜んでいた。だが、もしルーカスが、もう少し注意深くアントワネットの顔を見ていたら、気がついただろう。その青い瞳の底に、母親譲りの強情で冷厳な光がきらめいていたことに。

その時アントワネットは生まれて初めて、感情を超えた明確な意志を抱くにいたったのだった。それは、ルーカスの思惑《おもわく》とは正反対の闘志だった。

自分を、これほどの戦慄とみじめさの中に貶《おとし》めた人民とその国を、アントワネットは生涯許す気になれなかった。極限まで募った憎悪を持って彼女は、その時、それらに復讐を誓ったのである。

何としてもこの地から脱出し、必ずこの国と人民に、自分と同じ思いを味わわせようとアントワネットは決意し、それを悲願に、人民の前に屈するという今の惨苦に耐える力を見出したのだった。

＊

その日、午後一時十五分、国王一家は血にまみれた「衛兵の広間」を避け、小階段から宮殿の外に出た。司令官ラファイエットが警護する馬車に乗りこみ、前後に国民衛兵隊を従えて、大砲の音に送られながらパリに向かう。

後ろには馬に乗った各大臣と立憲国民議会議員、宮廷の女官や下僕、そしてデモ隊と食料を積みこんだ荷馬車が続いた。総勢六万人の長い行列である。

任務を解かれた国王親衛騎兵隊は涙ながらに王に今生の別れを告げ、ランブイエに退去する。またスイス衛兵隊も、いったんリュエイユの兵舎に帰った。

パリ市内では、伝令の報せを受けた市長バイイが黄金の皿の上に市の鍵を乗せ、国王ルイを待ち受けていた。夜十時、ようやく到着した王に、それを渡す。

「陛下とご家族をお迎えすることができる今日は、市民にとって誠に光栄な日です」

ルイは鍵を手に市庁舎に入り、設置された王座で市議会の挨拶《あいさつ》を受けた。その後、王妃と共に露台に出て、グレーヴ広場に集まった市民たちの歓呼を浴びる。

父なる王を自分の街に取り戻すことのできた市民たちは心から王室に万歳を叫び、無上の喜びに浸ったのだった。

その温かい歓迎ぶりは善良なルイの心を慰め、これからの生活への不安を取り除いた。彼は、自分を愛する市民たちになじみ、彼らの中で生活することを楽しみに感じ始める。その傍らでアントワネットは終始、優しい微笑で堅い決意をおおい続けていた。

国王を市に連れ帰った立役者ラファイエット侯爵の人気は、この上なく高まり、パリ行進を先導したマイヤールと代表団は、ラファイエットに月桂冠を捧げてその栄光を称えた。

名誉欲をこの上なく満たされたラファイエットは幸福の絶頂にあり、これからも良き助言者として王を自分の影響下に置き、過激な人民と議員たちを押さえて秩序を維持していこうと心を決める。

その夜遅く、国王ルイは、新居であるチュイルリー宮殿に入った。一五六三年に王妃カトリーヌ・ド・メディシスが造営に着手し、その後はルイ十四世のパリの居城として、またルイ十五世の摂政フィリップ・ドルレアンの宮廷として使われ、一七二二年以降は見捨てられていた宮殿である。

内部には、彫刻家や画家、また浮浪者が勝手に間仕切りをして住み着き、外壁沿いには居酒屋や古着屋、見世物小屋が立ち並んでいた。

市長バイイと市議会は、王の帰還を聞くとすぐ、この宮殿の不法居住者を一掃し、市民に呼びかけて王家のための調度品を供出させた。

王を愛し、王への奉仕に無上の喜びを感じる多くの市民たちによって、リドや椅子、寝台等が山のように持ちこまれる。せっかくパリにいらしてくださった王様に、不自由をおかけしては申し訳ないというのが市民たちの気持だった。

近郊の農民は自分たちの農作物を、樵《きこり》は薪《まき》を、魚屋は魚を持ってチュイルリー宮に押し寄せる。

自分たちは食べなくても王様を飢えさせてはならないと考える一般民衆の心の底には、王座に寄せる絶対の信頼が横たわっていた。彼らは、王を神に近い存在と感じ、全面的に頼り、自らの運命を委《ゆだ》ねていたのである。王なくしては明日の陽が上らないと信じる彼らは、国王も一人の人間にすぎないなどとは考えたこともなかったのだった。

王や王妃の望む家具を提供したいと申し出た商人たちに、アントワネットは、自分の趣味に合う寝台や絨毯《じゅうたん》、箪笥《たんす》、タピストリーを注文した。彼女にとって、人民が自分に仕えることは当然であり、感謝の念を抱く必要さえないことだった。

市民の心づくしの献身を受けながらアントワネットは、彼らの無償の愛を理解せず、報復の準備を始めようとしていたのである。

国王のパリ帰還を受けた立憲国民議会は、その数日後、ヴェルサイユのムニュ・プレジールの館にあった議場を、チュイルリー宮殿の北側の王立馬術練習場跡地に移す。これに伴い、ブルトン・クラブ等の各政治党派も、拠点をパリに移動した。

一方、議長ムーニエを初めとする約二百名の右派議員たちは、王のパリ帰還を嘆き、あるいは痛憤して辞職、地方に潜伏し、また外国に亡命をはかった。彼らは先に逃亡していた王弟アルトワ伯爵や大貴族たちと手を携《たずさ》え、反革命勢力を作って王政復古を目指すこととなる。

第九章　新たな敵

空き屋になったヴェルサイユ宮殿は、ラ・トゥール・デュ・パンの監視下に置かれた。すべての扉が板で閉ざされ、門は囚人を縛るような太い鎖と堅牢無比の錠前で封鎖される。庭には歩哨が立てられた。

もはや誰も立ち入ることのできなくなったその壮麗な宮の前で、アンリは指が白くなるほど強く鉄柵を握り締め、立ちつくした。アンリは、親衛騎兵隊将校としてランブイエに退去することをこばみ、その地位を辞したのだった。

それよりは、ルーカスとともにパリのラ・ロシュジャクラン邸に帰り、新宮殿であるチュイルリー宮に伺候して、悲運の国王をなお守りたいと望んだのである。若々しい頬《ほお》に無念の情をたぎらせて閉鎖された宮を見すえるアンリの肩を、ルーカスはたたいた。

「行こう」

気遣うようにのぞきこむルーカスの視線から、アンリは顔をそむけ、自分の馬に歩みよった。鞍に手をかけて嫋《しな》やかな体を一気に空中に持ち上げ、長い脚を開いてその背にまたがる。思いを振り切るように拍車を当てた時、鉄柵門の向こうで歩哨の大声が起こった。

「こら、どこから入ったんだ」

ルーカスは振り返り、銃を担いだ歩哨に引き立てられて出て来る一人の男性を見た。白粉を振った髪と狭い額、眼鏡の向こうの鋭い緑の瞳が、ルーカスにその名を思い出させる。マクシミリアン・マリ・イジドール・ロベスピエールだった。

「早く出て行け」

太い鎖を乱暴に解き、錠前を開けて歩哨は突き飛ばすようにロベスピエールを外に出した。ロベスピエールの小さな手から、細身の杖が転がり落ちる。ルーカスは素早く歩み寄り、それを拾った。以前から興味を持っていたロベスピエールに接する絶好の機会である。逃すはずもない。

「ありがとう」

言ってロベスピエールは、高い頬をゆがめ、ぎこちない微笑を作った。人と向かい合うのは、いかにも苦手そうだった。緑の瞳の中には、興奮の名残が熱を帯びてきらめいている。ルーカスは鎌《かま》をかけた。

「無人の宮殿で、何か良いことでもありましたか」

ロベスピエールは感情を読み取られたことに驚き、恥じ入って一瞬、目を伏せた。だが胸の内に疼《うず》く感動を打ち明けてみたい思いにかられ、再び視線を上げる。

「民衆の強い意志が、いかに革命を進行させていくものかを、現場を歩きながらかみ締めていたのです。彼らは今後、革命の中核となることでしょう」

ルーカスは意表をつかれ、声を上げた。

「人民が、さらに新しい革命を起こすという意味ですか」

ロベスピエールは、わずかに首を傾けながら胸の底からいつもの峻厳《しゅんげん》さを引きずり出し、自分をおおった。

「どうやらあなたは、革命がすでに終わったものとお考えのようですが、私に言わせれば、革命は二つの理由で終結を見ていません。一つは、人民の権利がまだ完全に認可されていないこと。二つ目は、王族や貴族たちの心に、自分が一人の市民であるという自覚が芽生えていないことです」

ルーカスの後ろで、アンリが馬から飛び下りる。

「きさま」

うめくようにつぶやいて大股に歩み寄って来たアンリの肩を、ルーカスは抱きとめながらロベスピエールを見た。

「失礼。どうぞ続けてください」

ロベスピエールは気取った会釈を返し、口を開く。

「革命は進むでしょう。七月のバスティーユ襲撃や、昨日のヴェルサイユ行進のような民衆蜂起が、錯綜《さくそう》する議会や無能な国王を圧倒し」

腕を振り切ろうとしてもがくアンリの細い体を、ルーカスは強く押さえつけた。

「革命を導いていくのです。言葉を変えれば、人民を掌握した者だけが、革命の主導権を握り、それを終結させうるということです」

確信を持って言い切ってロベスピエールは、一瞬アンリに皮肉げな笑みを送り、ルーカスに一礼して身をひるがえした。

「あの野郎」

追いかけようとするアンリを、ルーカスは再び引き戻す。

「やめておけ。親衛騎兵くずれが立憲国民議会議員に乱暴を働いたとなったら、また新聞が大騒ぎだ。今度はチュイルリー宮が襲われるぞ」

アンリは、いまいましげな吐息をつく。隣でルーカスは、遠ざかって行くロベスピエールの四角張った背中を見つめた。冴えた情熱を湛《たた》えた緑の瞳が胸に残る。あの男は遠くまで行くだろうと予言したミラボー伯爵の話が思い出された。

人民を掌握した者だけが革命の主導権を握る。おそらくロベスピエールは、自分を指してそう言ったのだ。そしてこれからそのための動きを開始するのにちがいない。

ルーカスは感嘆すると同時に戦慄し、ロベスピエールの名をつぶやいた。確実に敵となりそうな男と、ルーカスはようやく出会ったのだった。

第三部　牢獄チュイルリーの叛服

第一章　革命時代の王妃

国王一家が移り住んだチュイルリー宮殿の改装は、翌一七九〇年春に完了する。二十八万リーヴルと八百人の作業員を動員しての大工事の大半は、チュイルリー庭園に面したマリー・アントワネットの居館のためのものだった。

ヴェルサイユ宮殿から移動してきた多くの料理人が国王一家の食事に奉仕し、また政府高官たちが絶え間なく面会に訪れ、就寝の儀式に参列する。

王室費として二千五百万リーヴルの経費が議会に提出され、軍隊の保有も許可され、十二月には四千冊の本を初めとし撞球台などの遊具もヴェルサイユ宮から移されて、国王一家の生活は表面上以前とほぼ変わりのないものとなった。

唯一変わったことは、以前なら国王や王妃マリー・アントワネットが個人的に気に入った人間だけを身近にはべらせていたのに対し、チュイルリー宮殿では、これらのお気に入り以外に議会によって選ばれた人々も一家の世話をしにやって来るということだった。

この新しい伺候《しこう》者たちは、媚《こ》び諂《へつら》わなくても職を失う心配がなく、王家を恐れなかった。

アントワネットは、自己の尊厳が侵されたように感じる。また去年までの王室の収入の五億リーヴルに固執するあまり、新しい王室費の二千五百万リーヴルの価値に気づかなかった。

一昨年以来、フランス全土を襲い続けている寒波と干魃《かんばつ》のために、食料と燃料が高騰し、パリ市民は一本の薪《たきぎ》を求めて朝四時から店先に列をなし、その中から凍死者が出るという状況だったが、同じ市中にありながらアントワネットは、それらを顧みることもなく、不当に失われた自分の利益の奪還に向けて闘志を燃やしていたのだった。

＊

「革命がこれ以上に進行していくと、最終的には王政の否定に至る。これはフランス人民にとって不幸なことだと私は思っている。なぜなら」

背筋を伸ばしたラファイエットは、組んだ両指を卓子の上に置きながら硝子《ガラス》玉のように淡い青色の目で、静かにルーカスを見つめた。

「フランスは、アメリカとは違って長い歴史を持っている。伝統的な習慣や既得権を全面的に廃止することは不可能であり、また人民は、共和政を受け入れるほどには成長していない。王政の下《もと》での秩序と自由、これがフランスにとって最良の体制だ」

ルーカスは深くうなずく。神聖ローマ皇帝ヨーゼフ二世の弟君にしてトスカナ大公レオポルトの意向も、まさにそこにあった。

「反乱が過熱し過ぎ、王政がくつがえされるようなことになってはまずい。それは早晩、我が国にも波及し、帝室に抵抗する勢力に力を与えるからだ。そんな事態に陥《おちい》らないように、王家と反乱勢力をうまく御し、均衡をはかっていきたい。そのために、この騒動の原因の一つがハプスブルク家の大公女にあるという汚名は、早々に拭わなければならないのだ」

その命令を実行するために、ルーカスは密使としてこのフランスにやって来た。

「革命は、終わらせねばならない。そして革命が勝ち取ってきた自由と秩序を守っていかなければ。そのためには極右、極左を抑え、蜂起の再発を予防することだ。最上の策としては、行政権の強化、これのみ」

立憲王政の樹立に邁進《まいしん》するラファイエットは、ルーカスの任務にとって格好の相手だった。国民衛兵隊司令官として三万一千の軍隊を掌握し、市民の間で圧倒的な人気を勝ち得、パリの王の名も板に付いてきている。

かつてルーカスは、立憲国民議会を抱きこむためにミラボーかバルナーヴのどちらかと提携が必要だろうと考えていたが、十月のヴェルサイユ行進以来、議会の主導権を握ったのはラファイエットだった。

今やルーカスは、ラファイエットの方針に同調していきさえすれば、王家の存続をはかることができるという立場に立ったのである。問題は、ラファイエットが国王に対し、どんな条件を提示するかの一点に絞られていた。

「私が今、陛下にお願いしたいことは、私を全面的に信頼していただき、革命を受け入れ、亡命貴族や反革命家との縁を切っていただきたいということだ。革命は、右派や左派の蜂起の再燃を防ぐためにも、陛下の毅然《きぜん》とした態度が必要となる。革命は、野望と謀略の坩堝《るつぼ》だ。放置しておけば、右派が左派の仮面を被《かぶ》り、左派が右派の衣をまとって跋扈《ばっこ》する。昨年十月の騒ぎのようにだ」

ルーカスは眉根を寄せる。昨年十月の騒ぎというのは、市民のヴェルサイユ行進のことにちがいない。行列の中に女装の男たちが交じっていたことでルーカスも何者かの作為を感じないわけではなかったが、こうもはっきりとその関与について聞かされたのは初めてだった。

「ヴェルサイユ行進は、左派か右派の陰謀だったというわけですか。いったい誰の」

ラファイエットは、青い瞳に湛《たた》えた冷ややかな光を一瞬揺るがせた。

「オルレアン公爵ルイ・フィリップ殿下だ」

ルーカスは瞠目《どうもく》する。異腹の弟アンリから憤慨と共によく聞かされていた名前だった。

オルレアン公爵ルイ・フィリップは、国王ルイ十六世の従兄弟に当たり、三部会では貴族身分議員を務め、現在はそのまま立憲国民議会議員となっている。

五年ほど前から自分の宮殿であるパレ・ロワイヤルに営業用区画を設け、店舗の貸出を始めて多大な利益を上げている実業家でもあった。

ルイ十六世、およびマリー・アントワネットとの確執は周知の事実で、次期王位を狙《ねら》っているという噂が絶えない。事実、去年、選挙民の陳情書の雛形《ひながた》として、「国民の不幸は、現国王の専制的権力のせいである」という文書を全国に撒《ま》き散《ち》らしもした。

「ルイ・フィリップ殿下に雇われたオルレアン派の人間が暗躍し、核となる暴徒を組織して民衆を煽動《せんどう》したというのが事実だ。おそらくピエール・ショデルロ・ド・ラクロあたりが画策したのだろう」

ラクロの名も、ルーカスは聞いたことがあった。今年一月にジャコバン・クラブと改名した旧ブルトン・クラブで、『憲法の友』新聞を発行していた砲兵大尉である。八年ほど前には、書簡体の小説『危険な関係』を発表し、その暴露的内容によって世間を騒然とさせた。アンリに言わせれば、当代切っての陰謀家ということである。

「また昨年の暮には、市長バイイおよびこの私に対する暗殺計画が露見したが、これには王弟アルトワ伯爵シャルル・フィリップ殿下が関与しておられた。

先ほども言ったが、革命は野望と謀略の坩堝《るつぼ》なのだ。その中に新しい秩序を打ち立て、成果である新しい憲法を守っていくことは、容易ではない。だからこそ陛下のお力をお借りしたいのだ。私は一命を賭《と》して王家を守り、王政を擁護するつもりでいる。お二人の殿下が関係された陰謀をもみ消したのも、ひたすら王家の権威を傷つけたくないとの思いからだ。

それを陛下にお伝えいただき、ぜひ私に全幅の信頼をお寄せいただけるよう君からも懇請してもらいたい」

要するにラファイエットは、反革命勢力から国王ルイ十六世を引き離し、自分と強く結びつけることによってこの革命に終止符を打とうとしているのだった。

それは見方を変えれば、ラファイエット一人に絶大な権力を握らせることになる。ルーカスは用心深くならざるをえなかった。

「閣下のお申し出を陛下が受けられた場合、どのような行動を義務づけられることになるのか具体的にお伺いしたいのですが」

はっきりとした問いに、ラファイエットは皮肉げな笑みをもらす。同じラ・ロシュジャクランの血筋でも、アンリの方は明敏で、感情の抑えがきかないほど純粋だったが、この庶子は目から鼻に抜けるような所が感じられ、なかなか辛辣《しんらつ》でおもしろかった。

それでも下劣な感じがしないのは、育ちの良さだろうか。ラファイエットは品格を愛している。

同じ立憲派同志でありながらミラボー伯爵とどうしても協調できないのも、彼の野卑《やひ》が原因だった。どうせならこういう青年と一緒に仕事をしたいものだと思いながらラファイエットは、手の内をのぞかせる。

「一つは、明日にでも議会に赴《おもむ》かれ、議員たちに向かって、新しい秩序の承認を行うと同時に、それを反革命勢力を含む全フランス人民に義務づける宣言をなさること。またバスティーユ陥落一周年を記念して連盟祭を行おうという計画があり、間もなく立憲国民議会に提出されることになっているが、その連盟祭の式場で、憲法を維持し法を施行させる旨を国民に向かって宣誓されること。とりあえずは、この二点」

どちらも、ルイ十六世の先導はラファイエットが務めることになるだろう。その結果、彼の権勢が増すことは疑いがない。

ルーカスは、権力の集中を心配した。だが今、王家を守ることのできる最も強力な防波堤は、ラファイエットを措《お》いてないのである。ここは、ある程度の危険を覚悟し、防備策を練りつつ協調していく必要があった。

「確かにうけたまわりました」

ルーカスは立ち上がり、姿勢を正して右手を差し出す。

「陛下にお伝えすると共に、よいご返答ができるよう力をつくします」

ラファイエットの上品な手を握りしめながらルーカスは、微笑を浮かべて彼を見つめる。この手の持つ力を利用し、かつこの手にこれ以上の権力を集中させない方法を考えねばならなかった。

＊

「どうしたものだろう」

ルーカスの報告を受けてルイはつぶやいたが、本心からの言葉ではなかった。隣室には、顧問官会議に出席する重臣たちが、既に集まり始めている。あと一、二時間もすれば全員がそろい、会議が始まることになっていた。散歩に出かけるなら、今を措《お》いてない。

慣例による唯一人の午餐を終えると、ルイは、これまた慣例により衣服を着替え、散歩に出かけることになっていた。ヴェルサイユにいた頃は、その時間に狩りなどもしたのだが、パリの繁華街のただ中に住んでいては、そこまでは望めない。

ルイは持ち前の善良さと誠実さで民衆を愛し、彼らに愛されたいと願っていた。革命時代の王となることに何の抵抗もなく、パリの市内での生活も悪くないと感じている。だがその一方で、自分の身に染みついている多くの習慣はできるだけ守っていきたいとも考えていた。狩猟についてはあきらめるにしても、散歩ぐらいは邪魔されたくない。旧習を守っていたのでは、革命時代の王となることなどできはしないということを、ルイはまだ理解していなかった。頭の中は、どうやってこの話に終止符を打ち、散歩に出かけるかで一杯である。

「お引き受けになればよろしいではございませんか。ラファイエットと仲良くなさいませ」

突然のマリー・アントワネットの発言は、ルイにとって渡りに船だったが、いささか違和感のあるものでもあった。

「道化大王とか」

重臣ショワズール公爵のつけたラファイエットのその異称を、宮廷内で一番多く口にしていたのは、マリー・アントワネットである。バスティーユ襲撃事件以降は、立憲王政を求めるラファイエットら議会勢力に対し一貫して反対の声を上げ、王家の優先を主張し続けてきた。

それがヴェルサイユ行進を境に鳴りをひそめ、不思議に思っていたところに今の発言である。ルイはアントワネットの真意を確かめようとして、彼女に向き直った。

「アルトワ伯爵を初めとする旧臣たちとも、袂《たもと》を分かつことになるのだぞ」

アントワネットは淡々と答えた。

「仕方がございません。そういうご時世でございますから。アルトワ殿や他の方々は、今や国外にお出になり、自由の身。それに比べて陛下や私どもは、このパリで人質も同様の暮らし。アルトワ殿が行動を起こされれば、まず私たちがその首謀者と疑われ、それを理由に処刑されかねない状態でございます。

さすれば、ここはまず保身を考えねばなりません。私は、陛下の御身を心配いたしております。陛下をお守りするためなら、あの道化大王と手を携《たずさ》えることも厭《いと》うものではございません」

青い瞳に浮かんだ一途《いちず》な決意に、ルイは胸を打たれ、目を伏せる。

「あなたのような女性を妻に迎えることができて、私は幸せだ。これからもよき助言者であってくれ」

敬虔《けいけん》に頭を垂れるアントワネットに、ルイは満足そうな微笑《ほほえ》みを投げてから、暖炉のそばに立っているルーカスを見た。

「聞いての通りだ。王妃は、ラファイエットの申し出を承知すると言っている。私にも異存はない。ラファイエットに、一度こちらに伺候《しこう》するように伝えてくれ。直接に話をしたいと」

ルーカスが姿勢を正してうけたまわると、ルイは脇にいた弟プロヴァンス伯爵を促《うなが》し、散歩のための一歩を踏み出した。ようやく課題から解放された学生のように晴れ晴れとした気持で、カルーゼル広場に面した厩舎《きゅうしゃ》に通じる廻廊《かいろう》に向かう。

それを見送ってルーカスは、アントワネットを振り返った。アントワネットは瞬時にルーカスに走り寄る。

「お願いがあります」

感情をよく映す瞳が、期待に輝いている。思うところを早く伝えたいがために、ルイを外に追い出したといわれても仕方がないほど焦《じ》れた表情だった。

「この手紙を、ウィーンのお兄様に届けてほしいのです」

アントワネットは花飾りをつけたローブの襞《ひだ》の間から一通の書簡を出し、ルーカスの胸に突きつけた。二重封筒である。

「そしてお返事をいただいてきてください。色よいお返事をね」

ルーカスは姿勢を正す。内容もわからない手紙に、迂闊《うかつ》に手を出すことはできなかった。

「御状のご用件をお伺いしてもよろしいでしょうか」

アントワネットは書簡を持ったまま体の前で両の指を組み合わせ、眼差《まなざし》に得意げな微笑を含んだ。
「お兄様に、私たちを受け入れてくださるようお願いすることにしたのです」
ルーカスは目を見開く。
「それは、どういうことですか」
アントワネットは微笑を広げた。
「もちろん、私が陛下と子供たちを連れてこの国を出、オーストリアに亡命するために
お兄様のお力をお借りするということですよ」
ルーカスは色を失う。確かに人民のヴェルサイユ行進に際して、アントワネットは恐
怖にかられ、オーストリアへの帰還を切望していた。
だが事態は一変し、アントワネットには、革命時代の王妃として生きる道が開かれた
のである。今後は、その義務を全《まっと》うし、国民のために奉仕することこそ課せられた課題
であるはずだった。
それを放棄し、しかも国王を伴って外国に亡命しようなどとは、アントワネットを受
け入れた人民に対し、また国王を慕う国民に対しても、甚《はなは》だしい裏切り行為というより
他に言葉がない。
「オーストリア軍を動かして私たちを保護し、かつ亡命を受け入れてくださるよう、言
葉をつくしました。渡す時には、あなたの口からもご尽力をお願いしてくださいね」

ルーカスは空しさをかみしめる。十月のヴェルサイユでのあれほどの体験も、アントワネットに、王族と時代の関係を学ばせることはできなかったのだろうか。

「恐れながら」

ルーカスは苛立《いらだ》つ自分をなだめて口を切る。

「トワネット様におかれましては、ハプスブルク家とブルボン家の友好と、両国の和平のためにフランスに嫁いで来られた由《よし》。亡命という事態に至れば、大公女としてのその責任と、また王国の妃殿下としての義務の双方をなげうつことになりましょう。兄上に当たられる神聖ローマ皇帝ヨーゼフ二世陛下が、それをお許しになると思われますか」

アントワネットはハプスブルク家の特徴である大きな下唇を突き出し、憮然《ぶぜん》とした表情を見せた。

「私に、それらを打ち捨てさせるのは、人民の無礼な態度であり、乱暴狼藉《らんぼうろうぜき》です」

昔ルーカスは、アントワネットがそんな顔をするたびに、その唇を指で弾《はじ》いて笑ったものだ。アントワネットの返事は、息もできないほど強引な口づけだった。

「それにお兄様も、可愛い妹の私がこんな苦境に立たされているとわかれば、放っておかれるはずはありません。実の兄妹ですもの」

ルーカスは、アントワネットの方に身を乗り出す。

「苦境とおっしゃいますが」

説得せねばならなかった。

「人民は、トワネット様がこの国の王妃であることを認めております。その証拠にトワネット様は、ご自分のご注文通りに改装されたこの宮殿に多くの部屋をお持ちになり、年間二千五百万リーヴルもの経費を自由にでき、寒さもひもじさも味わうことなく、ご家族ご一緒に暮らすことができているわけです。パリの一般市民から見れば、これは苦境どころか天国にも等しい境遇かと思われますが、いかがでしょう」

アントワネットは眦《まなじり》を決する。

「無礼な。王族と民衆を比較するなど、白鳥と鶏を比べるようなものです。両者が同じ環境であってよいはずがないではありませんか。この国も土地も、民衆でさえ昔から私たちのものなのですよ。

それなのに自分たちの宮殿から追い立てられ、資産や権利を奪われ、収入さえも制限されるなんて。こんな不当なことを神がお許しになるはずはありません。今にきっと天の鉄槌《てっつい》が下るでしょう。

私は、陛下と共にこのパリから抜け出し、それを見物することにいたします。そしてすべてが終わった時に立ち戻り、何もかもを取り戻すのです。私が味わったと同じ恐怖とみじめさを、この国の民衆にも味わってもらうのですよ。私からの贈り物としてね」

ルーカスは、なんとか言い銜《ふく》めようと懸命に話の角度を変えた。

「ラファイエットとの約束は、どうなさるのです。去年十月のヴェルサイユ行進以来、ラファイエットは、あなた方と運命を共にしています。一命を賭けて王家を守ろうとしているのですよ。その約束を反故《ほご》にし、彼一人を置き去りにするような形で逃亡するのは、正しいやり方とは思われません」

過多な名誉欲に支えられているとはいえ、ラファイエットは一貫した信念を抱き、信頼以外の何ものも求めることなく王家の擁護に邁進《まいしん》している。ただ自分のことしか考えていないアントワネットや、彼女に簡単に籠絡《ろうらく》されるルイを奉《たてまつ》るために、何をもなげうつ覚悟でいるのである。実に同情に価する行為だった。

「ラファイエットの立場を、お考えになったことはないのですか」

アントワネットは平然と答える。

「身を守るための嘘なら、神もお許しになります」

ルーカスは絶望的な気持になった。保身しかないこの頭の中に義務や責任、信義といったものをどうたたきこめばよいのかと苦慮しながら、再び質問の方向を変える。

「逃亡については、陛下もご承諾なさっているのですか」

痛い所を突かれてアントワネットは、ルーカスをにらんだ。

「まだお話をしておりません。お兄様のご承諾をいただいていないのですもの。陛下はもちろんのこと、他の誰にも話せるような段階ではありません。でも、いざ逃亡となれば、陛下も必ずご一緒に来てくださることでしょう」

アントワネットの自信に、ルーカスは疑問を持つ。アントワネットにすれば祖国に戻る旅だが、ルイにとっては祖国を去る旅である。

ましてやルイは、旧習にこだわり、民衆と共にありたいと望んでいるのだ。いくらアントワネットの頼みでも、そうあっさり承知するとは思えなかった。

「それは、どうですかね」

揶揄《やゆ》するようなルーカスの言葉に、アントワネットは険《けん》を含む。

「ルーク、忠告しておきますよ。自分の仕事以外に口を出さないこと。陛下の説得は、私の領分です。あなたは、とにかく一日も早くお兄様からのお返事を」

言いかけてアントワネットは口をつぐみ、しばし黙っていたが、やがて毅然《きぜん》とした眼《まな》差《ざし》でルーカスを仰いだ。

「もしお兄様がよいお返事をしてくださらないとしたら、それはルーク、あなたの取り持ちが悪いということですよ」

ルーカスは吐息をつき、タピストリーを張った壁に寄りかかった。責任転嫁は、アントワネットの常套手段である。これが始まったら、耐えるしかない。

「あなたがきちんと私の屈辱を伝えてくれれば、お兄様もそれなりの対応をしてくださるはずです。この手紙は、お会いして直接渡すこと。でなければ、官房局の決裁箱の中で下積みになってしまいます。お母様の頃も、そうでしたもの。いつもいつも請願の書簡の山。その中に、お姉様方からのお手紙が紛《まぎ》れこんでいることも、よくあったわ。ルーク、今すぐウィーンに出発し、お兄様に会って私の言葉を伝えてください。よいですね」

アントワネットは言い出したら引かない。ルーカスは身を起こし、腕組みを解いた。今、彼女から目を放すことはできない。何とか言い逃れなければならなかった。

「お言葉でございますが、私はトワネット様をお守りするために参った者。トワネット様のおっしゃるところの苦境の中に、あなた様を置き去りにするわけにはまいりません」

アントワネットは小さな笑いをもらした。

「まだ聞いていないのですね」

ルーカスは目を眇《すが》める。

「何をでございますか」

アントワネットは勝ち誇ったような笑みを広げた。

「アクセルが、パリに館を構えたのですよ」

アクセルとは、ヴェルサイユのプチ・トリアノンに逗留していた駐仏スウェーデン連隊佐官、恋に身を焼く中年軍人フェルセンの名前の一部である。

「それも、このチュイルリーから歩いて五分とかからないマティニョン街十七番地です。私を守ってくださろうとしてのことに違いありません」

アントワネットは陶然とした表情で指を組み合わせ、天井を仰いだ。

「お情け深いあの方に、神のご加護がありますよう。またあの方が、私の逃亡を助けてくださいますよう」

ルーカスは両手を握りしめる。パリの人民は今、自分たちの街に国王を取り戻したことを喜んでいる。彼らは国王を必要とし、愛し、祖国の父と頼っているのだ。革命勢力中の最左翼であるロベスピエールでさえ、国王の存在を容認している。人民は王を持っていても自由でありうるという言葉によって。

バスティーユ襲撃に始まりヴェルサイユ行進によって熱を高めた革命は、多くの犠牲を払いながら旧秩序を葬りつつあったが、それに代わる新しい秩序はいまだ確立していなかった。

このような時期に、一国の王の選択肢は、二つしかない。旧体制と生死を共にするか、あるいは民衆や議会と共に新しい体制作りに寄与するか、である。

すでにルイ十六世は後者の道を選び取り、議会と人民に宣誓している。それが前言をひるがえし、祖国を捨てて妻の国に逃亡したとなれば、あるいは妻だけでも逃亡させたとなれば、民衆は裏切られたと感じ、議会は王に絶望するだろう。

その後に来るものは、王政の廃止と王族の処分に決まっている。

無事にオーストリアまでたどり着けるという保証もなく、仮に成功したとしても、皇帝ヨーゼフ二世は受け入れはしないだろう。王位にありながらその職務を全うしなかった者として二人を遇し、フランスから当然上がるだろう身柄引き渡しの声にも応じる可能性がある。

つまり祖国を捨てたが最後、彼らは流浪の元国王夫妻とならざるを得ず、悪くすれば拘引《こういん》され、反逆罪に問われるのだ。

それよりは、ここで自らの職務を果たした方がいい。国王や王妃の存在は認められており、ラファイエットのような心強い擁護者も現れているのだから。

闇雲《やみくも》の恐怖と夢のような復讐の思いに捕らわれているアントワネットの哀願を、恋に血迷ったフェルセンが実行に移せば国民感情を逆《さか》なでし、アントワネットの立場をさらに悪くしたあげくに王家を滅亡に導きかねなかった。

「私のことは、心配いりません。このチュイルリーにはスイス衛兵もおりますし。新設の国民衛兵は信用できませんが、スイス衛兵とアクセルがいてくれれば大丈夫。だからルーク、あなたはすぐにウィーンに発ってください」

アントワネットは手を伸ばし、ルーカスの両腕をつかんで顔をのぞきこむ。

「行ってくれますね」

ルーカスの顔には、名状しがたい混迷が浮かんでいた。アントワネットはそれを一掃し、ルーカスを行動に押しやろうとして切り札を出す。

「あのヴェルサイユ襲撃の日、あなたがそれを約束してくれたからこそ、私は陛下を説得したのですよ」

ルーカスの焦茶の瞳の中で、わずかに光がまたたいた。彼が忘れていない証拠だと感じてアントワネットは安心し、嫣然《えんぜん》とした笑みを浮かべながら書簡を押しつける。

「頼りにしています、ルーク。よろしく頼みましたよ」

＊

騎馬でチュイルリー宮殿の門を出ると、刺すような寒さが身を包んだ。ルーカスは胸の隠《かくし》に入れた二重封筒のすれる音を聞きながら外套《がいとう》の襟《えり》を立て、馬の首をサン・トノレ街に向ける。

ノルマンディー州からガスコーニュ州までの広範囲に亘《わた》って玉子大の雹《ひょう》が降り、ヴェルサイユでは国王の杯に注がれたばかりのボルドーの葡萄酒が凍ったと言われた一七〇九年以来の厳寒が、今年もくり返されていた。

農村では餓死者が相次ぎ、パリの人口の五分の一に当たる十万人近くが慈善施設に頼っている。

オルレアン公ルイ・フィリップの居館であるパレ・ロワイヤルの前に差しかかると、横付けにされた幌付大型馬車の中に、宮殿から運び出された絵画が次々と積みこまれているのが見えた。従者が、道行く人々に大声で触れ回っている。

「現在、英国におられるオルレアン公爵ルイ・フィリップ様は、お手持の絵画を売却され、困窮者の救済にお当てになるのだ。常に民衆のことを考えていらっしゃるお方だ」

ルーカスは、ロベスピエールの言葉を思い出す。

「人民を掌握した者だけが革命の主導権を握り、それを終結させうるのです」

オルレアン公爵は、革命時代の新王となろうとしているのかもしれなかった。人民の力に目をつけたところは、それを行政権の強化で押さえようとするラファイエットよりは共和的だったが、行き着く所が王冠の所有では、革命家というより只の謀反者である。

「救済を求める者は、来週の月曜日朝六時から、ご門前に並ぶがいい」

この露骨な慈善も、陰謀家ラクロの差し金なのだろうか。もっとも自らの救済しか考えていないアントワネットに比べれば、いく分かはましに違いなかった。

せっかく新しい王妃として生きる道が開かれたというのに、アントワネットは見向きもせず、ひたすら旧習と旧制度にしがみつき、それを奪おうとするすべてに対して怒りと怨念の牙をむいている。

この頑《かたく》なな精神を啓蒙するには、いったいどうすればよいのか。思い悩みながらルーカスは、先ほどアントワネットから教えられたマティニョン街十七番地の方角に馬を向けた。パリに居を構えたというフェルセンを訪問し、幾つか警告をしておかねばならない。

アントワネットがいかに逃亡を切願しても、彼女一人では動きようもなく、ルーカスを頼らざるを得ないことは明白だった。ルーカスとしては、アントワネットの動きを見張りながら懐柔していけばよい。

しかし、そこにフェルセンがからむとなると、事はルーカスの手の内から離れる。最悪の事態に進展する可能性もあった。すなわち逃亡の実行である。

そんなことにならないようフェルセンに現状を認識させておかねばならない。そこからさらに踏みこみ、二人の関係を断つことができれば、これ以上を望むべくもなかった。どこまでできるかわからなかったが、とにかく会ってみるしかない。

第二章　妖艶な香り

「立憲国民議会の決定は、王権の侵害だ」

マティニョン街十七番地の瀟洒《しょうしゃ》な館で、フェルセンは最初から声高だった。

「この不当な圧力から国王陛下と妃殿下をお救いすることこそ、私の責務と確信している」

顳顬《こめかみ》に血管を浮き上がらせんばかりの勢いで力説するのは、プチ・トリアノンでのルーカスとの応酬が心に影を落としているからだろう。恋敵《こいがたき》と定めたルーカスに向かって自分の愛情を強調し、誇示しようとしている。

「お気の毒な国王ご夫妻のために、私は生涯をなげうつ覚悟でいる。ここに館を構えたのも、そのためだ」

ルーカスは、フェルセンの舌鋒を削《そ》ごうとして口を開いた。

「陛下とトワネット様のために、一身を捧げんと望んでいる者は十指に余ります」

フェルセンは、いささか憮然《ぶぜん》とした表情を見せる。多くの中の一人とされたことで、自尊心が傷ついたらしかった。これ以上奮《ふる》い立ってくれないように願いながらルーカスは、話の主導権を握りにかかる。

「この私も含めて、思いは誰しも同じことでしょう。ただ方法は、それぞれに違います。たとえば私は、トワネット様のご令兄に当たられる神聖ローマ皇帝ヨーゼフ二世陛下に極めて近い立場のトスカナ大公レオポルト殿下を主君と仰ぐ者。トワネット様とオーストリアの間をつなぐことで、お役に立てればと思っております。しかし」

ルーカスは、フェルセンの顔を注視しながら罠《わな》を投げる。

「今の時点で二国の関係を深めることは、トワネット様にとって必ずしも得策と言えないばかりでなく」

フェルセンは、わずかに頰を動かした。柔和な感じのする眼差《まなざし》が緊張で底光りし始めるのを見ながら、ルーカスは罠の口を広げる。

「大きな危険を招くことにもなりかねず、その斟酌《しんしゃく》に苦慮しております」

フェルセンは、細面の顔に挑むような微笑を含んだ。

「ほう。これは異《い》なことを」

どうやら獲物は術計に落ち、ルーカスが一番言いたかったことを聞き出してくれそうだった。

「神聖ローマ皇帝ヨーゼフ二世陛下、並びにそのご令弟であられるトスカナ大公レオポルト殿下ならば、味方として如《し》くはない。そのご助力を頼むに、なにゆえ躊躇《ちゅうちょ》なさるのか。またそれが王妃アントワネット様の危険を招くとは、どういった理由からなのか、篤《とく》と伺いたいものだ」

ルーカスは大きな息をつく。自分から聞こうとする意志を持つのと、それを持たずに聞かされるのとでは、受ける印象がまったく違う。

前者は、選択権が自分にあると思いこんでいるため話を冷静に受け止められるが、後者は押し付けられたという感じを免れ得ず、理解より先に反発を感じるからである。

そうでなくてもフェルセンは、ルーカスを相手に回して熱《いき》り立《た》っている。素直に現状を認めさせるためには、彼からの質問を導き出す必要があった。

「お答えしましょう」

言ってルーカスは、王家が革命を受け入れる宣誓をしたことに触れ、それによって人民が王妃を認め、国王への信頼をさらに厚くしていることを強調した。

加えてパリの王とも言われ人気の絶頂にあるラファイエットは王家擁護を主張し、議会を掌握している。アントワネットがパリで生きていけない理由は、一つもなかった。

にもかかわらず、そこにオーストリアの影がちらつけば、人民は不安になり、議会は警戒の色を強める。ラファイエットとの間もぎくしゃくしたものにならざるをえなかった。

「なぜなら、すでに国外に逃亡した王党派の貴族たちが反革命勢力を形作るにあたり、領袖《りょうしゅう》と仰ぎ得るのは、権力資力からいっても類縁関係からいっても、オーストリアのハプスブルク家当主であられる神聖ローマ皇帝ヨーゼフ二世陛下をおいて他にないからです。

このような状勢下で、トワネット様とオーストリアとの関係の深まりが噂《うわさ》されれば、不穏なパリにいる妹を気遣っての兄の思いやりという説明だけで押し通すことは極めて難しくなるでしょう。

トワネット様は反革命勢力にパリの情報を流し、彼らを手引きして革命を潰《つぶ》そうとしているという誹謗《ひぼう》を受けることになりかねない。引責でルイ十六世陛下に譲位を迫ろうとたくらむ輩《やから》が、腕に縒《よ》りをかけて素晴らしい背任の証拠を捏造《ねつぞう》することでしょう。そんな危険を冒すより、今のところはラファイエットを通じて議会を押さえ、革命を管理していくことの方が賢明だと私は考えるしだいです。いざとなればオーストリアと連絡を取り、皇帝陛下並びに大公殿下のご助力を仰ぐのは造作もないこと。それについては、名誉にかけて確約いたします。

さすればここは、徒《いたずら》に動き回って災難を呼びこむより、ひとまず腰を落ち着け、状況を見守るのがよいだろうと思っているわけです」

言葉をつくしてルーカスは口をつぐんだ。フェルセンも、スウェーデン国王グスターヴ三世麾下《きか》の軍人である。これだけ話せば、いかに恋に夢中といえども、現状の認識くらいはできたに違いなかった。

ルーカスは、フェルセンの反応をうかがいながら次の段階に移ろうとして糸口を捜す。アントワネットのために二人の関係を清算するよう話をつめていかなければならなかった。

「よくわかった」

フェルセンはそう答えた。だが瞳には、たぎるような情熱が浮かんでいる。どう見ても、納得した人間の表情ではなかった。かといって、首肯《しゅこう》しかねるという雰囲気でもない。ルーカスは不審に思いながらフェルセンの胸中を探る。

相手の本意が見えなくては、迂闊《うかつ》に意見を提示することも、話を進めることもできなかった。ルーカスは熱狂の度を強めるばかりのフェルセンの眼差《まなざし》を見つめながら、その言葉を待つ。

「君の態度は、おそらく」

ややあってフェルセンは口を開き、心の熱に浮かされるような口調で語った。

「正しいのだろう。信じる道を進むことだ。私は立場を異にしている。私の道を行くしかない」

ルーカスは当惑しながら身を乗り出す。

「ではあなたは、いかにしてトワネット様をお救いするおつもりでいらっしゃるのか」

フェルセンは、陶然とした目元に微かな微笑を含んだ。

「王妃アントワネット様のお望みになる方法で、お救いする。ご意向さえうけたまわれば、どんなことでも引き受け、どんな行動でもとるつもりだ」

ルーカスは息をつめる。それこそまさに最悪の事態だった。

「無謀な」

ようやくのことで一言吐き出し、ルーカスは懸命に動揺を抑えながらフェルセンの説得にかかる。

「救済の船の舵《かじ》をトワネット様にお任せになるとは、狩人を海に、また漁師を山に追いこむも同然。政治のことなど何一つご存じないトワネット様が思うさま振る舞われ、ご自分の破滅を招くは必定。それに手を貸すような真似は、分別のある人間の所為とは思われません」

瞬間、フェルセンはルーカスの声に重ねるように言い放った。

「私は、とうに分別をなくしている。耳も目も、恋にふさがれているからだ。今はただ、アントワネット様のご希望を叶えて差し上げること、あの方の思うままにさせて差し上げることだけが、私の生きる目的であり、喜びだ。

逆に言えば、アントワネット様の意志に逆らうことは、それがたとえあの方の未来のためであるとわかっていても、私にはできないということだ。あの方の怒りや非難に耐えるだけの力が、今はないのだ。

しかし、それ以外ならどんなことでもやり遂げてみせる。アントワネット様のご希望を一つ残らず叶えながら、それがあの方の救出と輝かしい未来につながるようあらん限りの努力をしてみせる。これが私の道であり、そして」

言いながらフェルセンは、両の拳を卓子に押し付けた。

「私の愛情の証《あかし》だ」

暗い情動の逆巻く瞳で射すように見すえられて、ルーカスは自分がフェルセンを追いこんだことに気づく。

おそらくフェルセンは、愛の強さを誇りたくてルーカスより険しい道を選んだのにちがいなかった。圧倒的に強い縁故を持ち、誰はばかることなくアントワネットに接近できる立場のルーカスに、負けるものではないと宣言するために。

ルーカスは臍《ほぞ》をかむ。王国の行く末と王族の未来のかかった大事でさえ、色恋の争いごとに摩《す》り替《か》えずにいられないフェルセンの心境は、確かに本人の言う通り理性を失っているとしか思えなかった。

だがそれも最初の対応を見れば、充分推察できたはずのものである。事実ルーカスは、それを感じていた。にもかかわらず、その根がこうまで深いとは思わず、判断を誤ったのだった。

　ここまで意地を張らせてしまったとあっては、もう手の施《ほどこ》しようもない。フェルセンも引っこみがつかないことだろう。

　ルーカスは自分の失態に苛立《いらだ》ちながら、ともかくもこの場は引き下がる決心をする。焦慮にかられて糊塗《こと》しようとはかれば、さらに事態を悪化させる可能性があった。ルーカスは立ち上がり、手負いの獣のようなフェルセンの視線を捕らえる。

「あなたがもっと冷静になってくださるよう祈っております。誰のためでもなく、ただトワネット様のために」

　当分の間、密偵を雇い、フェルセンの行動を監視せねばならない。アントワネットが亡命を望んでいることを知られないようにする必要もあった。そのためには二人を会わせないようにするか、あるいはアントワネットの口を封じるか、二つに一つである。

　恋慕う二人を離しておくことは、至難の業だろう。実際に対面しなくても、手紙という手段もある。

　それに比べればアントワネットを言いくるめる方が容易に違いなかった。亡命計画についての全責任をルーカスが持つことを確約した上で、事の露見を防ぐためと称してアントワネットに当分の間の口止めを命じるのである。

　万が一、発覚した場合には、すべてが破綻《はたん》すると脅《おど》し、時期を見計らって親しい人々には情報を流すからとなだめておけば、まず大丈夫だろう。

「それでは、これにておいとまいたします」

再びチュイルリー宮殿に戻り、アントワネットに会わねばならないと考えながらルーカスは、マティニョン街十七番地のフェルセン邸を出る。そこには厩舎《きゅうしゃ》がなく、フェルセンは、少し離れたフォーブール・サン・トノレに場所を借りていた。

マティニョン街を左に折れ、フォーブール・サン・トノレ通りに出ると、右手前方に聖フィリップ・デュ・ルール教会のバジリカ風聖堂の屋根が見える。フェルセンの厩舎は、その手前左側だった。

ルーカスは馬丁に心付けを渡し、預けておいた自分の馬にまたがって、外に出る。入れ替わりに、一台の馬車が中に入って行った。

わずかに開かれた窓から漂い出る妖艶な香りが、ルーカスの鼻孔に忍びこむ。どこかで嗅いだことのある女性用の香水だった。馬を止めてルーカスは振り返る。紋章のない馬車が、フェルセン邸厩舎の樫《かし》の扉の向こうに消えるところだった。

同じ香水を使っていた誰かと親しくしていた記憶がある。ルーカスは手綱を絞り、しばし立ち止まって考えていたが思い出せず、なつかしい思いにかられながら馬の首をチュイルリー宮に向けた。雪がちらつき始めていた。

＊

なんとかアントワネットを説得したルーカスが、フラン・ブールジュワ通りの角にあるラ・ロシュジャクラン邸に戻ったのは、夜になってからだった。

「私の勤務時間内のご帰館、誠にありがたくお礼申し上げます」

ルーカスがアンリと共にヴェルサイユ宮を引き上げる時、セレスタン・ギタールは同行を希望した。他に従僕の当てもなかったことから、ルーカスは彼と引き続き雇用契約を交わしたのである。従僕とはいっても、新しく雇った料理女以外に使用人がいないため実質上の執事だった。

ラ・ロシュジャクランの血のなせる業で、ルーカスもアンリも酒好きであり、飲んでしまえば後は二人で潰《つぶ》れるのみといった状況では、家政を取り仕切るしっかりとした人間が必要である。

セレスタンはなかなか有能で、毎朝、新聞に熱めの熨斗《のし》をかけ、昼は郵便物を取りまとめ、来客の世話をし、記録をつけ、グラスを磨き、夕食時は二人の酒量を測って的確な中止命令を出した。

おかげでルーカスは、手を汚さずに新聞を読むことができたし、手紙や接客に無駄な時間を使うこともなく、鏡のように磨き立てられたグラスで夜毎、酒を適量飲むことができた。

欠点といえば、ヴェルサイユ時代の習慣がそのまま持ちこまれたことである。セレスタンの勤務時間は、相変わらず朝六時から夜十時までだったし、その間に昼寝の時間を与えねばならず、超過勤務に際しては、言葉をつくした懇願が必須条件だった。特別賃金の支払いは、言わずもがなである。

もっとも革命派の従僕になると、ほとんど毎晩、愛国的義務を果たすと称して地区の集会に出て行き、帰りは十時を回るそうで、つまりその間は、主人が彼らの仕事を肩代わりしなければならない理屈だった。

旧態を維持する従僕と革命主義の従僕とどちらが使いやすいかは、現在パリの有産階級の間で議論の的となっている。

「ルーカス様に、お客様がお二人お見えになっております」

ルーカスは螺旋《らせん》を描いて二階に続く階段を上りかけた足を止め、セレスタンを振り返った。

「誰と誰だ」

セレスタンは肩をすくめた。

「それが、お二人とも、どうしてもお名前をおっしゃいませんので」

ルーカスは視線をめぐらす。

「『控《ひかえ》の広間』か」

錠前職人ブロショワの名を彫り刻んだ青銅の手摺《てすり》に腕をかけ、踵《きびす》を返したルーカスに、セレスタンは淡々と答えた。

「はい、お一方《ひとかた》はそちらに。あとお一方は、ルーカス様の寝室に」

階段を下りかけていたルーカスは、のめりそうになり、ギベールの彫刻を飾った支柱で辛《かろ》うじて体を支える。

「寝室」

ルーカスの非難に、セレスタンは平然と釈明した。

「『控《ひかえ》の広間』の方に先のお客様が入られておりましたので、次のお客様は、『お供の広間』にご案内したのですが、その後、ご自分で移動なさったのです。二階の足音がルーカス様の寝室に入って行きましたから」

ルーカスは、身をひるがえしながら肩越しにセレスタンをにらんだ。

「なぜ止めなかった」

堂々としたセレスタンの返事が響く。

「その時私は、勤務時間外でございました。寝巻を着て寝台に入っておりましたので」

やはり革命派の従僕の方がましかもしれないと思いながらルーカスは、三段ずつ階段を駆け上がった。

セレスタンの唯一の自慢話は、先王ルイ十五世の時代に、ヴェルサイユにやって来た現オルレアン公爵の父親ルイ・フィリップから用事を頼まれた際、時間外を理由に断ったということであるから、ここでルーカスが責任を追及してもどうなるものでもなかった。

父ラ・ロシュジャクラン侯爵の寝室だった部屋を、ルーカスは今、そのまま使用している。父に美少年趣味があったにちがいないとにらんだルーカスの勘は正しく、寝室の壁は、裸体の少年を描いたフレスコ画で埋めつくされていた。

水仙に変身するナルシス、アネモネに変身するアドニス、アイリスに変身するヒュアキントスの三点である。ご丁寧《ていねい》にも天井画には、彼ら三人と戯れるアポロンの数々の姿態が描かれていた。

絵画なら外すこともできたが、フレスコでは、上に布を張るか、ぬりこめるしかない。バスティーユ襲撃以降の略奪騒ぎで館内は散々に荒らされており、早急に補修を必要とする部屋や購入しなければならない家具がいくつもあったため、セレスタンが経費と格闘した結果、寝室の内装は当分の間そのまま残されることになった。

初めて父の寝室に足を踏み入れたアンリが、こんな如何《いかが》わしい所には一秒もいられないと血相を変えたため、彼ほどには潔癖《けっぺき》でなかったルーカスが引き受けたのである。フレスコを除けば、実に贅《ぜい》をつくした部屋で一人で住む分には快適だった。

だが客を通すとなれば、話は別である。あらぬ誤解をされかねない。

ルーカスは外套《がいとう》を脱ぎながら寝室の前まで駆けつけると、荒々しく扉を開け、中に踏みこんだ。

「許可もなく他人の寝室に入りこむとは失礼では」

そこまでしか言えなかった。セレスタンが几帳面《きちようめん》に整えたルーカスの寝台の中にメリクールの白い顔が埋もれていた。

「なかなか、いい趣味じゃないか。知らなかったよ」

周囲の壁にあざけるような視線をめぐらせるメリクールに、ルーカスは息をつき、大きな歩幅で寝台に歩み寄った。

「親父殿の道楽さ。出ろよ」

毛布をつかみ敷布ごと捲《めく》り上げると、そこにメリクールの豊艶な裸体が横たわっていた。盛り上がった胸の中心にある薔薇色の乳暈と、渦を巻いた黄金の縮毛がルーカスの目を射る。

「寝台で待てって言ったのは、あんただろ」

言いながらメリクールは両腕を上げて頭の下に入れ、しなやかな脚を伸ばして高く組んだ。胸の形が変わり、金の茂みが脚の間に埋もれる。

「ヴェルサイユ宮の露台じゃ、たいそうご活躍だったね。王妃の口づけた三色記章は雌豚の匂いがしただろう」

ルーカスは、持ち上げていた毛布をメリクールの体の上に放り出す。あの日ルーカスは、議場の前でメリクールと会っていた。大理石の内庭に押しかけた民衆の中にも当然、彼女が交じっているものと考えなければならなかったのに、前後の騒ぎに気を取られ、忘れていたのだった。

あの時演じた自分の役割が、革命に心酔する親衛騎兵のものであったことに、ルーカスは胸をなで下ろす。

なにしろメリクールは、女性で唯一人バスティーユ襲撃に参加し、ヴェルサイユ行動の先頭に立った過激な女傑である。王妃の側近であることが露見していたら、先ほど扉を開けた直後に撃たれていたかもしれない。

ルーカスは心臓に手を当て、大きな息をついた。脳裏をラファイエットの言葉が過《よぎ》る。ヴェルサイユ行進は、オルレアン公爵ルイ・フィリップの陰謀だったと彼は言ったのである。ルーカスは振り返り、メリクールを見下した。

「君は、オルレアン公爵と知り合いか」

メリクールは身を起こし、かき合わせた毛布と敷布の間から淡い桃色の踵《かかと》を出して床に下ろした。

「あたしを女にしたのは、あいつだよ。十四の時さ」

メリクールが立ち上がると、肌にまといついていた絹の敷布が音を立てて絨毯《じゅうたん》に流れ落ちた。

肩をおおう金髪の下で膨《ふく》よかな胸がわずかに弾み、桜桃のような乳嘴が角立つ。ルーカスは目を細めた。十四歳のメリクールは、どんなふうだったのだろう。オルレアン公爵の前に裸体をさらし、初めて彼を受け入れた時の彼女に思いを馳せると、心に泡が立つような気がした。

「それでお礼に、あいつの息子が十四になった時、あたしが男にしてやったんだ。けっこう楽しかったよ。親父の方が百倍も感じさせてくれるけどね」

ルーカスが初めて女性と夜を共にしたのは、十三歳の時である。相手は、フィレンツェの名門ストロッツィ家の奥方だった。あまりにも丁寧に可愛がられてすっかり夢中になり、その後しばらくの間は彼女なしには生きていけない状態だった。

それを心配した奥方が、粋事《いきごと》に精通した自分の姉の手にルーカスを委《ゆだ》ね、彼女が自分の女友達に紹介して、ルーカスはトスカナの多くの褥《しとね》を渡り歩いた。その結果、女性なら誰でも自分を夢中にさせうるのだと知ってルーカスは、ようやく平静心を取り戻したのである。

以降、一人の女性にこだわることはない。ただアントワネットを除いて。アントワネットは、ルーカスの胸に刺さった十字架である。今の彼女に、ルーカスは責任を感じていた。

「英国の貴族の囲い者になってロンドンの上流社会に出入りしていた時、遊びにやって来たあいつと再会してさ。もちろんあいつは、夫人と愛人を連れてたんだけどね、久しぶりに一晩過ごそうっていうんで、お相手したのさ。気が遠くなるほどいい夜だったよ。あっちもしごくご満悦で、パレ・ロワイヤルの娼館で貴族相手に働かないかって持ちかけるから、それもいいなと思ってパリに渡って来たんだ。

オルレアン公の愛人はジャンリ夫人だのビュッフォン夫人だの、英国から連れ帰ったエリオット夫人だのと世間じゃ噂しているけれど、本当の情婦はこのあたしだよ。色好みのあいつのはちきれそうな男を満足させられるのは、あたしだけさ」

伸びやかな両腕を伸ばしてメリクールは片方をルーカスの首にからめ、裸の体を寄せかけた。もう一方の手で、花びらを織り出したルーカスのジレの前釦《ボタン》を外し、モスリンのクラヴァットを解く。

薄い白絹のシュミーズ越しに、よく鍛えられたルーカスの褐色の体が見えると、やるせなさそうな吐息をもらした。

「この部屋は、なかなか乙《おつ》な部屋だよ。待っている間に、すっかりその気になれるもの」

シュミーズの間から忍びこんだメリクールの柔らかな掌がルーカスの胸をなで回し、親指が乳嘴を捕らえて軽く捻《ひね》る。ルーカスがわずかに息を乱すと、メリクールは笑い声を立てながら手を下げた。

腰帯の下をくぐり、緩《ゆる》みなく脚線に沿っている鹿革のパンタロンの中に細い指が潜りこむ。ルーカスは、あわててその手首を押さえた。メリクールは不満そうに顔を上げる。

「オルレアン公とは、もう寝てないよ。娼婦商売もやめた。あたしは革命に女を捧げることにしたんだからね」

潤んだ瞳に抗議の色を浮かべたメリクールを、ルーカスは慎重に観察した。

「バスティーユ襲撃に参加し、ヴェルサイユ行進を指揮したのは、オルレアン公爵に命じられてか」

メリクールは腹立たしげに横を向いた。

「ああ、そうさ。武器が欲しかったし、あたしたちの血税で贅沢三昧をするオーストリア女なんか生かしちゃおけないと思ったからね。あたしは、マルクールの農家に生まれたんだよ。いつもひもじかった。満腹するまで食べたことなんか一度もなかったよ。口べらしのために六歳で女中に出て、怒鳴られながらこき使われて、食べるものも食べずにようやく貯めた給金を持って家に帰ると、それを徴税吏が持っていっちまう。家中捜して最後のパンまで攫《さら》っていく。

あたしには八人の兄弟がいたけど、病気や飢えで六人まで死んじまった。父親も母親もだ。あたしは忘れない。貴族や王族は皆、敵だ。奴らを倒すためなら何だってやってやる。

娼婦になってからは、あたしに入れあげた貴族や金持を絞り上げて、何人も破産させてやったよ。でもそれだけじゃ満足できなかった。だからいつも捜してたんだ。どうすればいいのか、何をすれば気がすむのか。

昨年、革命が始まって、あたしには、ようやくわかったんだ。これだって。あたしがほしかったのは、これだったんだって。オルレアン公は淫乱な貴族だけど、あたしに革命を教えてくれた。民衆の味方さ。あたしは、あいつを認めてるよ」

荒々しい情熱をむき出しにしたメリクールの手首を、ルーカスは放した。

かつて高級娼婦だった女性を革命の闘士に育て上げれば、確かに人目を引くにちがいない。オルレアン公爵は、そこまで計算して彼女の憤慨を利用したのだろう。

派手な花火を打ち上げ、革命をより大きなものに仕立てて現国王ルイ十六世の地位を揺さぶろうと謀《はか》っている。

長く我慢を強《し》いられてきた民衆は、煽動《せんどう》に乗りやすい。私利を得るために彼らを操ろうとする人間は、オルレアン公爵一人ではないはずだった。

まさにラファイエットの言葉通り、革命は野望と謀略の坩堝《るつぼ》なのだ。ルーカスは唇を引き結ぶ。この怒濤の中に棹《さお》を差し、アントワネットを守って渡っていかねばならない。秩序と自由の時代に向かって。

「革命が始まってから、あたしは男と縁を切ってる。誰とも寝ていない。本当だよ。だけど、あんたには抱かれたいんだ。一目惚れだから、しょうがないだろ。あんたと今晩を過ごしたら、それを思い出に当分の間パリからずらかるのさ。田舎に帰るんだ。王党派があたしに目をつけやがったんだよ。『使徒行伝』の記者のシュロの奴が、あの三流新聞であたしを虚仮《こけ》にするだけじゃ足りなくて、やくざな連中を引き連れて後をつけ回してる。三日前には、もうちょっとで輪姦されるところだった。どうせおまえは公衆便所だからかまやしないだろうって。冗談じゃない。あたしは革命の火で焼かれ、清められたんだ。きれいなもんだよ」

言いながらメリクールは、片手でルーカスのパンタロンの腰紐を解いた。

「ねえ、あたしを抱いておくれ。あんたを知りたい。惚れ惚れするようなこの体に愛されたいんだ。それともあんたの男は、あたしを必要としていないのかい」

紐を引き抜いて床に捨てると、メリクールは、パンタロンを引き下ろした。

「ほら、やっぱり女が要《い》るだろ」

勝ち誇ったように言いながらひざまずき、唇を寄せてささやく。

「今まで見たことも聞いたことも味わったこともないほど深く、たっぷりと感じさせてやるよ。一晩中喘《あえ》いで、あたしを忘れられなくなるといい」

熱い息が大腿に触れ、開かれた唇がルーカスを含む。思わずメリクールの肩をつかんでルーカスは、あきらめた。ここまで来てしまっては、とにかく先に行くよりなさそうだった。

＊

メリクールの白い体は、彼女が快楽に声をつまらせる頃になっても、なお陶磁器のように冷たく、ルーカスを高ぶらせた。

火照りやすい体質の女性に、ルーカスは時々出会ったが、彼女たちは総じて耐久力に欠けていた。またルーカス自身も体温が高いため、長く体を合わせていると少々辛《つら》くなる。

メリクールの滑らかな肌は、たぎるルーカスの情火を吸い取りながら常に冷たく、彼を夢中にさせた。熱を帯びる欲求の充足を求めてルーカスは、メリクールの体をいとおしみ、彼女の愛撫に身を委《ゆだ》ねる。溶けるような酩酊の中をさ迷い、打ち寄せる夥《おびただ》しい歓喜の波に打たれて、なお色濃い陶酔の高みに上ろうと身悶えする。

「こんなに夢中になったのは、久しぶり」

つぶやくメリクールの象牙のような大腿を、ルーカスは抱きしめ、押し開いた。彼女の唇が広げる悦楽の海を漂いながら、更なる刺激を捜してその体の奥深く指を這《は》わせる。

「革命が起こって以来だよ」

ルーカスにとっても、同じである。トスカナにいた頃は、女性の出入りが三日と途絶えたことはなかった。だがウィーンに呼び寄せられ、パリに急行して以来、ルーカスの夜は孤独である。

忙しく立ち動いていたせいもあり、なじみの女性がそばにいないこともあったが、時間がまったくないわけではなかったし、パレ・ロワイヤルのヴァロア廻廊《かいろう》に行けば、きれい所が顔をそろえ、あの手この手で男を誘《いざな》っているのだから、気持一つでどうとでもなった。

その気にならなかったのは、おそらく不自由を感じなかったからだろう。革命の興奮がルーカスを呑みこみ、情熱を残らず吸いつくしていた。

「忘れられなくなっちまうのは、あたしの方かもしれないね」

せつなげな吐息をもらして下肢の間から顔を上げたメリクールを、ルーカスは引き寄せ、腕の中に抱きしめた。

「きれいな言葉を使えよ。その方が似合う」

乱れたメリクールの金の髪の間で、緑色の瞳が少女のように輝く。

「そうかい。じゃあ次に会う時までに直しとくよ。なに昔を思い出しさえすりゃあいいのさ。なにせ上流社会にいたんだからね」

言いながらメリクールは脚をからめ、形のいい胸をルーカスに押し当てた。

「別れたくない」

しなうようにメリクールが体をくねらせると、二つの乳嘴がたちまち尖って、ルーカスの胸に甘美な線を描いた。ルーカスは肘をついて身を起こし、その片方を口に含む。強く吸うと、メリクールは絶え入るような息をついた。

「ね、もう一度。あたしの炎を消しつくすまで、やって」

ルーカスはメリクールの腰に腕を回して抱え上げ、自分の上にまたがらせた。

「一晩中、喘《あえ》がせてくれる約束だろ。たまには君が動けよ」

メリクールはなよやかな体をしならせてルーカスを迎え入れ、豊かな胸を倒して彼の顔を抱きしめる。ルーカスはさらに深く彼女に入りこもうとして、その腰に手をかけた。瞬間、大きな音と共に扉が開かれ、青ざめたアンリが姿を見せる。

「いつまでウグイスを鳴かせてるんだ。もう朝だぞ。いいかげんにしろ」

語気も荒く言い放ったアンリは、片手に剣を握りしめていた。アンリの寝室は、廊下を挟んで反対側である。一晩眠れず、怒り心頭といったところらしかった。ルーカスは笑い出しながら、なお体を揺すっているメリクールを自分の上から下ろす。

「美少年がひがんでいるから終わりにしよう」

アンリが、いまいましげに言い放った。

「昨日から待たされ続けている『控《ひかえ》の広間《ま》』の客は、私以上に怒っていることだろう」

ルーカスは焦《あせ》って身を起こす。メリクールに気を取られ、すっかり忘れていた。

「会ったのか。どんな相手だ」

言いながら部屋中に撒《ま》き散《ち》らされている衣類を集め回るルーカスに、アンリは冷ややかな眼差《まなざし》を向けた。

「オーストリアの軍人だ」

ルーカスは絶句し、猛然と着衣を整えると、部屋から飛び出した。おそらく大公レオポルトか、祖父フランツからの使者だろう。密使であるルーカスに使いをよこすということは、何か緊急の事態が発生したにちがいなかった。

ルーカスは階段を駆け下り、『控《ひかえ》の広間』に飛びこんで叫ぶ。

「拠《よんどころ》ない事情により、大変お待たせし、申しわけなかった」

内庭に面した窓辺から、一つの影がゆっくりと振り返り、押し殺した声で答えた。

「おまえの拠ない事情というのは、相も変わらず女のことか。情けない奴め」

ルーカスは、すくみ上がる。

「こんなことは、誰にも聞かせられん。私が直接来てみてよかった」

祖父フランツだった。

＊

フランツの雷は、お昼近くまで鳴り響く。その間にアンリが自ら、お茶を運んでくれたが、それとなく助けを求めるルーカスには目もくれず、ひたすらフランツにだけ愛想よく振る舞うことで、放蕩を責め立てた。

アンリの陰険さに、ルーカスは旋毛《つむじ》を曲げる。

「ところで祖父君には、何か格別の連絡のための来仏とお見受けいたしましたが、そろそろ本題にお入りいただいてもよろしいかと」

捨て鉢になったルーカスが切り出すと、怒りに我を忘れていたフランツも、ようやくそれに気づく。今生の別れのつもりで旅立たせた時には、一年も経たないうちに自ら迎えに来ることになるとは思ってもみなかった。

「実は、皇帝ヨーゼフ二世陛下の病状が極めて思わしくない」

ルーカスは眉を顰《ひそ》める。ルーカスがトスカナにいる頃から神聖ローマ皇帝ヨーゼフ二世は、肺結核を患っていた。

「大公レオポルト様が帝位に即《つ》かれるのも、時間の問題となったが、今帝国内の各属州では、民族主義の運動が盛んだ。これらに隙《すき》を与えないために、レオポルト様は、帝位に即かれるや直ちにハンガリーやベーメンに赴《おもむ》かれ、各国国王として戴冠式を挙行される意向だ。

ここしばらくは、ウィーンを留守にされることが多くなるだろう。その前におまえから一連の報告を受け、また金子《きんす》の補塡《ほてん》もしてやりたいとの仰せである。フランスでの任務は一時中断とし、私と共に即刻、帰国せよ」

言いながらフランツは、なおもくすぶる余憤を持て余したらしく、鼻から大きな息を吐いた。

「こんな不甲斐ない女たらしの、いったいどこを見こんでのご高配か。まったく耳を疑いたくなるような御諚だ。ご報告申し上げるに価するだけの仕事は、しているのだろうな。パリの女の尻についての奏上ではないぞ。革命の進行状況とマリア・アントニア様の再教育についてだ」

ルーカスは莞爾《かんじ》として微笑《ほほえ》む。首尾よく話題を変えることができて、気分が軽くなっていた。

「無論です。ローゼンベルクの名にかけて、不名誉なことはいたしません。どうぞご心配なく」

ルーカスの言葉が終わるか終わらないかのうちに西側の扉がわずかに開き、寝乱れた金髪をかき上げながらメリクールが顔を出す。

「痺《しび》れるような思い出を、ありがとうよ。約束通りあたしの名前を教えといてやろう。アンヌ・ジョゼーフ・テルヴァニュさ。これから故郷のマルクールにずらかるけれど、また会えたら、二人で夜っぴてウグイスを鳴かそうじゃないか。糞くらえの貴族どもに見せつけてやるのさ。革命万歳だ」

たちまち顳顬《こめかみ》に血管を浮き上がらせるフランツの肩を、ルーカスはとっさに抱き寄せた。

「では祖父君、早急に出発いたすことにいたしましょう」

話をそらし、メリクールの向かい側に位置している出入口の大扉に導く以外に、手がなかった。

＊

取り急ぎルーカスは、義弟アンリに三つの嘆願をする。国王の身辺警護と、一週間おきのパリの状況報告、それにフェルセンにつける密偵の手配である。またラファイエットとアントワネットには、使者を立てた。

前者には、民衆の過激な動きに充分気をつけてくれるよう、後者には、たとえ事態が急変するようなことがあっても軽率な行動は慎み、自分の帰還を待つように伝える。

すべての手続きを終え、祖父フランツと共に聖マルタン市門を出たのは、午後二時を回った頃だった。本来なら遠出の旅行は早朝の出立と相場が決まっているのだが、皇帝ヨーゼフ二世の病状を考えれば明日の朝まで待つこともできなかった。

来る時には六日で走り通した道程だったが、今回は祖父ヨーゼフが一緒のため、往路の二倍から三倍の時間は必要だろうと、ルーカスは考えていた。

だがフランツは老身といえども矍鑠《かくしやく》としており、ルーカスを急き立てて十日目にはウィーンのブルク門を潜った。正味九日間の旅だった。

「ご壮健ですね」

ルーカスは王宮の中庭で馬を下り、貴族用厩舎から飛び出して来る近習たちに手綱を預けた。まだ馬上にいるフランツに歩み寄り、馬の首をなでる。

「二十代の僕と、三日間しか違わなかった。それだけのお力がおありなら、いっそ再婚でもなさり、新しい人生を考えられてはいかがですか」

フランツは嫌な顔をしてルーカスをにらみながら馬から下りた。

「そういうことで頭をいっぱいにしておるから、私に三日の差しかつけることができんのだ。まったく情けない奴だ。おまえの心身から、女についてのもろもろの妄想をすべて追い出すことができたら、その瞬間に私は絶命してもいいくらいだ。何の心配もなくなるのだからな。

さ、行くぞ。メルクの宿から出した使者が、殿下に到着時間をお知らせしているはずだ。お待たせしては申しわけない」

第三章　裏切らせない自信

「絶対的権力を持つ君主というものは、すでに過去の遺物だ。君主の地位は現在、国民との契約によって成り立っている。君主は国民の代理人であり、国民のために存在するのだ。国民から特権を与えられる代わりに、国民に労働を捧げる義務を持ち、これを使命と考えねばならない」

革命と妹マリー・アントワネットの現状についての報告をルーカスから聞いたレオポルトは、深い嘆息をもらした。

「逆に言えば、王家に生まれた人間の誰もが自分の使命を負って生きねばならないし、それゆえに王族たる特権が許されるということだ。マリア・アントニアにも、そのことをよくわからせてくれ。彼女を使ってオーストリアが長年の仇敵であるフランスの攪乱《かくらん》を図っているなどという誤解は、招きたくない」

窓を打つ霙混《みぞれま》じりの北風に乗り、ミヒャエル広場の方から喇叭《らっぱ》と太鼓の音が響いて来る。

レオポルトの兄であり、現在、瀕死の病床にある神聖ローマ皇帝ヨーゼフ二世が、全ハンガリーの反対を押し切りオーストリアに持ち返ってきた聖シュテファン王冠が再びハンガリーに返還されることが決まり、今日、王宮を出て行くのである。

斜めの十字架と六本の金鎖で飾られたこの冠は、仕来《しきた》り通りにロバの引く革作りの輿《こし》に乗せられ、王冠警護兵に守られて、キットゥゼーのバターニィ伯爵邸からラープ伯爵邸、グラン伯爵邸などに寄宿しつつ、三日後にオーフェンの城に到着することになっていた。

高い理想を抱き、性急な改革を矢継ぎ早に打ち出してきたヨーゼフ二世は、ハンガリー国王となるにあたり、旧習通りにプレスブルクで戴冠式を挙げることをこばみ、その王冠を取り上げて、ウィーン王宮に保管する旨を決定した。

これがハンガリー貴族の反ハプスブルク感情に火をつけ、皇帝がハンガリー独自の制度の大変革に手をつけるにあたって、国を挙げての抵抗運動が巻き起こったのである。

事態を憂慮していた大公レオポルトは根気よく兄の説得にあたり、先日になってようやく王冠返還の同意を取り付けたのだった。

母帝マリア・テレジアは、絶対王政最後の君主として君臨した。その息子のヨーゼフ二世は、自らを国民の従僕と公言し、国民の幸福を第一の政策として、宗教の緩和や農奴制の廃止、ユダヤ人の差別撤廃などを行ってきたが、急進すぎて多くの怨嗟《えんさ》を招いていた。

レオポルトは、基本的には兄と同様にフランス重農主義とモンテスキューの影響を受けている。だが兄よりは冷静であり、治世の術を心得ていた。

「時代錯誤の王族意識は早く改め、国民のことを考えてそのためにつくせとマリア・アントニアに伝えてくれ。フランスを捨ててオーストリアに逃亡するなど、とんでもない責任逃避だ。認めることは絶対にできないし、受け入れることも不可能だ。兄上もそう言われるだろう。まったく嘆かわしいことだ」

ルーカスは、神妙に視線を伏せる。

レオポルトに拝謁《はいえつ》したら、アントワネットの手紙を渡す予定だった。そうすればレオポルトにも、より現状がわかる。だがルーカスは今、それを持っていなかった。

手紙の紛失を知ったのは、パリを出てしばらくしてからである。何となく変だと感じながら馬を走らせていたのだが、やがて胸の隠《かくし》に入っていたはずの二重封筒の感触がないことに気づき、体中から一気に血の気が引いた。

落としたか。まずそう思った。だが慎重に記憶をたどってみれば、パリを出た時から違和感があったように思える。昨日パレ・ロワイヤルの前を通りかかった折も、確かにそれを感じていた。

考えながらルーカスは、メリクールの手で服を脱がされた昨夜にいき着く。メリクールは、オルレアン公爵の情婦だったのだ。

あの手紙が今、反国王派の急先鋒であるオルレアン公爵に渡ったら。そう考えてルーカスは、冷汗が吹き出すような気がした。

今ごろはもうパレ・ロワイヤルに持ちこまれ、当代随一の陰謀家と言われるラクロの掌中に収まっているかもしれない。手もなくメリクールの色仕かけに落ちた自分の愚鈍さに、ルーカスは胸が焦《こ》げるような思いをかみしめた。

だが本当にそうだろうか。疑問が湧き上がったのは、しばらくしてからである。気を落ち着けて思い返してみれば、メリクールの態度は芝居にしては明け透けすぎた。

またルーカスがアントワネットの手紙を持っていることを、オルレアン公爵が事前に察知できるはずもない。

とすれば考えられるのは、服を脱ぎ捨てた時に胸の隠《かくし》から手紙が滑り落ち、翌朝ルーカスがそれに気づかずに部屋を出て、メリクールが手に入れたという可能性だけだった。

メリクールの生い立ちから推察して、彼女は字を習ったことがないだろう。あれが王妃アントワネットから神聖ローマ皇帝ヨーゼフ二世に宛てた手紙であることは、わかるはずがない。

百歩譲って読むことができたとしても、密かに持ち出してパレ・ロワイヤルに駆けこむほど、オルレアン公爵との関係は緊密だろうか。

ルーカスには、そうは思えなかった。オルレアン公爵は名代の漁色家である。今その彼と肉体関係がないということは、すなわち彼の身辺に出入りしていないということに他ならない。そばをうろつく元情婦に、好色漢が手を出さないはずはないからである。

すでに途絶えた昔の愛情よりも、昨夜生まれたばかりの情熱の方が強いに決まっている。メリクールが初めから手紙を目的に近づいて来たのでなければ、ルーカスには彼女を裏切らせない自信があった。

メリクールは、手紙を拾ったかもしれない。だがそのまま部屋のどこかに置いて立ち去ったか、あるいは思い出として持っていったか、どちらかだろう。

そう結論してルーカスは、ともかくも胸をなで下ろした。すぐ引き返して自分の部屋を捜したかったが、せっかく機嫌を直しつつある祖父フランツに、一部始終を打ち明けるだけの勇気はない。

それで一泊目の旅館で使者を二人雇い、パリのラ・ロシュジャクラン邸と、メリクールの故郷マルクールに手紙を届けさせることにしたのだった。自宅には、寝室をよく捜して二重封筒に入った手紙を確保し、厳重に保管してほしいということを、またメリクール宛には手紙の確認のみに止《とど》め、双方に、返事を使者に渡してくれるよう認《したた》めた。使者には報酬をはずむ。三分の一だけ前払いにし、残りはウィーンの王宮に返事を届けた時という契約にしておけば、近々はっきりしたことがわかるにちがいなかった。

「私としては、いかに遺憾であっても、表立って動くわけにはいかない。兄上もご同様だ。革命、反革命のどちらに与《くみ》していると思われても、オーストリアの不利を招く恐れがあるからだ」

言いながらレオポルトは、胡桃材《くるみざい》に紫檀《したん》と梨の寄せ木細工を組みこんだ聖櫃戸棚の引き出しを開けた。中から緑色の封筒を取り出す。

「王弟アルトワ伯爵シャルル・フィリップ殿下が、亡命地トリノから最近寄越した手紙だ」

ルーカスはそれを受け取り、便箋を出して目を通した。フランス王政の危機を救い、革命の全ヨーロッパへの波及を防ぐために、オーストリアが指導者として立ち上がってほしいとの言葉をつくした切願である。予想通りではあった。

「私はフランスの革命を肯定し、受け入れるものだ。亡命貴族と手を結ぶつもりは、更々《さらさら》ない。我がオーストリアでは、兄上が絶対王政を終結させた。ところがフランス王室には、それを実行するだけの人材が存在しなかったのだ。時代の要請を考えれば、革命は当然の帰結だ。望むらくは、それが王政を破壊せず適当なところで止《とど》まってくれることだが」

ルーカスは、アルトワ伯爵の手紙を返しながら答える。

「パリで軍を掌握しているラファイエット侯爵は、熱心な立憲派です。革命を終結させ、立憲王政を樹立せんとして活動を続けており、彼に協力し行動を共にすることで、王家の存続は可能、殿下のご意向にも添えるものと確信しております。

ただ革命という状況下ゆえすべてが流動的であり、ラファイエット侯爵一人に依存することは危険が大きいとも思われます。様子を見ながら適宜《てきぎ》判断していきたいというのが私の考えです。マリア・アントニア様のことも含めまして、今しばらくルーカスにお時間を賜《たまわ》りますよう」

レオポルトは手を伸ばし、ルーカスの右肩をしっかりと握りしめた。

「頼りにしているぞ、ルーカス。よろしく頼む」

ルーカスはうなずく。敬愛する賢君レオポルトの期待に応えなければならなかった。

＊

一七九〇年二月二十日、神聖ローマ皇帝ヨーゼフ二世は、崩御する。生前、本人が発布した葬儀簡素化に関する法令に従い、伝統の記念碑の製作や三日間に亘《わた》る追悼弥撒《ミサ》は中止となった。

国民は、棺を収めた漆黒の帝国馬車が八頭の青毛に引かれ聖シュテファン大聖堂からカプツィーナ教会に向かうのを見送る。

ハプスブルク家の地下墓地中央には、女帝マリア・テレジアの栄光を余すところなく刻みこんだ巨大なロココ様式の柩が収められていたが、自らを国民の従僕と公言したヨーゼフ二世が自分のために用意したのは、錻力《ブリキ》の簡素な棺一つだった。

享年四十八歳と十一ヵ月。数々の革新的政策を矢継ぎ早に打ち出してきたハプスブルク家最初の社会契約論者の治世の終焉《しゅうえん》だった。

神聖ローマ帝国文書庁長官マインツ大司教の指揮の下、八人の選帝侯を集めての皇帝選出会議がフランクフルトで開かれ、ハプスブルク家の後継者でありトスカナ大公であるレオポルトが、新皇帝として選出される。

下オーストリア州を始めとする各属州の諸侯による恭順の誓いの日程が次々と決定され、ハンガリーとベーメンの戴冠式の議決も行われてレオポルトは多忙を極めた。

ルーカスは、パリの動きを気にしながらも新しく侍従長に就任した祖父の補佐をせざるをえず、レオポルトの身辺が一応の落ち着きをみるまで、そばから離れることができなかった。

やがて使者が一通の手紙をもたらし、ルーカスをあわてさせた。ラ・ロシュジャクラン邸のセレスタンからの返事だった。

冗談とも当てつけとも取れる彼の報告によれば、ルーカスの寝室を隅から隅まで捜して発見できたものは、シーツの口紅と染み、金と栗色の多数の人毛のみということだった。

となれば手紙は、メリクールが持ち去ったのにちがいない。ルーカスは彼女からの返事を待ち侘《まわ》びたが、四月の声を聞いても使者は姿を見せなかった。しだいに不安になる。やはり手紙は、パレ・ロワイヤルに持ちこまれたのかもしれない。ラクロの陰謀が進行する様を想像し、いても立ってもいられなくなったルーカスがついにパリに戻る決意をした日、ようやく使者が到着した。

「お返事が遅くなりまして申しわけありません。ご依頼のマルクール村を訪ねたのですが、テルヴァニュ家にアンヌさんがいらっしゃらなかったので、時間がかかってしまったのです。

ご兄弟に聞いたところ、リエージュの街に出られたとのことで、それ以上はわからないと言われたものですから。それでリエージュに行って捜したのですが、なにしろあの街も革命の真っ最中でして、混乱がひどかったのです。日数をかけ注意深く捜して、ようやく見つけました。

革命雑誌『女性市民の宣言』を発行しているテュアニュ・ド・メリクールという女性が、アンヌ・ジョゼーフ・テルヴァニュさんだということがわかったのです」

使者が運んできた返事に書かれていたのは、字ではなく絵だった。それを見てルーカスは、メリクールが読み書きができないことを知る。またアントワネットの手紙は確かに彼女が持っていること、それをルーカスの思い出として大切に身につけていることもわかった。

その絵の中で手紙は筒状に丸められ、メリクールのかつての商売道具の中に押しこまれていたのである。いかにもメリクールらしい発想に、ルーカスは失笑を禁じえなかった。

手紙を書いたマリー・アントワネットには、とても聞かせられない話だったが、メリクールが男と手を切っている限り、それは最も安全な隠し場所かもしれなかった。

ルーカスは考え、メリクールに贈り物を届ける決心をする。ウィーンの街に出て絹の貞操帯を購入し、タクシスの特別郵便小包にしたのである。差出人の住所は書かず、名前のみを記す。

受け取ったメリクールは、再会の時まで貞操を保てとのルーカスの暗示を理解するだろう。そしてルーカスの代わりに自分の内に収まっている手紙を、守り通すにちがいなかった。

＊

一七九〇年四月末、アンリ・ドゥ・ラ・ロシュジャクランから約束の情報が届く。

「この三月、ラファイエットを中心とする立憲派は、革命の前進をはかろうとする中間左派であるバルナーヴら三頭派と決定的な対立をみた。

これに伴ってラファイエットは、三頭派と袂《たもと》を分かつためにジャコバン・クラブ脱退を表明。新しい政治結社『一七八九年の会』を設立して、立憲王政確立のための活動を始めることを宣言した。

行動を共にする者として、第三身分はすべてであると発言したエマニュエル・ジョゼフ・シエースや、オータン司教のシャルル・タレイラン・ペリゴール、それにオノレ・ガブリエル・ミラボー伯爵らの名前が上がっている」

ルーカスは危惧を抱く。ラファイエットら立憲派が抜ければ、ジャコバン・クラブは先鋭化するに決まっていた。

サン・トノレ街のジャコバン派修道院を本拠としたことにより、その名で呼ばれるようになった旧「憲法友の会」は、入会資格の拡大や、グルノーブル、マルセイユなど地方クラブとの連帯により、現在、千人を超える党員と五十の支部を擁する巨大組織に成長している。その動きは、革命の今後に大きな影響を与えるに違いなかった。

状況から判断して、残留組の中で今後クラブの主導権を握っていくのは、バルナーヴを始めとする三頭派かと思われたが、ルーカスが気にしたのは、彼らよりもむしろロベスピエールだった。

バルナーヴほどの気品や威厳を持ち合わせず、声量に乏しく、アラス訛《なま》りのあるロベスピエールの演説は、広い立憲国民議会議場より修道院内の図書館や礼拝堂に設けられたジャコバン・クラブの議場で、より効果を上げそうだった。

加えてロベスピエールは、革命に関して先見の明を持っている。誰もが革命は終わったと思った昨年のヴェルサイユ行進時点で、革命を終結しうるのは人民のみと断言したのだ。

あの時の衝撃を、ルーカスは忘れない。ラファイエットたちが抜けた今、ロベスピエールは、ジャコバン・クラブの支配、それを使っての人民の掌握を考え始めているに決まっていた。

様子を探らねばならない。ルーカスがパリを離れて三ヵ月が経とうとしていた。そろそろ戻る時期かもしれない。そう考えていた矢先に、アンリから次の連絡が入る。

厚紙に包まれていたのは書状ではなく、パリの街頭によく出回る類《たぐい》の小冊子だった。

ミラボー伯爵の裏切りと題されており、執筆者は陰謀家として名高いオルレアン公爵派のラクロである。

ジャコバン・クラブの分裂につけこみ、オルレアン派が例の画策を始めたのかもしれないと考えて頁を開いてみれば、内容は王家とミラボー伯爵の癒着についてだった。五月二十日の立憲国民議会で、ミラボーは国王の宣戦・講和の大権の存続を支持する長広舌をふるい、三頭派や民主派を始めとする有識者の不信を買ったのだった。

またそれに前後して二十万八千リーヴルもあった負債を返済し、パリ市内のショッセ・ダンタン通りや保養地アルジャントゥイユに邸宅や荘園を購入していた。その羽振りのよさからみて、ミラボーが宮廷から賄賂《わいろ》を受け、国王一家の便宜をはかっていることは明らかであるというものだった。

最終頁には、アンリ自身の筆で、三頭派のラメットの指示により出版されていると思われる小冊子でも、同じ題材が扱われているとの追記があった。

ルーカスの心に細波《さざなみ》が立つ。国王を信奉しているアンリにとって、議員の買収などという姑息《こそく》な手段は、アントワネットの独断専行以外の何ものでもないと思われたのだろう。王家の名誉を守るために、ルーカスの早急な対処を要求していることは明らかだった。

ミラボー伯爵は、平民の代表者として三部会に参加した十五人の貴族の中の一人である。昨年六月二十三日には、全議員の中で初めて国王を呼び捨てにし、議員の畏怖を切り払って要請貫徹の意志を固めさせた。

以降、議会の英雄として、十月のヴェルサイユ行進まで、その中核にあり、主導権を掌握していた。その後著しく台頭したラファイエットとの仲は、あまりよくないという噂である。

ましてやラファイエットは、国王に対し、自分に全幅の信頼を寄せるよう求めている。王家とミラボーの間に金銭の授受があるとなれば、ラファイエットが態度を硬化させる危険性があった。

ルーカスは帰還を決意する。アンリのように考える人間は少なくない。放置しておけば、アントワネットの評判が下がるばかりでなく、ラファイエットとの提携にも、支障が出そうだった。一刻も早く真相を確かめ、手を打たねばならない。

ルイが自分からミラボーに働きかけることは、アンリも推察している通りありえなかった。決断したのは、おそらくアントワネットだろう。事態をより悪い方向へと導くばかりの彼女に、ルーカスは頭を痛めながら取るものも取り敢えずウィーンを出立する。

「今度は、お務めを真面《まとも》に果たせるのか」

祖父フランツの皮肉交じりの危惧を聞き流して、ルーカスは馬にまたがる。

「祖父君におかれましては、十一月十一日のハンガリーでの戴冠議会から戴冠式まで、フランクフルト、ベーメンとレオポルト陛下に随行されての旅が多くなる由、どうぞ健康にご留意ください。マリア・アントニア様のことはこのルーカスにお任せくださるよう。陛下にも、よろしくお伝えください。ではこれにて」

フランツは溜息をつきながらうなずいたが、間もなく思い出したように馬上のルーカスに顔を上げた。

「スウェーデン国王グスターヴ三世陛下の軽騎兵隊中佐で、アメリカ独立戦争に参加したハンス・アクセル・フォン・フェルセンなる人物と面識があるか」

ルーカスは耳をそばだてる。

「知らないこともありません。彼が何か」

フランツは、わずかに眉根を寄せた。

「エレオノール・フランキの新しい愛人だそうだ」

瞬間ルーカスの胸で、あの香りが甦《よみがえ》った。フェルセンの厩舎《きゅうしゃ》に入って行った馬車から流れ出ていた香水。その艶っぽい香りがエレオノールのものであったことに、ルーカスはようやく気がついた。

「それはそれは。驚きましたね。思ってもみない組み合わせだ」

エレオノール・フランキは、ルッカ生まれの踊り子である。清楚な顔立と妖艶な姿態を持ち、夫がいながら多くの崇拝者をはべらせていたが、ヴェネツィアでヴュルテンベルク侯爵に囲われ、三人の庶子をもうけた。その後ウィーンに姿を現すや、たちまち皇太子であった先帝ヨーゼフ二世を虜にする。

皇族と踊り子の醜聞は、遠くトスカナにいた大公レオポルトやルーカスの祖父フランツの耳にも届き、彼らを嘆かせたものだ。潔癖《けっぺき》な母帝マリア・テレジアの逆鱗《げきりん》に触れないうちに二人を別れさせたいとしてレオポルトは、トスカナ宮廷きっての色男ルーカスをウィーンに遣《つか》わし、エレオノールに接近させたのである。

祖父フランツは、自慢の孫に課せられた「当て馬」の仕事に、心中穏やかではなかったが、他に方策もなく目をつぶらざるをえなかった。当のルーカスは、趣味と仕事を兼ねてエレオノールの気を惹《ひ》き、その心を捕らえて、つかの間の恋をたっぷりと楽しんだのである。

惑溺する皇帝を向こうに回しての情事など、めったにできるものではなく、刺激的な設定は、ルーカスをいつになく奮《ふる》い立《た》たせた。

かくてエレオノールは、ヨーゼフ二世によって生活と野心を満たされ、ルーカスによって欲情を満たされるという幸せな毎日を送っていたが、やがて情事が発覚し、ヨーゼフ二世の激怒をまともに浴びてウィーンから追放されたのである。

エレオノールは、ルーカスに一緒に逃げてくれと泣きついたが、ルーカスは断った。エレオノールは確かに魅力的だったが、トスカナで待っているすべての女性と引き換えにできるほどではなかった。

だが生活の保障だけはしてやりたいと考えてルーカスが申し出ると、彼女は唾棄して呪いの言葉を投げつけ、扉が壊れるほどの音を立てて立ち去った。

その後コブレンツに行き、トリエル選帝侯付きの国務大臣の愛人となったが、英国人のサリヴァンと知り合って結婚、二人でインドに旅行中、スコットランドの名門出身の道楽者で東インド会社社長のクエンティン・クラフォードと情を通じて駆け落ちし、パリに落ち着いたとの風説である。

「クラフォードとパリで暮らすうちにハンス・アクセル・フォン・フェルセンと出会い、例によって例のごとくだ」

苦虫をかみつぶしたようなフランツの顔に、ルーカスは苦笑する。エレオノールは、男を夢中にさせずにおかない女なのだ。可憐で楚々《そそ》とした容姿の下に、熱狂をはらんでいる。

彼女と過ごしたいくつもの夜は、ルーカスの記憶の中でもひときわ精彩を放っていた。踊り子特有の柔軟で締まりのよい体は、甘美な果実を実らせた木に似ている。ルーカスが、もう少し女性というものを知らなかったら、あるいは女性に対して夢を持っていたら、おそらくおぼれていたことだろう。

「先帝ヨーゼフ二世陛下によってウィーンから追い出されたエレオノールは、ハプスブルク家に対し、恨みを持っている。おまえにもだ。彼女が新しくくわえこんだフェルセンは、駐仏スウェーデン連隊佐官を兼任しているとのこと。おそらくルイ十六世陛下やマリア・アントニア様に近い立場であるだろう。フェルセンとの接触の折には、その後ろにエレオノールが控えているということを忘れるな。でないと、火傷をすることになる」

ルーカスはうなずく。危険は大きかったが、アントワネットとフェルセンの関係を切るには絶好の材料である。これを使わない法はなかった。

それにしてもフランツは、どこから情報を入手したのだろう。元来、閨房の醜聞についてなど耳も貸さない堅物《かたぶつ》が、これだけの話を仕入れるには、自分の気持の整理も含めてかなりの苦労があったにちがいなかった。

ルーカスは、感謝の意を表すために馬から降り、祖父であり育ての親であるフランツの枯木のような体を再び抱擁した。

「必ずお役目を果たし、ウィーンに戻ります。それまでどうか、お身体をお大切に」

この仕事が終わったら、祖父の勧める娘と身を固め、堅実な家庭を作って老後を看取りたいと思った。

第四章　破れる恋

「それでお兄様は、何と。もちろんマリア・アントニアを迎え入れてくださると、おっしゃったのでしょうね。え、そうなのでしょう。ルーク、焦《じ》らさないで早く教えて」

チュイルリーの庭に面した窓から六月の風が入りこみ、ルイの部屋に通じる室内階段のそばに立ったアントワネットの襟足《えりあし》の和毛《にげ》をやさしく揺する。

性急な希望にかり立てられ、瞳を輝かせるアントワネットの生き生きとした表情は、少女だった二十年前と少しも変わっていなかった。ただ皺《しわ》と染みが増えた。失われた若さに見合う力を獲得しているのでなければ、人生は成功とは言えない。ルーカスは静かに口を開いた。

「レオポルト陛下には、重ねてトワネット様のお考えをお伝えいたしました」

受け入れを拒否するというウィーンの意向を伝えることができれば、話は簡単である。

だがそれでは、皇帝レオポルトの内意に反する。

ルーカスを密使に立てた時点で、レオポルトの意志は固まっていた。この問題に関してオーストリアの名が表ざたになれば、事態はより悪化すると考えているのである。

水面下で動き、王家の存続をはかりつつフランスの国力を弱め、ヨーロッパの均衡を維持しようというのは、ルーカスの目から見ても賢明な策だった。

しかしそれがアントワネットの耳に入り、ルーカスとオーストリアが頼れないとわかれば、アントワネットはまっすぐフェルセンの胸に飛びこむだろう。そしてフェルセンは、アントワネットに舵《かじ》を任せて遮二無二走り出すというわけで、行き着く先は王家滅亡ということになりかねなかった。

ルーカスとしては、この場はなんとかはぐらかし、アントワネットに自分を頼らせておかねばならない。

「ところが陛下からご返事をいただく前に、急いでパリに戻って来なければならない用事ができたのです。よってご意向は、まだうけたまわっておりません」

言いながらルーカスは、アンリが送ってきた小冊子を差し出す。

「これは、どういうことでしょうか」

アントワネットは手にしていた扇子で口をおおい、横を向いた。心当たりのある様子である。ルーカスは歩み寄り、アントワネットの目の前に立った。

「パリを出立する前、国王陛下とトワネット様にはラファイエット閣下の内意をお伝えし、それに対して受諾するとのお返事をいただいております。つまり宮廷は、ラファイエット閣下に全幅の信頼をおくことをご了承なさったはず。にもかかわらず同じ立憲派のミラボー伯爵に接近をはかったばかりか買収工作にまで及ぶというのは、いったい如何《いか》なるお考えあってのことでしょうか。これでは、せっかくのラファイエット閣下との連帯が水の泡になりかねません。はっきりとしたご返答をいただきたい」

いつになく厳しいルーカスの追及に、アントワネットは扇子で口元を隠したまま小さな声で答えた。

「こちらから好んでしたわけではありません。ミラボー伯爵の方から、国王陛下のお役に立ちたいとの申し出があったのです」

ルーカスは目を眇《すが》める。ありそうなことではあった。かつて議会を掌握していたミラボー伯爵は、昨年十月以降その権勢をラファイエットに奪われている。捲土重来《けんどちょうらい》を期するなら、立憲派の立場からいっても、王家との関係を深くするよりなかった。もっともラファイエットの方も、そのミラボー伯爵の動きを読んだからこそ先手を打って先日の発言に至ったのだろう。当初ルーカスが予想した通り、革命は分裂し始めているのである。王家の舵は、慎重に取らねばならない。

「ミラボー伯爵が直接、接触してきたのですか」

ルーカスの声から非難の色が消えたのを、アントワネットは素早く感じ取り、ほっとしながら扇子を下ろした。

「メルシー・ダルジャントーからの話でした。メルシーは、ラ・マルク伯爵を通じて本人から申し出があったと言っています」

ラ・マルク伯爵は、ネーデルラント出身の貴族で、フランスに土地を購入し、三部会議員に選出された人物である。一方、以前在仏オーストリア大使を務めていたメルシー・ダルジャントーは現在ネーデルラント総督であり、二人が個人的に親密であっても不思議はなかった。

「では、どういう条件で、いくら、ミラボー伯爵に渡したのですか」

再び辛辣味《しんらつみ》を帯びたルーカスの声に、アントワネットは媚《こ》びるような微笑を取りつくろう。

「ルーク、怒らないで。いろいろ考えた上でのことなのです」

ルーカスは丁重な一礼を返した。

「久しぶりに拝見するお美しい笑み。鏡の前でじっくり研究されたとわかっていても、思わず心が動く思いです」

アントワネットは憤然と息を吐き、横を向いた。ルーカスは、すかさずそばに寄り、耳にささやく。

「ミラボー伯爵と交わした密約の内容は。もし話していただけないのならば、私にも考えがあります。トワネット様のおそばにお仕えしながら、これほど重要なことを知らされずにいるという立場には、我慢がなりません。我が主君が新帝として多忙をきわめる折、私も決して暇なわけではありませんよ」

脅《おど》されて、アントワネットは不承不承口を開く。自分とオーストリアとを結ぶ最も確実な絆であるルーカスを、今手放すわけにはいかなかった。

「議会で宣戦・講和の大権を陛下の手に確保できれば、議事終了後百万リーヴルの報酬と、毎月六千リーヴルの手当を与えるとの約束です。すでに一部分は、支払いをすませました」

つまりはラクロの暴露記事通りということである。ルーカスは大声で怒鳴り散らしたい思いを辛《かろ》うじて堪《こら》え、爪先に力を入れて体を押《お》し止《とど》めた。

「いくらメルシー総督のご仲介とはいえ、なぜ素直にお受けになったのか、私は理解に苦しみます」

怒りのあまり声が震え、アントワネットを見る目に恨みがこもる。

「宣戦・講和の問題ならば、ラファイエット閣下にお願いしても同じ効果が得られたことでしょう。今は、慎重に相手を選んで行動せねばならない時期なのです。それを」

ルーカスをさえぎったのは、アントワネットの高笑いだった。

「まあルーカス、あなたらしくもない。落ち着きなさい」

笑いを収めてアントワネットは畝《うね》のある青い繻子《しゅす》のローブをつまむと、ゆっくりと窓辺に歩み寄った。

「私は、慎重に相手を選んだからこそ、ミラボー伯爵の話に応じることにしたのです。なぜなら私はラファイエット侯爵を信頼しておらず、同様にミラボー伯爵をも信用しておりません。その二人と手を結んだのは、彼らを競い合わせて分断に追いこむことにより、議会の勢力を削減し、壊滅させるためです」

ルーカスは唖然《あぜん》とする。アントワネットは、ここに至ってなお革命と反乱を混同し、その本質を理解せず、王室の出方しだいでこの危機を脱することができると思っているのだった。

「フェルセンは言っています。私たちがオーストリアの協力を得て逃亡に成功したら、その地に三部会を召集し、王権を侵害している今の立憲国民議会を解散させればよいのだと」

全権を取り戻そうとするアントワネットが執念をこめてすがりついている古色蒼然とした夢の甘やかさに、ルーカスはめまいを感じながら口を開く。

「それで何とお答えになったのです」

アントワネットは、春の光の中で軽やかに振り返った。

「まだ何も。あなたから口止めされていますもの。それにお兄様からのお返事も、まだでしたし。私にだって今回は慎重にしなければならないということぐらい、わかっていますよ」

ルーカスは、大きな息をついた。騎士物語のようなフェルセンの愛に支えられ、現実から遊離するばかりのアントワネットの精神をなんとか引き戻したいと願って、二人の関係の破壊に着手する。

「あなたのアクセルの話は、夢語りだと思って聞き流した方がよろしい。なにしろまるで現実味がありませんから。彼はおそらく悲劇の王妃をお救いするという劇的な使命に熱狂し、自己陶酔してしまっているのです。

もっとも現実生活においては、東インド会社社長のクエンティン・クラフォードとクリシー通りで同棲している踊り子エレオノール・サリヴァンの愛人を務めているとのことですから、たまにはロマンティックな騎士的立場に身を置きたくなる気持もわからないではありませんが」

アントワネットは、大きな目に不安定な笑いを浮かび上がらせた。

「ルーク、意地悪をするのはやめて。アクセルが踊り子の愛人だなんて、嘘でしょう」

真顔にも、また笑顔にも泣き顔にも瞬時に移動しそうな表情のない笑みに、ルーカスは自分の攻撃の手応えを確信し、傷ついたアントワネットを抱き取ろうとして言葉を継いだ。

「天地神明に誓いまして嘘ではございません。お疑いなら、本人に確かめていただいても結構です。ただ私の名前は、伏せておいていただきたい。逆恨みでもされて、オーストリアとの今後の連絡に支障が生ずると困りますので。

トワネット様、現実をごらんください。夢や希望に浮かされず、過去の栄光に固執せず、今あなたの目の前の事実を見つめ、逃避せず立ち向かう努力をせねばなりません。今、王家の課題は、いかにして革命と協調し、それを終結させていくかということのみです。それなくして王室の存続は不可能だからです。

母帝マリア・テレジア陛下は、絶対君主時代を生きられたお方でした。だが今あなたは、革命の時代を生きねばならない。

新しい時代には、新しい考え方が必要です。兄上方がお読みになったモンテスキューやルソーをお読みなさい。私がお話ししてもいい。そうすれば、王たるものの役割や、国家と人民の位置関係がよくおわかりになることでしょう。

またあなたは、オーストリアでお生まれになりましたが、フランスに嫁がれてすでに二十年になられる。あなたの祖国は、もはやオーストリアではなく、ここフランスなのだと思い定められるべきです。

オーストリアには、幼い頃の素晴らしい思い出が山と眠っていることでしょうが、それらはもはや幻影にすぎません。今、あなたが帰られたからといって、その生活が再び戻って来るわけではないのです。現に、父上であられるフランツ一世陛下も、母上であられるマリア・テレジア陛下も、さらに長兄に当たられるヨーゼフ二世陛下までも、すでにこの世の方ではございません。あなたは、ここで幸せにならなければならない。ご自分の幸せを、ここで作り出さねばならないのです。それ以外の道は、もはやありません。そして王妃として、人民の幸せにもお気を配らなければならない。

私がお手伝いいたします。どこまでもお供し、必ずお守りいたします。どうぞ私をご信頼いただき、心からの忠言をお聞き届けくださいますようお願い申し上げます」

言葉をつくして言い切ったルーカスの前で、アントワネットは、先ほどからの微笑を大きくした。

「わかりました。考えておきます」

うつろな表情の中で、青い瞳に頑《かたく》なな光がまたたく。

「では今日は、これで。子供たちと撞球をする時間ですから」

ルイ・シャルルの部屋に向かうアントワネットの後ろ姿を見つめて、ルーカスは苦い思いをかみしめた。話の後半は、ほとんど聞いていなかっただろう。フェルセンがエレオノールの愛人だと聞いた時から、アントワネットは、そのことで頭が一杯になってしまったのだ。

ルーカスとしては、二人の関係を切るだけでなく、アントワネットを包んでいる夢の一端を破壊し、次に続く話の突破口にするつもりだった。ところがアントワネットにとっては、現実が強烈すぎたらしかった。

計算違いがルーカスの胸をえぐる。初めに憤りが吹き出、それに自己嫌悪が続いた。三十半ばをすぎ、衰えた容姿に疲れを漂わせた中年士官フェルセン。アントワネットと長く接しながら、彼女と道ならぬ恋を楽しむだけで少しの成長もさせなかった無責任な夢想家。

そんな男から、今なお離れられないアントワネットが情けなく、腹立たしく、また同時にそれに嫉妬に近い激情を抱かずにいられない自分が疎《うと》ましかった。

渦巻く思いを切り落とそうとしてルーカスは、アントワネットが出て行った扉に背を向け、大きな歩幅で玄関に通じる廻廊《かいろう》に向かう。とりあえずは自ら王家に買収されたミラボーと会い、その真意を確かめ、いくつか釘を刺しておかねばならなかった。

第五章　ミラボーの野望

ラクロの小冊子によれば、王家から賄賂《わいろ》を受け取るようになったミラボー伯爵は、アルジャントゥイユに年代物の美しい荘園と館を購入し、女優ジュリー・カローから借り受けていたパリ市内の共同住宅を引き払ってショッセ・ダンタン通りの邸宅に移ったとのことだった。

ルーカスはショッセ・ダンタン通りを一走りし、新しい紋章を掲げたその館を見つける。どう見ても大きすぎる鍍金《めっき》の家紋と、出かける様子もないのに門の前に横付けされている紋章入りの大型馬車、派手なお仕着《しきせ》を着た従僕たちを見れば、持ち主の性格は言を俟《ま》たなかった。

控《ひかえ》の間で一時間ほど待った後、従僕に案内されて客間に入ろうとすると、もう一方の出入口から姿を現した黒い服の男性と視線が合った。

広い額の下の力を秘めた緑の目に捕らえられて、ルーカスは足を止める。相手は、三十になるかならないかの若さだった。鼻は潰《つぶ》れ、上唇には縫い目がある。頑丈な感じのするその後ろ姿を見送りながらルーカスは、記憶の中から男の名前を引きずり出した。

ジョルジュ・ジャック・ダントン。

アンリから送られてきた手紙に同封されていた小冊子の中に、確かその似顔絵と略歴が載っていた。発行者は、バスティーユ襲撃の二日前、その切っかけとなる演説を行った新聞記者カミーユ・デムーランである。

内容は、臨時パリ市議会議員であり、人民の友マラーを匿《かくま》って当局と対立した雄弁家ダントンが、四月に革命的政治結社「人権友の会」を結成し、ジャコバン・クラブの六分の一弱の入会金で同志を募っているというものだった。

アンリの注釈によれば、ダントンはシャンパーニュ州生まれの弁護士で、コルドリエ地区に住み、先鋭的な活動家と大衆の間で圧倒的な人気を勝ち得つつある人物ということである。行間に、もっとも注目すべき政敵という意味合いがこめられていた。

客間の鴨居をくぐりながらルーカスは、考えをめぐらす。煽動家《せんどうか》や大衆の期待の新星であるダントンが、立憲派ミラボー伯爵の館に出入する理由は、何だろう。

「おう、君か」

耳をつく大声に顔を上げると、壁布と同色の錦織りを張った肘かけ椅子の上で、肉の塊のようなミラボー伯爵が身を乗り出していた。

「以前、議会で会ったな。ラ・ロシュジャクラン侯爵のご子息とは知らず、失礼した。

いや知っていたら、よけい失礼だったかもしれん。なにしろ侯爵とは、オペラ座の踊り子を取り合って決闘にまで及んだ仲だ」

大声で笑い飛ばして立ち上がり、ミラボーは近づいたルーカスを軽く抱擁すると、脇の椅子を勧めた。

「剣も銃も使わず、お互い自身の自慢の武器を持って、一夜に何人まで攻略できるかの誠に男らしい決闘だった。勝ったのは、もちろん私だったが。君も父親似か。さぞかし意馬心猿だろう。私が君ぐらいの年頃には、毎晩四、五回は埒《らち》を明けなければ収まらなかったものだ。今度ゆっくりと武勇伝でも聞かせてくれ。して今日は、何の用だ」

懸河の弁に、ルーカスは姿勢を正して口を切る。

「五月二十二日の宣戦・講和の件に関する閣下のお骨折りについて、王妃アントワネット様より直々に感謝のお言葉がありましたので、お伝えにまいりました」

ミラボーは不愉快そうに口角を下げ、ルーカスを促《うなが》して椅子に腰を下ろさせた。

「宣戦・講和の権利は、王権の一部に決まっておる。バルナーヴの若造がくだらん理屈をぬかしさえしなければ、もっとうまくいったものを。それにしてもラファイエットが、あれほど不器用で訥弁《とつべん》だとは思わなかった。

あれでは何の役にも立たん。まるで張り子のカエサルだ。ル・シャプリエたちがいてくれなかったら、三頭派の連中に負けていたかもしれん。そんな役立たずが、来月の連盟祭では主役を務めるというのだからな。由々しき問題とは思わんか」

言いながら柔らかそうな肉厚の手で肘かけ椅子の腕木をたたき、苛立《いらだ》たしげになで回す。絶えず動く器用な指を見ていると、彼がどんなふうに女を扱うのかがわかるような気がした。

「タレイランが立憲国民議会に提案した式次第によれば、ラファイエットは、パリ六十区の国民衛兵を率い、例の白馬にまたがって登場するなり、全国から集まって来た連盟兵一万五千名に向かい、宣誓の先導をするという話だ。これに続いて議会、国王、一般市民の順に宣誓が行われる。それがこれでは、ラファイエットの独壇場ではないか。これを主役と言わずして何という。革命と王政の結実の象徴として、あの張り子の名前が人々の胸深く刻まれ、その分国王陛下の比重は軽くなる。どうにも我慢のならん話だ」

ルーカスは静かに微笑した。

「お怒りは、陛下が脇役に追いやられるというところにあるのでしょうか。それともラファイエット閣下が主役を務められるというところに」

ミラボーは手を止め、ルーカスを見つめた。ややあって、夥《おびただ》しい疱瘡《ほうそう》の痕の残る大きな頰をほころばせ、愉快そうに笑う。

「王妃の側近にも、少しは頭のある人間がいたらしい。正直に申せば、両方だ。ラファイエットは、しょせん軍人。政治家としては二流だ。融通のきかぬ小心者が、たまたま時流に乗っただけのこと。私の目の黒いうちは、あんな男にいつまでも大きな顔はさせん」

ルーカスの予想通りミラボーは、ラファイエットに奪われた主導権と勢力の奪還にやっきとなっているのだった。王家への接近も、その対極に位置するダントンとの交流も、自己の権力の拡大を目指してのことにちがいない。右と左からラファイエットを揺さぶろうというのだろう。

目的のためなら手段を厭《いと》わないそのやり方は、多くの醜聞を持つ彼にいかにもふさわしいものだった。

「私とラファイエットが対立したら、王家はどちらにつく」

挑むようなミラボーの眼差《まなざし》を、ルーカスは視線を伏せてかわした。

「ラクロの発行した小冊子によれば、王家はすでにミラボー閣下と意を通じ、賄賂を贈っているということになっております」

平手を椅子の腕木にたたきつける大きな音が、ルーカスの顔を上げさせる。

「私は、賄賂など受けておらぬぞ」

ミラボーの顔が見る間に充血し、痘痕の一つ一つまでが赤らんでいくのを見て、ルーカスは目を見張った。まさに活動を始める火山さながらだった。

「あれは、私が自分の信じる立憲主義に従い、王室に助言を与えたところ、それに対して報酬が支払われたというだけの話だ。たとえ金を受け取っても主義は枉《ま》げてはおらんゆえ、神に対して恥じるところは些《いささ》かもない」

異相の人物にふさわしい傲岸《ごうがん》で狡獪《こうかい》な理屈を捲《ま》くし立てるミラボーに、ルーカスは半ば呆《あき》れ半ば感嘆しながら名案を思いつく。

ミラボーとラファイエットをそろえて王室の両輪とすること。完璧主義で人気絶頂のラファイエットと、懐が深く清濁合わせのむミラボーの結託こそ、革命の進行に対する鉄壁の防備にちがいなかった。加えて二人なら、片方の手に権力が集中する危険を防ぐこともできる。

「よくわかりました。しかと肝に銘じておきます。ところで一つお伺いしたいのですが、閣下が王家に望まれるところは何でございましょうか」

要求を突きつける前には、相手の望むところを知らねばならない。それを受け入れて喜ばせながら、相手が気を取られているうちにこちらの求めに応じさせてしまうというのがルーカスのいつものやり方である。

「マリー・アントワネット様より内々に、ミラボー閣下の真意をお伺いし、それに添って動きたいとのお話を賜《たまわ》っておりますので」

ミラボーは言葉を呑む。五月に避暑地サン・クルーの王家別邸で初めて間近にしたアントワネットの相貌が、痛いほど脳裏に甦《よみがえ》り、艶然と微笑《ほほえ》みかけた。

今まで見たことがないほど自信にあふれ、不幸でありながら不遜《ふそん》なまでに毅然《きぜん》とした女性。国王ルイ十六世の誠実な気弱さが彼を指物師か陶工のように見せていたのに比べ、あたりを払うような威容だった。

それが二人きりになると、ここだけの話と前置きし、不安な心の内をわずかにもらして涙ぐまんばかりの眼差《まなざし》で王家の庇護を哀願したのである。ミラボーは、その時一つの幻想に捕らわれた。

王妃の後見人となり、王家を自家薬籠中の物とすること。アントワネットの至芸によって生み出され、ミラボーの尊大な野望に支えられたその幻夢が、今再び熱をはらむ。

ミラボーは、浮かされるように口を開いた。

「国民衛兵隊の再編制など、議会に望むことならたくさんあるが、王室への希望は唯一、立憲君主制確立のために努力していただきたいということだけだ。具体的には、反革命貴族と袂《たもと》を分かつばかりでなく、ネッケルやサン・プリエスト、ラ・トゥール・デュ・パンのような政治家たちと決別すること。王権回復のためには、もっと有能で決断力のある大臣が必要だ」

ルーカスは謹《つつし》んで目を伏せながら、ミラボーの話の腰を折る。

「こうして伺っておりますと、立憲王政に強い信念をお持ちになっておられるミラボー閣下こそ、王家の後見人としてたのむべきお方との思いを強くいたします。立憲王政のためには何をも辞さぬご決意とお見受けいたしましたが、いかに」

ミラボーは膝を乗り出し、ルーカスの差し出した夢への階段に足をかける。目にはもう、自分を待つ栄誉しか映《うつ》らなかった。急いで駆け上がろうとするあまり、勇む気持が言葉を強める。

「聞かれるまでもないこと。立憲王政確立のためなら、私は命を捨ててもよい」

すかさずルーカスは焦香の瞳を上げ、ミラボーの双眼を射た。

「ではラファイエット侯爵との協力も、ありえぬことではありませんね」

ミラボーは意表を突かれ、うなるような声を上げる。

「それはいったい、どういうことだ。あんな奴との策応は、百害あ」

終わりまで聞かずにルーカスは、ミラボーの声に自分の主張を重ねた。

「実は、ミラボー閣下に先んずること一週間、ラファイエット侯爵より王家のお役に立ちたいとのお申し出があり、陛下は接見を持たれて侯爵の意志を確認され、そのお心延《ば》えに非常な感銘を受けておられました」

ミラボーは、縦横に亀裂の入った頬をこわばらせる。自分がサン・クルーで国王夫妻に会った時、すでにラファイエットの手が伸びていたのかと思うと、今さらながら、知らずに渡った橋の危うさが身に迫った。

国王が妙に消極的に見えたのも、こちらの申し出よりラファイエットの方に心惹《こころひ》かれていたせいかもしれないと思えてくる。

「またラファイエット侯爵の背後には、国民衛兵隊三万一千が控えており、その点においても陛下は、侯爵をたいそうご信頼なすったご様子」

ミラボーは、兵の一人も動かすことのできない自分の立場に、焦《あせ》りを感じる。ラクロの発行した小冊子は、すでに議員たちの間に疑惑を巻き起こしており、先日の議会では、裏切り者との声が飛んだ。

反論したのは勿論《もちろん》のことだが、内心、自分の味方を議会内に見出し、勢力を伸ばすことの困難を感じもした。かくなる上は、よりいっそうアントワネットとの結びつきを強め、彼女を通じて国王を抱きこみ、ラファイエットを出し抜くよりないと考えていた矢先である。

「アントワネット様におかれましては、ミラボー閣下にお力添えをいただきたいとの強いご意向でございますが、すでにお心の定まっておられる陛下を動かすことは、一朝一夕には困難かと思われます。

しかればここで政務につきましてはミラボー閣下、軍務につきましてはラファイエット侯爵にご尽力いただき、潮を見ながら全権をミラボー閣下に移行していくという形を取らざるをえないというのがアントワネット様のご内意でございます。なにとぞおくみ取りいただけますよう」

ミラボーは、うなずくよりない。ミラボーにとってアントワネットは、もっとも大切な駒である。機嫌を損《そこ》ねることはできなかった。

「わかった。どうすればよいのだ」

ルーカスは、部屋の隅にあるマホガニーの書棚付机に視線を流した。真鍮の取っ手と貝の彫刻で飾られ、見事な艶《つや》を持つチッペンデールである。

「ラファイエット侯爵に、その旨のお手紙を」

ミラボーは乱暴に立ち上がり、机に歩み寄ると書板を倒した。引き出しから筆記用具一そろいと便箋を出す。

「蠟《ろう》を温めろ」

ルーカスはそばに寄り、手箱の中から赤い封蠟を取り上げた。ミラボーは立ったまま、墨汁の壺の中に筆記具を突っこみ、便箋に突き立てるように書き始める。

肩越しにルーカスが目をやると、ミラボーの精一杯の妥協が、荒々しく綴《つづ》られていくところだった。

「あなたの高邁《こうまい》な精神には私の実行力が、私の実行力にはあなたの高邁な精神が、共に必要だと思い、ここにご提案申し上げるしだい」

ルーカスは、蠟燭の火に封蠟をかざす。ミラボーからの歩み寄りの手紙である。ラファイエットも悪い気持はしないだろう。これでうまく協力態勢が組めれば、革命の進行は確実に防げるにちがいなかった。

当面の危機を乗り越えられたことに、ルーカスは胸をなで下ろしながら次の手順を模索する。

ラファイエットにミラボーの申し入れを受けるよう働きかけること。その双璧を持って国王を安心させ、アントワネットの逃亡論に耳を貸さないよう説得すること。オーストリアにいる神聖ローマ皇帝レオポルト二世に連絡を取り、ネーデルランド総督メルシー・ダルジャントーの動きを押さえること。傷ついたアントワネットに革命の精神を理解させ、再教育すること。

それらが一段落したら、できるだけ早い機会をとらえてメルクールのいるリエージュに行き、例の手紙を取り戻すこともせねばならず、仕事は山積みだった。

＊

一七九〇年七月十四日、パリ市シャン・ド・マルスの練兵場でバスティーユ陥落一周年を記念した全国連盟祭が挙行される。憲法制定議会の正式承認が下りたのは六月二十一日であり、当日まで三週間の猶予しかなかったため、会場作りとそこに至る道路の拡張は突貫工事となった。

市民はもちろん、貴族から軍人、その夫人たちまで現場に駆けつけて手押し車を動かしたのである。国王もまた何度も視察に出かけ、自分が人民の父であり友人であり、人民が幸せになってこそ自分も幸せであるとの意志を表明しつつ、自ら鶴嘴《つるはし》を握った。

当日は朝から雨となったが、タンプル街に集まった一七八九年のパリ選挙人を先頭にした行列は午前八時、百四十三本の旗を押し立て、祝砲と軍楽隊の音楽の中を八列縦隊で行進を開始する。

殿《しんがり》は、各県から上京した一万五千の連盟兵だった。ルイ十五世広場で立憲国民議会議員と合流した彼らがシャン・ド・マルス練兵場に到着したのは、午後一時過ぎである。つめかけていた四十万の観客は、熱狂した。

三時三十分、練兵場中央に設置された模造大理石の祖国の祭壇に正装した司教タレイラン・ペリゴールが上り、弥撒《ミサ》が始まった。

管区オータンで不器用な司教として定評のあったタレイランは、前夜、友人の家で暖炉を祭壇に見立て、ミラボーの指導により予行演習を行ったのだった。

千八百人の楽士の演奏と四百人の聖職者の唱和が終わった午後五時、白馬にまたがったラファイエットがさっそうと登場する。三十三歳の若い痩身を誇るように背筋を伸ばし、燃えるような赤毛の頭を高く上げたラファイエットは、王の天幕前で馬を下り、連盟兵に宣誓をさせる許可を得ると、剣を抜き放って祖国の祭壇に触れ、全国民衛兵の名において宣言した。

「私は誓う。国民、法、および国王に永遠の忠義を」

一万五千の連盟兵がこれに呼応する。さらに立憲国民議会議員が宣誓し、国王が自分の天幕内で祭壇に手を差し伸べ、憲法を維持し法を施行することを国民に誓った。最後に四十万の観客全員が叫ぶ。

「私は誓う、国民、法、および国王に永遠の忠誠を」


革命と王政を一つに結び付ける勝鬨《かちどき》にも似た大音声が、パリの空に響き渡っていたこの時、南仏ジャレースでは、トリノに亡命中の王弟アルトワ伯爵シャルル・フィリップの命令に応じ、二万の王党軍が集結しつつあった。

またこれに先立つ七月七日、ラファイエットによりヴェルサイユ行動の責任を問われて英国に渡っていたオルレアン公爵ルイ・フィリップが、ついに帰国を果たし、十一日には立憲国民議会の演壇に立って革命を推進させるための過激な意見を吐いていた。

右と左からのこれらの威嚇《いかく》行動に対して、ラファイエットは危惧を抱き、以前にも増して国王との連帯を強める一方、人民の蜂起を押さえ、行政権を強化するために奔走した。

ところがその助けとなるはずのミラボーとの協調については、断固として首を縦に振らなかったのである。

「確かにミラボー伯爵の実行力は認める。だが私は、彼の品性を信用していない。信頼関係のないところに、協力は成り立たない」

個人的心情を前面に出しての主張にルーカスは、ラファイエットを政治家として二流だと言ったミラボーの意見に、同意せざるをえなかった。

その融通のなさを何とかするべく奮闘を重ねたが、ラファイエットは、国王の努力と自分の人気があれば立憲王政は充分成立しうると言い募るばかりだった。

だがルーカスは知っている。国王の努力は当てにならないということを。ルイは気が弱く、周囲の人間、特にアントワネットに影響される。彼女が何かを強く主張すれば、それに逆らって努力することなどできにくいだろう。

加えて民衆の支持というものは、移ろいやすい。連盟祭において圧倒的権勢を誇り、立憲王政の象徴として自他共に承認されたラファイエットの人気も、この先どれだけ続くか保証はなかった。

特に昨年十一月二日以降、議会は教会の財産没収、修道院廃止などの改革を矢継ぎ早に打ち出し、多くの聖職者の反発を招いている。新たな抵抗勢力である彼らが今後どういう行動に出るかはまったく予測が立たず、確かなことといえば、革命の混乱が更にひどくなるだろうということだけだった。

そんな中にあって国王の努力とラファイエットの人気だけに頼っている立憲王政など、危険極まりない。王家存続のためにルーカスは、何としてもラファイエットの承諾を得てミラボーの参画をはかり、立憲王政を確実なものとしておきたかった。

ところがラファイエットは、依然として歩み寄りの姿勢を見せない。手を焼いたルーカスは、このまま時間を費やすより先にルイの説得にかかり、とりあえず逃亡拒否の確約を取りつけておいた方が安全かもしれないと考え始める。

意志薄弱なルイの約束がどれほど役に立つかは疑問だったが、ないよりはましに違いない。幸いアントワネットは、フェルセンがエレオノール・サリヴァンの愛人であることに心乱されており、国王の言動に容喙《ようかい》する余裕を持っていなかった。

「ルーク、この間は疑ったりしてごめんなさい。女官を街に出して本当のことを調べさせました。東インド会社社長のクエンティン・クラフォードは確かに、踊り子エレオノール・サリヴァンと共にクリシー通りのルイエ・ドルフィユ館に滞在しています。そしてアクセルは、そこに足繁く出入りしているとのことです。

エレオノールが今まで多くの既婚男性と浮名を流し、子供を設け、結婚も二度までし、人妻でありながら現在クラフォードと一緒に住んでいることや、アクセルとの恋愛関係が噂《うわさ》されていることも知りました。

でもアクセルは、優しく誠実な方です。その女性にだまされているのに決まっています。ああルーク、私は、どうしたらよいのでしょう。どうすればアクセルとの友情を守ることができるのですか。

そんな女性との付き合いは、やめてくださるように忠告した方がよいのか。それともそんな女性と付き合っているような人とはお別れしますと、厳しい態度で反省を促《うなが》した方がよいのか。あるいはまったく別の方法があるのか。ルーク、昔のように私に教えてください。あなたは、人の心を操《あやつ》る名人なのですもの。きっといい考えをお持ちでしょう。

できれば私は、このことを口に出したくないのです。アクセル自身がその女性の正体に目覚め、自分のためにならないと悟って別れてくれるのが一番嬉《うれ》しいことです。そのためには、どうすればよろしいの」

恋に身を焼き政治に口を出さないアントワネットは、ルーカスにとって極めて都合のよいものだった。ルーカスはアントワネットの混乱と執心を助長するような忠告をし、彼女をひとまず恋慕の世界に止《とど》めておくことにする。

第六章　国王ルイ十六世の決意

　フランス国王ルイ十六世は、連盟祭を通して深まった国民との連帯にしごく満足していた。趣味の錠前作りに精を出しながら毎日を幸せな気分で過ごすうちに、その技術を使って居殿に秘密の書類棚を作ろうと思い立つ。

　手元にたまる一方のミラボーの署名の入った領収書や、世間からは民主派と思われている議員からの援助申し出の手紙など、いざという時のために保管しておかねばならないが人目については困るものの収納場所が必要だったのである。

　ルーカスがチュイルリー宮殿に国王を訪ねた時、ルイは書斎脇に造った作業場で、書類棚の鉄の扉を作製していた。

「悪いが、今は手が放せないんだ。少し待つか、それともこちらに入って来てくれないか」

　ルーカスは従僕デュレイに案内され、作業場に足を踏み入れる。真夏のような温度の中で、ヴェルサイユから呼び寄せられた王家御用達の錠前師フランソワ・ガマンが、ルイに技術を指南していた。ルーカスは、かまわず口を開く。

「先の連盟祭は、まったくもって結構な催しでございました。国民と法と陛下に忠誠を誓った会場四十万の人民の誰もが、深く感動しておりました」

ルイは音をたてて燃える溶解炉の奥に自分の作品をしまいこむと、大扉を閉めながら微笑した。

「私も感動したよ」

ルーカスはルイの機嫌が悪くないことを見て取り、本題にかかる。

「フランスの国民は幸せです。人民と共に歩もうとする国王陛下を戴《いただ》いているのですから。それにしても、そんな陛下を疑う声が囂《かまびす》しいのは、なんともけしからぬことと言わねばなりません。これも我がオーストリアにつながる妃殿下マリー・アントワネット様ゆえかと考えますと、ただただ申しわけなく、恥じ入るばかりでございます」

ルイは、手にしていた鉄の鋏《やっとこ》を使って溶解炉の小扉を開いた。赤く焼けた鉄片を取り出し、ガマンにあれこれ尋ねながら、ついでにルーカスにも言葉を投げる。

「それは、いったいどういうことかね」

ルーカスはかしこまり、姿勢を正して演出にかかった。

「この世にオーストリア委員会なるものが存在し、その任務は、陛下並びにご家族をウィーンに逃亡させることだとか。陛下が式典に参加されたり、議会で宣誓されたりなさるのは、人民の目をあざむき逃亡の準備を隠すためだとか」

ルイは、驚きのあまり赤く焼けた鉄を足の上に落としかける。脇にいたガマンの鋏が、危ういところで拾い上げた。

「なんということを。私は議会や人民と和解していこうと思っているのだぞ。その証拠に人民の意見を入れてこのパリに居を移し、新しい憲法も裁可し、人民が私の世話をすることも認めている。この革命時代の王となることを、心から望んでいるのだ。その私が国を捨て、王妃の祖国に逃亡をたくらんでいるというのか」

ルイの憤りに、ルーカスはすかさず乗じる。

「そういうおつもりは、まったくないと」

ルイは、腹立たしげに背筋を伸ばした。

「ない。そんなつもりがあるなら、アルトワたちが逃げた時に行動を共にしておる」

ルーカスは確約を取ろうとして問いつめた。

「王妃マリー・アントワネット様より是非にと懇願されても、お考えにお変わりはございませんか」

ルイは、溶解炉の熱で熱く染まった頰《ほお》をわずかにゆがめる。

「私はフランスの王だ。たとえ何が起ころうと、自分の国を捨てることはできないし、それは許されぬことだと知っている。たとえ王妃が自国に逃れたとしても、私はこの国に止《とど》まるだろう」

ルーカスは眼差《まなざし》を緩《ゆる》めた。これだけはっきりと意志を表明させておけば、王の沽券《こけん》にかけて簡単には撤回できまいと思えた。

「ご覚悟、よくわかりました。噂《うわさ》の沈静は、このルーカスにお任せくださいませ。陛下が、いかに今の時代の王としてふさわしい方であられるかを、フランスのすべての人民に知らしめてご覧にいれます」

ルイは大きな息をつく。それを見ながらルーカスは、止めを刺した。

「陛下が今、国王の名に賭けて表明されたご立派なご決意、ルーカス、死ぬまで忘れはいたしません。陛下のように素晴らしい国王の庇護下にあるフランス国民を、うらやましく思うものです」

持ち上げられてルイは、相好をくずす。再び鋏を取り上げ、ガマンを促《うなが》しながらルイは意気揚々と答えた。

「王が自国に止まるのは、あたりまえのことだ。すべては誤解にすぎないと、人民に周知徹底してくれ。さ、続けるぞ」

＊

ルーカスが、ラ・ロシュジャクラン邸に戻ると、かしこまって出迎えたセレスタンが鷹揚《おうよう》な口調で告げた。

「ご主君より遣わされた火急の使者とおっしゃる方が、『控《ひかえ》の広間』でお待ちでございます」

ルーカスは、居間を通り抜けながら暖炉の上に置かれた菓子皿から丸砂糖を摘まみ上げる。おそらくオーストリアで動向を見守る皇帝レオポルト二世からの使者だろう。

「名前を聞いたか」

セレスタンは、わずかに首を横に振った。

「ご主君と称する方のお名前も、はたまたご自分のお名前もおっしゃろうとなさいません。そういうお客様は、私がこのお館にお仕えしてから三人目。私の長い生涯を振り返ってみましても、やはり三人目でございます」

どうやら愚痴をこぼしているらしい。几帳面なセレスタンにとって、自分の責任を確実に果たせないということは苦痛なのだろう。ルーカスは、セレスタンの肩を抱き寄せ、指先に挟んでいた丸砂糖をその口に放りこんだ。

「お疲れ様。今日はもう、引き上げていいぞ」

言いながら居間の奥にある控《ひかえ》の間に足を向ける。

「お待たせした」

ルーカスが踏みこむと、暖炉の前に置かれた床几《しょうぎ》から一人の青年が立ち上がった。銀の飾り紐を付けた赤のアッティラ服の肩に豹の毛皮をかけ、白い鷺の羽の付いたカルパック帽を手にしている。神聖ローマ帝国陸軍ハンガリー近衛隊士官だった。

後ろにはトッグル釦《ボタン》の軍服を着た二人の部下を従えている。

「トスカナ竜騎兵連隊付中佐ルーカス・エリギウス・フォン・ローゼンベルクだ」

ルーカスが名乗ると、青年は踵《かかと》を打ち合わせて敬礼した。後ろにいた兵が脇から筒形の書簡を差し出す。青年はそれを取り上げ、ルーカスに向き直った。

「皇帝陛下より、お預かりしてまいりました。今ここでお読みいただきたい。お返事をうけたまわってくるようにとのご命令を受けておりますので」

まだ二十歳前だろう。大役をいい付かった緊張と誇らしさが、体中から香り立っている。ルーカスは椅子を勧め、自分は窓辺に歩み寄りながら書簡の封蠟《ふうろう》を切り、紐を解いた。

「先日の要請に基づき、ネーデルラント総督メルシー・ダルジャントーを召還した。種々の目的を持ってフランス王家に近づこうとする者と、マリア・アントニアとの仲介役を務めることに関して自粛を求めたところ、メルシーは自分の軽率さを認めた。

今後は、すべてをウィーンに報告の上、合意に至った者についてのみ、行動に移るよう強く申し伝えておいた。新たな問題等が起きていれば、使者に書状を持たせてくれ。君の仕事の成功を祈っている」

ルーカスは気を強くして書状を下ろし、若い使者を振り返った。

「陛下には、お心安らかにパリからの成功の報告をお待ちいただきたいとお伝えしてくれ」

すべては、順調に運んでいるように見えた。

第七章　フェルセンの計画

その夜、早々に休んだセレスタンに代わり、ルーカスがアンリの晩餐の給仕をしていると、玄関の扉が叩かれ、大きな声が響いた。

「ルーカスさんに、お手紙を預かってきました」

ルーカスは、セレスタンを気取って胸に右手を当て、アンリを見る。

「席を外させていただいてもよろしゅうございますか」

アンリは強いカルヴァドスのせいで異様に冴えた青い瞳を空中にすえたまま、平然と答えた。

「三分以内に戻るように。次の杯を注いでもらいたい」

ルーカスはアンリの頭を小突いて身をひるがえし、螺旋《らせん》の階段を走り下りた。居間に入り、壁にかけられている銃を手にして玄関に出る。

「誰だ」

扉の向こうで幼い声が返事をした。

「ロンシャン・コメディ通りのジョルジュ」

市内のあちらこちらの通りにたむろし、使い走りをしている子供たちの一人らしかった。ルーカスは、服の隠《かくし》に小銭が入っていることを確かめながらかけ金を外し、扉を開く。夜の中に頬を赤くした子供が一人、不機嫌そうに立っていた。

「お金が先だよ」

突き出された小さな手に、ルーカスはエキュ金貨を乗せた。

「悪いが、ちょっと待っていてくれ」

言い置いて居間に戻り、丸砂糖の入った菓子皿を持ち上げる。

「たまには夢のようなことがあってもいいだろう。持っていけ」

首に巻いていたクラヴァットを解き、皿を傾けて丸砂糖を移すと、白い塊が音をたてなだれ落ちた。子供は、見る間に顔を輝かせる。

「お優しい旦那様だ、あなたにもきっと、夢のようなことがあるよ」

世慣れた返事に、ルーカスは苦笑しながらクラヴァットの包みを子供に渡し、代わりに手紙を受け取った。

「気をつけて帰れよ」

飛び出して行く子供を見送って戸締まりをし、手元に残った封書に視線を落とす。書かれているのは、頭文字だけだった。フェルセンに付けておいた密偵からの連絡である。

ルーカスは、居間に引き返しながら腰の短剣を抜き、封を切った。開いて視線を落とした瞬間に、身がすくむ。

「ご依頼の人物は、最近、盛んに旅行を繰り返しております。経路は、パリからモー、シャロン、サント・ムヌウー、クレルモン、ヴァレンヌです」

その順路に、ルーカスは覚えがあった。祖父フランツと共にパリからウィーンに戻った時に使った最短経路である。

ルーカスは、体中から冷汗が吹き出すような思いで、居間の長椅子に座りこんだ。フェルセンは、王家逃亡の下準備をしているのに違いない。他に理由は考えられなかった。

アントワネットの命令だろうか。ルーカスは首を横に振る。二人の関係の修復は、まだできていない。

ルーカスは、毎日アントワネットの元に伺候《しこう》し、細心の注意を払って様子をうかがっているが、彼女は相変わらず憂いに沈んでいた。

とするとフェルセンは、独断で手筈《てはず》を整えているということになる。

何のために。

決まっている、アントワネットがそれを望んだ時、速やかに応じるためにだ。

ルーカスは、暗い情熱を宿していたフェルセンの眼差《まなざし》を思い出す。あの顔なら、何をやっても不思議はない。とすると、エレオノール・サリヴァンとの関係も色恋沙汰ではない可能性があった。

かつてルーカスが、大公レオポルトの命を受け、仕事としてエレオノールに恋を仕かけたように、フェルセンもまたアントワネットを助けるという目的のために、彼女を利用しているのかもしれない。

パリに館を構え、国王一家を逃亡させる準備をするとなると、軍人の給与だけではおぼつかない。金持の情人クエンティン・クラフォードを持つ惚れっぽいエレオノールは、まさに適材だった。

それをアントワネットが知ったら。

ルーカスは、胸が端から焦げていくような焦燥感に捕らわれる。愛されることが大好きなアントワネットは、自分のために相手が大きな犠牲を払えば払うほど感激するのだ。

私生活を犠牲にし、他の女をだましてまで自分につくそうとしてくれる男の存在は、どれほど彼女を有頂天にするだろう。しかもその男は他ならぬいとしのアクセルであり、アントワネットにとっては、彼の愛を疑い、苦しんだあげくの奇跡のような大団円である。感動するに決まっていた。そのまま手に手を取って逃亡という運びにもなりかねない。

ルーカスは、両手の中で手紙を握りしめる。潰《つぶ》さねばならない、フェルセンの計画がアントワネットの耳に届く前に。

並行してラファイエットの抱きこみを急ぐ必要もあった。立憲王政を軌道に乗せ、王家の存続を確実なものとしておかなければアントワネットの自由と安全の保障はない。彼女の脱出を阻止する以上、この国で幸せに生きていけるだけのものを整えておいてやらねばならなかった。

＊

ルーカスは、密偵の数を増やし、フェルセンの監視を二十四時間態勢にする。情報によれば、エレオノールは、公にはロシア陸軍大佐未亡人コルフ男爵夫人を名乗っているということだった。

逃亡には、旅券が必要である。おそらくその名前でロシア大使館に申請を出す算段に違いない。

となれば、方法は二つである。ロシア大使館に働きかけ、旅券発行を阻止するか、あるいは決行日を探り出し、実力で阻《はば》むか。

皇帝レオポルト二世の名を出せば、大使館を動かすことは簡単だった。だが、それでは密使としての任が果たせない。

個人としてでは、大使館員を買収し、旅券の発給日を聞き出すぐらいがせいぜいである。ルーカスはその可能性を探ると共に、密偵に逃亡の決行日を調べるよう指令を出す。万が一の場合を考えて、罠《わな》はいく重にも張っておきたかった。

またルーカスはラファイエットを懐柔しようとして、サン・トノレ街二百二十一番地にある彼の館に頻繁《ひんぱん》に足を運ぶ。そこでは毎週月曜日に「アメリカの晩餐」と呼ばれる集まりが開かれ、独立戦争に参加したフランス人や、在仏中のアメリカ人、また新大陸の制度を信奉する人々がつどっていた。

壁にかけられた独立宣言と人権宣言の前で、黒人の解放と新教徒の市民権回復、自由貿易の促進を唱えて、新聞『フランスの愛国者』の発行人ブリッソや、啓蒙思想家で数学者のコンドルセ、租税法院院長のマルゼルブらがあれこれと歓談するのを聞きながら、ルーカスは虎視眈々《こしたんたん》とラファイエットを籠絡《ろうらく》する機会を狙い続けた。

革命の過熱がフランス各地で暴動となって吹き出し、ラファイエットの蹉跌《さてつ》を生むのは、その最中のことである。

一七九〇年八月、連盟祭が終わった直後のフランス北東部ナンシー市において、貴族出身の反革命将校と、革命派兵士たちが衝突する。

他にもリールやブザンソンなど辺境の軍隊で同じような騒ぎが起こっていたが、ナンシーでは革命派の市民軍が兵士側に味方したため、暴動に発展した。ラファイエットは、人民の蜂起再発を押さえねばならないというかねてからの信念の実現と、軍隊内部の秩序の回復を決意し、八月十六日、立憲国民議会に働きかけて反乱者の鎮圧命令を可決させる。

同時に、従兄に当たるメッツの軍事司令官ブイエ侯爵に檄《げき》を飛ばし、反抗者の徹底した弾圧を依頼した。これを受けたブイエ侯爵はメッツの正規軍と国民衛兵隊を投入し、ナンシー攻撃にかかる。

攻防の末、逮捕された反乱者たち六十二名は、車責めを含む死刑、終身漕徒刑等の厳罰に処せられた。あまりの苛酷さに人民の抗議行動が起こるが、ラファイエットは国民衛兵の力でそれを解散に追いこむ。

これらの動きに対して、民主派を奉じる煽動的《せんどうてき》な新聞記者マラーやデムーランは激しくラファイエットを糾弾した。ラファイエットに協力を拒否されて自尊心を傷つけられていたミラボーもまた、ここぞとばかりに同調する。国民衛兵隊を解散させ、再編制するよう熱弁をふるうのである。

この提言は、思いもかけずロベスピエールの賛同を受けた。ミラボーは一躍、民主派の花形に成り上がる。反してラファイエットの人気は、はっきりと下降の一途をたどった。

激しい攻撃の待つ議場に、ラファイエットはしだいに足を向けなくなる。自分に従う国民衛兵隊を率い、議場の外で陳情の武力阻止に専念し始めるのである。

ラファイエットの抜けた後の議会の主導権は、ミラボーと三頭派のバルナーヴが二分した。

弱冠二十七歳のバルナーヴの人気が、ミラボーと肩を並べるまでに高まったのは、議場での毒舌の応酬から、雄弁家として知られる王党派のジャック・アントワーヌ・マリー・カザレスと決闘に及び、英国製の銃で渡り合って見事な勝利を収めてからである。

バルナーヴは革命の寵児と呼ばれ、人民の新しいお気に入りとなった。

ルーカスは、方針の変更を強いられる。民衆を裏切ったと言われ始めたラファイエットといつまでも手を携《たずさ》えていることは、その批判を王家にまで呼びこむことになりかねなかった。

だがラファイエットを切り捨てれば、ミラボー一人を頼らざるを得なくなる。身をひるがえすようにして民主派に与《くみ》したミラボーは、バルナーヴの台頭を目にするや、今度は「黒人・友の会」の指導者であり、『フランスの愛国者』新聞の発行者であるブリッソを動かし、バルナーヴ攻撃を開始していた。

おそらくバルナーヴをたたき落とし、議会での発言権を独占するつもりなのだろうが、相も変わらぬ節義のなさである。

ルーカスは、ミラボーが王家の杖となり得るかどうかの判断に迷い始める。ラファイエットの方が、狭量ではあったが信頼はおけた。そのラファイエットが実権を握っていたからこそ、ミラボーを牽制し、こちらの思い通りに動かすことができたのである。

王家がミラボー一人に依存するとなれば、機を見るに敏なミラボーは当然、増長する。いつまでも言うなりになってはいないだろうし、そのうちには王を牛耳《ぎゅうじ》ろうとはかるにちがいなかった。危険すぎる。

王家としては、ラファイエットに代わる人間を見つけて抱きこみ、ミラボーと拮抗《きっこう》させていければこの上ない。では、実力と人気を持ち、王家の力強い味方になり得る人物は、誰か。

議会内の図式からいえば、それはおそらく、立憲派に一番近い立場の三頭派、その筆頭ともいうべきバルナーヴだった。ミラボーとバルナーヴの二人を掌中に収めれば、当面、最強の防波堤となり得る。

問題は、バルナーヴが王室の保護役を引き受けるかどうかの一点だった。下手に持ちかければ、そのまま議会に訴えられ、王家が反革命の嫌疑をかけられる。

　慎重に様子を見守るルーカスの前で、十月二十五日、ついに立憲国民議会議長に選ばれたバルナーヴは、ジャコバン・クラブの演台に立ち、立憲王政を奉じる方針を明らかにする。それは、彼を含む三頭派がそこに到達した旨の報告だった。

「憲法は、絶対王政を廃止した。国王は立憲君主となり、人民と結ばれたのだ。革命は終わったと、私は言おう。国王と議会と人民が力を合わせ、憲法を保持する時期が来た」

　ルーカスは希望を膨《ふく》らませる。早急にバルナーヴに接近し、王家のために働いてくれるかどうかを確かめねばならなかった。議会の主導権をめぐり、日々、対立を深めるバルナーヴとミラボーの協定は、現時点ではひどく難しいものに見えなくもなかったが、ルーカスには成算があった。

　バルナーヴら三頭派は、革命の前進を止めようとしている。その立場は、これから民主派のロベスピエールや、「人権友の会」を主催するダントンたちと衝突するはずのものだった。

　彼らとの戦いが激化すれば、バルナーヴは、自分の政策に近い相手と共闘せざるを得なくなる。すなわちミラボーら立憲派との妥協である。

　ルーカスは、アントワネットとフェルセン、そしてオルレアン公爵の動向に注意を払いながらバルナーヴを繰《く》り寄せる方途を探る。その手蔓《てづる》は、意外にもごく身近にあった。

第八章　三人やくざ

三頭派は、ミラボーから「三人やくざ」と呼ばれたバルナーヴ、デュポール、ラメット兄弟を中心に構成されていたが、このうちのラメット家は十字軍以来の名門貴族だった。ルーカスの調査の結果、三男のシャルルは、革命以前、親衛騎兵隊付の大佐を務めていたことがわかる。すなわちアンリの上官である。

ルーカスは、アンリを言いくるめ、彼の仲立ちでシャルル・ド・ラメットに近づき、親交を重ねて知遇を得、エギヨン公爵家の晩餐の席でアントワーヌ・ピエール・ジョゼフ・マリー・バルナーヴに紹介された。山ほどの嘘を重ねてルーカスは、ようやく革命の寵児バルナーヴのそばまで漕ぎ着けたのである。

その間数々の危険を掻潜《かいくぐ》らねばならなかったが、一番堪《こた》えたのは、エギヨン公爵邸でバルナーヴと初めての握手を交わしていたまさにその時、出入口からミラボー伯爵が入って来たことだった。

議会においてバルナーヴ率いる三頭派とミラボーが激しい攻防戦を繰り広げている今、バルナーヴと手を結んでいる姿を見られることは計画のすべてを水泡に帰すことだった。

とっさに隠れることもできず、ただ青ざめて立ちつくすルーカスを救ったのは、同じ三頭派の一人アドリアン・デュポールだった。デュポールは、ミラボーの姿を見るなり、胸を病む病人に似合わぬ大声で、叫んだのである。

「自由を売り渡そうとしている裏切り者が来た」

ミラボーは、ルーカスを目にする間もなく三頭派の後援者たちに取り囲まれ、その場から追い返されたのだった。

辛《かろ》うじて助かったルーカスは、衝撃のあまり、その夜は早々に自宅に戻った。容姿端麗で名代の色男として知られるラメット家の末弟アレクサンドルから、なじみの娼館に繰り出そうと誘いを受けたものの、さすがに乗る気になれなかったほどである。

だが、そのおかげでバルナーヴの興味を引いた。グルノーブル生まれのバルナーヴは、ドフィネ人独特の知性的で抑制のきいた人物で、行動派であるラメット兄弟や情熱的なデュポールと主義を一にしながら、私生活では一線を画していた。

今や議会の中心であるバルナーヴの力を利用しようとする人間は引きも切らず、それを知って本人も警戒を強めている中で、その関心を引くことができるかどうかは、非常に重要なことだった。

ルーカスは、さりげない機会をいくつも作っては、バルナーヴの反応を見つつ彼の心に食いこもうとはかる。議会に顔を出せばミラボーと鉢合わせる危険があったため、もっぱらジャコバン・クラブに足を運び、ロベスピエールの動きも監視しながらバルナーヴの取りこみに熱を入れた。

並行して、着々と準備を整えるフェルセンを見張り、ルイとアントワネットの様子に気を配りつつ、オルレアン派の新しい陰謀を探る。

一瞬でも気を抜くと、どこから水がもれ始めるかわからず、ルーカスは夜を日に継いで動き続けるしかなかった。だが時代の波は容赦なく打ち寄せ、ルーカスが補修し続けている王家の堤防に、次々と新たな亀裂を入れる。

始まりは、国王ルイ十六世の守旧だった。

＊

「ルーク、陛下が内々にお話ししたいことがおありになるそうです」

その日ルーカスが居殿に顔を出すと、アントワネットは妙に機嫌がよかった。

「こちらへ」

喜々として先に立ったアントワネットの後ろに、ルーカスは怪しみながら付き従う。

「お顔の色がよろしいですね。何かよいことでもございましたか」

さりげなく問いかけると、アントワネットは足を止め、肩越しに意味深長な微笑を投げた。

「あなたには、近くオーストリアに行ってもらうことになるでしょう」

ルーカスの脳裏を、火花に似た光が駆け抜ける。アントワネットの上機嫌とオーストリアへの使い。それらが意味するものは一つしかなかった。ルーカスは動揺を押し殺し、口を開く。

「陛下が国外逃亡にご同意されたということですか」

アントワネットは微笑を大きくした。

「陛下の口から直接お聞きになるといいわ」

自信に満ちた足取りで滑るように歩き出すアントワネットの背を見つめて、ルーカスは奥歯をかむ。書斎脇の作業場でルイの意志を確認してから、まだ三ヵ月余である。いくら意志脆弱《ぜいじゃく》の人物といえども、正反対の変節に至るには早すぎた。

いったい何が起こったのか。ルーカスの心当たりは、アントワネットが働きかけたのに違いないということだけだった。

「立ち止まっていないで、早くいらっしゃい」

からかうように声をかけるアントワネットに、ルーカスは苦り切った眼差《まなざし》を向ける。いったい何時の間に恋の葛藤《かっとう》から抜け出し、小細工をしてのけたのか。それに気づかなかった自分が腹立たしかった。

「フェルセン殿と縒《よ》りを戻されたのですか」

追いついて耳元にささやくと、アントワネットは表情をこわばらせ、毅然《きぜん》とした眼差で前方を見すえた。

「はしたない言葉遣いは慎みなさい。最近アクセルとは会っておりません。いろいろとお忙しいご様子で、こちらには顔もお出しにならないのですからね」

いまいましげな語調に嘘はなさそうである。アントワネットは、まだ苦悩の中にいる。とすれば、ルイを動かすほどの余裕があるはずはなかった。ルーカスは唇をゆがめる。では誰がルイの気持を変えたのか。はっきりと突き止め、敏活に対応せねばならなかった。

ルイの居殿は二階にあり、チュイルリーの庭園に面したマリー・アントワネットの居殿と室内階段でつながっている。十一月も末に近くなると、宮殿内にも外気の冷たさが忍びこんでいた。

「この冬も昨年と同じくらい寒いのかしら。パリで過ごす最後の冬になるといいのだけれど」

　アントワネットのつぶやきは、ルーカスの耳を意識していささか緊張していた。反応をうかがっている様子がありありと見える。ルーカスは、溜息と共にその期待に答えた。

「いくら寒くても、ウィーンほどではないでしょう」

　アントワネットは、嬉しそうな笑い声を立てる。

「ベルヴェデーレ宮の階段滝が凍ったら、橇《そり》で滑り降りると楽しいのよ。お母様が子供の頃お使いになった黄金の橇を出して、ルーク、二人で乗りましょう。舵《かじ》はあなたに任せるわ」

　言いながら国王の部屋に通じる扉の前に立ち止まり、こちらを振り返る。オーストリア大公女からフランス王妃になったアントワネットに、自分で扉を開ける習慣はない。ルーカスは歩み寄り、彼女の前を通って鍍金された真鍮の取っ手に手をかけた。

「国王陛下、失礼いたします。ルーカス・エリギウス・フォン・ローゼンベルクでございます」

　部屋の中で、椅子のきしむ音と一緒にルイの声が響く。

「入りなさい」

　扉を開けると、ルイは片膝に乗せた息子ルイ・シャルルを抱き上げているところだった。二人の前の卓子には、大きな地球儀が置かれている。

「続きは今度にしよう」

ルイ・シャルルは、うなずいて床に下りながら残念そうに地球儀を一周回し、女官に伴われて部屋を出て行った。ルイはルーカスに向き直る。

「神聖ローマ皇帝にしてオーストリア大公、またハンガリーとベーメンの国王にあられる我が義兄レオポルト陛下は、フランスの国状について、いかにお考えになっておられるのか」

ルイの瞳の底で、悲しげな光がまたたく。人民との連帯に希望を抱いていた少し前のルイとは、別人のような打ち沈み方だった。ルーカスは質問の矛先《ほこさき》をそらせ、変貌の原因を探ろうとして口を開く。

「誠に至らないことで恐縮ですが、我が主君レオポルト二世陛下の意向について、私は、いまだもって聞き及んでおりません。先に申し上げました通り私の来仏は、あくまで王妃アントワネット様をお守りしたいとの個人的理由によるもの。

先日、主君の即位に当たりオーストリアに帰国いたし、臣下の義務を果たしました折も、革命下におられるアントワネット様のことが気にかかり、多忙を極める主君と言葉を交わす時間もなく、フランスに舞い戻った次第にございます。

が、国王陛下のご要請とあれば、今再びウィーンに帰ることも吝《やぶさ》かではございません。して陛下におかれましては、何ゆえに我が主君の意向をお気になさっておられるのでしょうか。

お胸の内、このルーカスに聞かせていただければ、ありがたき幸せ。及ばずながら粉骨砕身努力させていただきますゆえ、なにとぞご信頼いただけますよう伏してお願い申し上げます」

ルイは視線を部屋の隅々《すみずみ》にさ迷わせていたが、やがて思い切ったように喉の奥から声を押し出した。

「聖職者民事基本法の誓約義務だ」

ルーカスは叫びを上げそうになった。その決定が議会を通過したのは、昨日のことである。思いもかけないルイの反応だった。

立憲国民議会は昨年十一月二日にラコスト侯爵の法令案に沿い、教会財産の国有化と没収を定め、今年七月十二日には、聖職者民事基本法を制定した。これによりフランス国内のすべての聖職者は、国家から給与を支払われることとなり、議員や行政官と同様に有権者の選挙によって選ばれる公務員となったのである。

従来、神を中心としてきた宗教社会を、人間を中心とする人権宣言に則り、新しく組み立て直そうとする画期的で大胆な試みだった。

これに対してローマ教皇ピウス六世は態度を硬化させ、人権宣言および聖職者民事基本法に忠誠を誓う司祭や民衆を、破門をもって恫喝《どうかつ》した。このために聖職者民事基本法に宣誓を拒否する者が多出し、反革命勢力と結び付き始めていたのである。

事態が深刻化するのを見て取った議員ヴォワデルは、八日以内に全フランスの聖職者に聖職者民事基本法に忠誠を誓わせるよう提案した。それが昨日十一月二十六日に、八日間の期限を今年末まで延長することで議決に持ちこまれたのだった。

「私は、昨年、大司教ヴィエンヌや司教シャンピオン・ドゥ・シテに説得され、聖職者民事基本法を承認した。だが教皇猊下《げいか》からの非難は激しくなるばかり。昨日の法令が効力を発する来年になれば、教皇庁との対立はさらに熾烈《しれつ》なものとなるだろう。ルーカス、私は神により国王と定められた人間だ」

言葉を途切れさせてルイは膝の上で十本の指を組み合わせ、苦しげにルーカスを見つめた。

「それが破門されるようなことになったら、どうなるのだ」

ルーカスは胸を突かれる。善良で気が弱く凡庸なこの王が、自分の役目を果たすために今まで頼ってきたものが何であったのか、その時ルーカスは、初めて思い知らされたのだった。

代々のフランス国王の戴冠式が挙行されてきたランス大聖堂において、聖なる香油で聖別され、神により祝福されたキリスト教徒の王であるという信念、それこそがルイを支えてき、今もまた支えているのである。

「私は、これ以上教皇猊下と争いたくない。そんな立場に陥《おちい》るくらいなら、どこかに脱出する道を選ぶ」

ルーカスは、自分が底の知れない深い淵をのぞきこんでいるような気がした。ルイの誠実さと愛郷の心は、確かに革命時代の君主にふさわしいものだった。

それを知ってルーカスは、ルイがこの時代を生き抜けるのではないかと希望を持ち、王家存続をはかる柱の一つとしてきたのだ。

だが今、それが見事にくずれ、ルーカスの計画に罅《ひび》を入れた。ルイには、革命を生きるために最も必要なものが欠けている。

それは、時代に先行する、あるいはせめて即応する心性だった。旧来の価値観を率先して破壊し、悔いないような神経でなければ、いかに人民を愛し人民から愛されることを望んでいても、今の時代の王とはなれない。

「スイスに身を落ち着けているブルトゥイユも、ロンドンに追放されたカロンヌも逃亡に賛成しているし、メッツにいるブイエ侯爵は、私のためなら国境守備隊を動かすと言っている。一七八七年には、プロイセン軍がハーグでヴィレム五世を復位させたという前例もあるのだ。私がブイエ侯爵の軍に守られてどこか外国に出、そこで再び国王として名乗りを上げることは不当なことではない。そこでルーカス、我が義兄レオポルト二世陛下のご意向を伺ってほしい。我らを迎えられる意志が、おありになるかどうかを」

ルーカスはかしこまり、首を垂れた。

「うけたまわりました」

誰かに動かされているのなら、打つ手はある。だが自分の気質と存在意義に引きずられているのでは、どうすることもできなかった。復讐にかられているアントワネットの方が、まだ扱いやすいというものである。ルーカスは失意のあまり、顔を上げる力が出なかった。

「聖職者民事基本法など、滑稽《こっけい》なお芝居ですわ」

アントワネットの勝ち誇ったような声が響く。

「陛下は、宣誓司祭などによる聖体拝領をお受けになるべきではございません。王家の礼拝堂付司祭は、非宣誓司祭です。今後は、礼拝堂に足をお運びになるとよろしゅうございますわ。ルークがお兄様のご承諾を持ってきてくれるまで、ほんのしばらくのご辛抱でございますれば。ルーク、そうですね」

王の余勢をかって返事を促《うなが》すアントワネットを、ルーカスはいまいましく思いながら気力を振り絞り、警告の声を発する。

「陛下のご真意は、ルーカス、しかと我が主君レオポルトに言上奉ります。つきましては誠に失礼ながら、さらに詳しくお伺いしたい点がございます。

この革命期に、人民と共に歩まれるご決意をなさっていた国王陛下が、信仰という点において、革命に失望されたという経緯は、よくわかりました。が、革命は依然終結を見ておらず、今後の変遷も大いに考えられることから、今は何らかの結論を出すべきではないように思われます。

また陛下は、逃亡により教皇庁の圧力から解放されることになりましょうが、人民は、破門の恐怖の中に置き去りにされるのです。人民を愛されている陛下なれば、ここは踏《ふ》み止《とど》まられ、連盟祭での宣誓に基づかれて新しいフランスの宗教のためにご尽力されるという道もあるかと思いますが、いかがでございましょうか」

強く見すえられて、ルイは戸惑ったように視線を浮かせた。心を揺する様々な考えの中から一つを選び取って口にしようとしながら生来の気弱さのためにそれができず、途方にくれてつぶやく。

「フランスの王としてパリに止まり、国民と共に歩む義務があることは、わかっている。だが私は、教皇庁に忠実だった先祖の遺風を守る義務をも持っているのだ」

ルイに国王としての自覚があると知って、ルーカスは少々気を取り直す。それがルイの態度に現れないのは、臆病なために決断に踏み切れないうちに周囲に影響されたり、状況に流されたりしてしまうからだろう。

となれば、常にルイの身辺を警戒して反革命派や王党派を近づけないようにし、懐柔しながら彼の目を君主の義務に向けさせていけば、危うい均衡を保っている現状を維持することはできるのではないかと思えた。

その一方でバルナーヴを籠絡《ろうらく》し、ミラボーと一対にしてラファイエットを切り捨て、新しい王家の支えとする。唯一の救いは、逃亡準備を進めるフェルセンとアントワネットの連絡が取れていないことだった。

だが、それもいつまで続くかは保証の限りではない。すべては、早急に進めねばならなかった。

「おいたわしい陛下」

アントワネットが歩み寄り、扇を握りしめた小さな手を差し出す。

「礼拝堂に参りましょう。懺悔《ざんげ》をなさればお心も少しは晴れることと思いますゆえ。ルークは、私を救うために駆けつけてくれた者。この私を救うということは、陛下を、そしてフランス王家を救うということに他なりません。今日は陛下より直々のお言葉を賜《たまわ》りもしたのですから、必ずや力になってくれることでしょう。そうですね、ルーク」

いやとは言わせぬ強い力を秘めたアントワネットの眼差に、ルーカスは儀礼的な微笑と点頭を返しながら口を開いた。

「陛下とトワネット様のために、犬馬の労をとらせていただくことを、ここにお誓い申し上げます。ただ事は慎重に運ばねばなりません。急《せ》いてすべてを水泡に帰することのないよう、今しばらくの時間をいただきたいと存じます。どうぞ私をご信頼いただき、少時のご辛抱を賜《たまわ》りますよう」

心許《こころもと》なげにうなずいて立ち上がるルイを見つめながら、ルーカスは自分の任務を抱きしめる。アントワネットの守護と王家の存続。あちらこちらに罅《ひび》の入りかけたその大荷物を、何とか補強し、護持していかねばならなかった。

第九章　誘　惑

ルイの身辺の警戒を、ルーカスは引き続き義弟アンリに依頼する。自分はバルナーヴに対する接触工作を進めねばならず、またこのところ絶えて王宮に姿を見せないフェルセンも、いつ何時アントワネットに接近をはかるやもしれず、二人を監視し離間させておくという厄介な役目もあって、かなりの時間を割《さ》かねばならなかった。

アンリは、フェルセンを国王夫妻に近づけるなというルーカスの要求に大いに同意し、それを保証したが、海外に出ている亡命貴族や王党派との接触も断つようにとの話には、目の色を変えて抵抗した。

「断固、拒否する。我が父君ラ・ロシュジャクランが脱出を果たしたのは、他国に居を構えて国王陛下をお救いするためであり、私がここに残ったのは、その援護に当たるためだ。王家と王国の危機を救うという栄誉ある目的が果たせないなら、父君の脱出はただの逃亡にすぎなくなるし、私はその勇気もなかった臆病者ということになる。あなたは、我がラ・ロシュジャクランの名に泥をぬるつもりか」

あまりにも激憤するアンリを見て、ルーカスの胸でいつもの冷笑癖が頭を擡《もた》げる。

「わかった。悪かったよ。鼠《ねずみ》に、鼠の駆逐を頼んだというわけだな」

この一言のせいでルーカスは、三日もアンリから口をきいてもらえなかった。心休まるはずの家の中で、すれ違うたびに鮮やかな青い瞳で斜めににらみすえられるのは、想像以上に神経が疲れるものである。

「素直におあやまりになることでございます。そうすればアンリ様も、拒絶はなさらないはず。よろしければこのセレスタン、特別手当にて、仲介の労を取らせていただきますが」

ルーカスは三日目に白旗を立て、セレスタンを通じて和議をはかった。

だが家庭の平和のために、任務を断念したわけではない。主義主張を異とする人々の間で、自分の意志を通さなければならない時は、その場その場で少しずつ相手を利用することである。

ルーカスは、フェルセンの接近をアンリによって防ぐ一方、王党派や亡命貴族の国王への接触を、アントワネットを使って阻止することにした。

アントワネットは元々、フランス貴族を信用していない。彼女に言わせれば、彼らは自分たちの権力を確保するために国王を利用している輩《やから》だった。ルーカスは、そこに乗じる。

「今、王家が、王党派や亡命貴族の呼びかけに耳を貸すような気配を見せれば、議会を刺激します。当然、チュイルリー宮の警戒は厳重になり、出入りの自由も制限されることでしょう。

いったんそうなってしまえば、皇帝レオポルト二世陛下から受け入れ承諾のお返事があっても、パリを抜け出すことは難しくなります。選ばねばなりません。王党派や亡命貴族たちと運命を共にするか、それとも皇帝陛下に救援を求められるか」

アントワネットは、むろん後者を選択した。そしてルーカスに、持ち得る力のすべてを投入して王党派から国王を引き離しておくことを宣言する。

アントワネットがそう言う以上、ルーカスはかなり安心してもよかった。なにしろ彼女の人心操縦術は、師匠のルーカスには多少劣るとはいえ、かなりのものであったから。

「その代わりルーク、一刻も早くお兄様からよい返事をもらってくださいね。私が頼れるのは、もうあなただけしかいないのですから」

眼差《まなざし》に悲しみが漂うのは、相変わらずフェルセンのことで心を痛めているからだろう。

一時のような表立った取り乱し方はしなくなったが、その分屈折し、内攻したように思えた。

ルーカスは、フェルセンにつけた密偵からの報告を思い出す。

今月半ばにフェルセンは、馬車大工ジャン・ルイを訪ね、四輪馬車を注文していた。内部に白いユトレヒト天鵞絨《びろうど》を張り、外部を黄と緑にぬり分けた大型馬車で、山道用の付属品などから考えて王家逃亡用に間違いなかった。

またメッツへの旅行を繰り返して軍事司令官ブイエ侯爵と密談し、道筋の宿を限なく点検している。さらにスウェーデン宮廷にも頻繁《ひんぱん》に帰国し、遅れてきた絶対君主の異名を取る国王グスターヴ三世とも謁見を重ねていた。パリ市内では、王党派として知られるショワズール公爵、アグー侯爵の二人と再三会っている。

逃亡計画は、いよいよ大規模で本格的なものに発展しつつあるらしく、これでは王宮に顔を出す時間がないのも当然と思われた。

おそらくフェルセンは、アントワネットと会うことより計画を進めることの方が、自分の愛情にふさわしい行為であると考えているのだろう。超人的ともいえるその活動のすべてが愛する王妃を救うためだと知ったら、アントワネットの悲しげな瞳にも歓喜の涙があふれるにちがいなかった。

心から幸せを感じる時、アントワネットの白い頬は薔薇色に染まり、青い瞳は色を深めて底から輝きを放つ。そんなアントワネットを、ルーカスは何度か目にしたことがあった。見ている者まで幸せにせずにおかない無心な表情。天使を見たと、そのたびに思ったものだ。

だが惜しむらくは、一瞬でかき消える。幸せをかみしめながら、アントワネットは望むのだ。もっと多く、もっと長く、もっと確実にと。輝きはたちまち薄れ、天使は女性に変貌する。

いつまでも天使の顔をさせておきたいと思う気持が、ルーカスの胸に幻想を生む。今ならそれができるかもしれない。フェルセンよりも強く、激しい絶対の愛で包みこみ、アントワネットの不安を根こそぎにしてしまえばよいのだ。

ウィーンとトスカナに、ルーカスは自分名義の土地と館を持っている。ウィーンはともかくトスカナまで行ってしまえば、誰がフランス王妃の顔に気づくだろう。

またルーカスは、トスカナ竜騎兵連隊に所属する自分の中隊を自由に動かすこともできた。主君レオポルトをだまして旅券を発行させ金子《きんす》を都合させることも、義弟アンリを利用して自分の中隊の待機する国境まで警護させることもできる。脱出を企《くわだ》てさせれば、ルーカスの方がフェルセンよりずっと有能な工作員だった。

ただフェルセンに劣るのは、盲目的な愛情のみである。ところがアントワネットは、彼と共にその感傷におぼれていた。

ルーカスは幻影を呑み下し、誘惑を踏みにじる。アントワネットに教えねばならない。今、逃亡をはかることがどれほど王妃としての名を傷つけ、その身を危険にさらすか。大公女マリア・アントニアは、パリで生きていくべきであり、また現状においてそれは、充分可能なことなのだ。ただ時代を受け入れさえすればいい。旧時代の栄光をいつまでも追い続けることは、決して美しいことではなく、そうしている以上アントワネットを受け入れる国は、この世のどこにもないのだということをわからせねばならなかった。

＊

その夜ルーカスは、密偵から連絡を受け取る。コルフ男爵夫人名義のフランクフルトまでの旅券が、ついに申請されたのだった。決行日は、依然として不明である。

おそらくそれは、アントワネットとフェルセンの意志の疎通がはかられた時に、決まるものなのだろう。それまでに準備万端整えておけば、翌日にも出発できる理屈だった。

ルーカスは、メルシー・ダルジャントーの名を使ってロシア大使館に接近をはかり、ネーデルラント人を母に持つ大使館員の買収に成功する。一方、三頭派のバルナーヴとの交友も着々と深めつつあった。

一七九一年一月、革命は輻輳《ふくそう》しながらも、まだルーカスの掌中に収まっていた。瓦解《がかい》が始まるのは、翌二月のことである。

一七九一年二月二十二日、王弟プロヴァンス伯爵が外国に亡命しようとしているとの噂《うわさ》が流れ、ヴェルサイユ行進に関わった女性たちがリュクサンブール宮殿になだれこんでプロヴァンス伯爵を取り囲む。その事実はないことが判明し、両者は抱擁し合って和解するが、お互いの心には痼《しこり》が残った。

噂の出所は、例によってオルレアン公爵の側近ラクロではないかと、ルーカスは判断する。

その二日後、今度は人民が大挙して、チュイルリー宮殿に押しかける。国王ルイ十六世の二人の叔母アデライードとヴィクトワールが、聖週間を祝うために議会の警告を振り切ってローマに出かけ、アルネ・ル・デュック近郊で革命派の市長の命令で逮捕されたとの情報が入ったのである。

二十二日の事件も合わせて、これらは国王の国外逃亡の下準備だとする小冊子がパリ中にばらまかれ、各自治区は警鐘を鳴らし、二百人の蜂起軍を形成した。

二人の内親王のパリ送還を要求して示威行動を起こす彼らを制止するために、ラファイエットは二十門の大砲を装備した国民衛兵隊をチュイルリー宮殿に向かわせ、それを聞いた各自治区は全市民武装の緊急命令を発する。

ルーカスは、取るものも取りあえずショッセ・ダンタン通りのミラボー邸に駆けこんだ。従僕の取り次ぎも待たずに上がりこみ、ミラボーの居室の出入口をくぐると、息も荒く言い放つ。

「議会を押えていただきたい」

ミラボーは錦織りを張った肘かけ椅子に山のような体軀を埋《うず》め、両手で腕木の端を握りながら上目遣いにルーカスを見た。

「契約は、宣戦・講和の大権に関してだけではなかったかな」

あわよくば月額六千リーヴルの手当以外に要求する算段らしい。ルーカスは舌打ちしたい思いで唇に力をこめる。

「これは。立憲王政確立のためなら命を捨ててもよいとおっしゃった方のお言葉とも思えません。後見人とも頼んでいるあなた様の口から、王家の急に際して契約云々のお話があろうとは。王妃アントワネット様がお聞きになったら、どんなにお嘆きになることか」

ミラボーは気まずそうに口をつぐむ。今アントワネットの信頼を失うことは、王家とのつながりを失うことだった。

「私に、何をしろと言うのだ」

捨て鉢な態度で横を向いたミラボーに、ルーカスは身を乗り出す。

「議会を動かし、陛下の二人の叔母上の行動を合法化していただきたい」

ミラボーは、苛立《いらだ》たしげに立ち上がった。

「まったく馬鹿なことをしでかしたものだ。この時期にローマ行きなど、無分別にも程がある。議会は、先に国王に対し、先王の二人の内親王方のローマ行きを禁止するよう警告しておるのだぞ。

それなのに国王は何の手段も講じず、二人の老女はヴェルサイユの国民衛兵隊長ベルティエに護衛され、王室費から支給される百万リーヴルもの生活費を持って悠々と旅に出た。議会の警告は無視されたのだ。それを今度は、かばえというのか。どうやってだ」

しだいに語気を荒くするミラボーに、ルーカスは静かに指嗾《しそう》する。

「革命は、万人に自由を保障したのです。貧民にも、そして王族にもです。つまり二人の叔母上方には、自由に旅行をする権利があります。人権宣言によって確立された万人の移動の自由を守ることは、議会の大切な仕事の一つとは言えますまいか」

ミラボーは憤懣《ふんまん》やる方ないといったように大きな息をつき、肩をすくめた。

「確かに理屈では、そうだが」

ルーカスは、すかさず口を開く。

「理屈以外の部分は、獅子の咆哮《ほうこう》と言われる閣下の熱弁で補っていただきたい。さすれば王妃アントワネット様も、どんなにご安心なさることか。ますます閣下へのご寵愛を強くされるに違いございません」

ミラボーは、受けるしかなかった。

＊

翌日、議会の演台に立ったミラボーは、この旅行の思慮の不足を指摘しながらも、革命は万人の移動の自由を保障するものであるとの立場から、彼女たちの自由も認めねばならないとの議論を展開し、熱弁によって勝利を勝ち取る。

だが、それに不満を持った反ミラボー派は即座に、亡命の恐れのある者の移動を制限する法律を上程した。激しい議論が繰り広げられる中、再び市内に非常警報が響く。

パリ郊外のヴァンセンヌ城に、国王の逃亡のための準備が整えられたという噂が流れたため、国民衛兵隊大隊長サンテールが自分の工場のあるサン・タントワーヌ地区の労働者を率いて威嚇《いかく》行動に出たのである。

ラファイエットは、これに対応するため国民衛兵隊一万五千を動かし、この暴動を鎮圧して逮捕者六十二人をパリの牢獄に連行した。

同時刻、警備の手薄になったチュイルリー宮殿には武装した王党派の貴族や聖職者たち約六百人が侵入する。

議会と人民の注意がヴァンセンヌに引き付けられている間に、国民衛兵隊の手から国王を奪い返し、自分たちの警護の下に置くという名目だったが、実のところは、王の逃亡を助けるためだった。

彼らは、国王一家をメッツまで護送する計画を立てていたのである。ところが、メッツ以後のことについては何も考えておらず、アントワネットを唖然《あぜん》とさせた。

ルーカスは、アントワネットを通じてルイに、彼らの武装解除と退去を進言。アントワネットは、このために議会や人民の監視がいっそう厳しくなることを恐れ、彼らの速やかな撤退をルイに強制した。

ルイの命令を受けた六百人の王党派は、ヴァンセンヌから駆けつけて来たラファイエット以下国民衛兵隊の見守る中、自らの剣や銃を卓子の上に捨て、パリ市民の罵倒を浴びながら宮殿から立ち去らざるをえなかったのである。失意のあまり、そのままパリを脱出した貴族も多かった。

アントワネットはますますオーストリアの援助を待ち望み、ルーカスを急き立てる。それをなだめながらルーカスは国王と王妃の義務について教示を重ねたが、三月に入ると、今度はローマ教皇ピウス六世の親書がついにルイの元に届く。

その中でピウス六世は聖職者民事基本法を徹底して批判し、破門を以《もっ》てルイを脅迫していたのである。信仰と革命の板挟みとなっていたルイの心の針は、信仰の保持に大きく傾く。

ルーカスは即ミラボーを訪ね、方途を相談した。ミラボーは一七八九年十一月の議会で司教タレイランの提案を支持して以来、国家教会の設立に積極的であり、ローマ教皇庁を滑稽な権威に依存する輩《やから》と見なし、聖職者民事基本法をこばむ四十人の聖職者議員を糾弾している最中だった。

国王の反動化は、ミラボーにとっても大事である。ミラボーは早急に対策を講じることをルーカスに約束した。

だが、それから一週間も経たない三月二十五日、ミラボーは、歌劇座の踊り子二人と楽しい夜を過ごし、それが忘れられずに翌日も放蕩に耽った結果、二十七日の早朝、激しい腸痙攣《ちょうけいれん》の発作に襲われた。アルジャントゥイユで静養し、いったんは回復したものの今度は喀血《かっけつ》し、四月二日に不帰の客となる。

毒殺の疑いが持たれて検視に回されたが、死因は、淋巴性《リンパせい》心膜炎が他器官の炎症を併発したものだった。

ルーカスは、あわてふためく。矢継ぎ早に起こる事件への対処に追われバルナーヴとの関係を深めることができずにいるこの時にミラボーを亡くすことは、議会への足掛かりを失うことだった。悪くすると、王家存続のための唯一の道である立憲王政の確立がふいになる。

ルーカスは苦慮を重ねた末、チュイルリー宮を訪れ、ルイの秘密の書類棚の中からミラボーの領収書と書簡を出させた。それらの文面から、ミラボーと王家の共謀を知っていたと思われる人物を掬《すく》い上げ、後任について相談しようと考えたのだった。

ミラボーの主治医カバニスの名が浮かんだのは、書簡の中に親しい人物として登場し、かつ領収書の中の一枚にその署名があったからである。ルーカスは即日カバニスを訪ね、ミラボーの後を継いで王家のために働いてくれそうな立憲国民議会議員の推挙を求めた。

カバニスは三日の熟考の後、エマニュエル・ジョゼフ・シエースを推薦し、パリ病院長の職と引き換えに本人の了解を取り付けてもよいと申し出る。

シエースは、シャルトル司教管区の副司教であり、パリの第三身分から選出された議員だった。小冊子『第三身分とは何か』を発刊したことにより、全フランスに知れ渡った革命指導者の一人である。

現在は、ラファイエットと共に「一七八九年の会」の構成員となっており、立憲王政を目指す議員の中で彼以上に力のある駒は、もはや存在していないといっても過言ではなかった。

この問題についてルイは、アントワネットに判断を任せる。目下のところルイは、来る復活祭の聖体拝領を宣誓司祭から受けるか非宣誓司祭から受けるかについて深く悩んでいた。この重大事を前にして他のことにわずらわされたくないという思いが強かったのである。

権限を委譲されたアントワネットは、議会と通謀をはかる目的は革命勢力を分裂させるところにあると考えていたため、その手先が誰になろうとこだわりは見せなかった。ただ相手が王家を裏切らないという確証だけは要求し、ルーカスはシエースの忠誠を立証しなければならなくなる。

ルーカスがシエース本人と会い、カバニスも含めてあれこれと施策を講じていた四月半ば、ルイは復活祭の聖体拝領をサン・ジェルマン・ロークセロワ教会の宣誓司祭からではなく、宣誓を拒否したモンモランシー枢機卿から拝受する決意を固める。ピウス六世の恫喝に抵抗することができなかったのである。

その弥撒《ミサ》に出席したルイに対し、国民衛兵隊は、送迎を拒否した。国王が反革命的行為に加担したという噂がたちまち市内を駆け回る。

ダントン主催の「人権友の会」は、王が聖職者民事基本法を侮辱し、裏切り行為を働いたと断言、王の義務を知らしめる決議文を機関誌に掲載した。マラーやフレロンの新聞も、勝るとも劣らない過激な攻撃を開始する。

翌十八日、国王一家は、パリ西部にあるアントワネット所有の邸館サン・クルーに出かけようとし、人民に阻《はば》まれた。前日の王の行動から、王が反革命的な復活祭をサン・

クルーで祝い、そのまま国外に逃亡するという噂が広がり、それを阻止しようとした市民がチュイルリー宮殿前のカルーゼル広場につめかけたのだった。国民衛兵隊もこれに同調する。

報せを聞いて駆けつけた司令官ラファイエットとパリ市長バイイは、国民衛兵隊に退去を命じるが、彼らはそれに従わず、カルーゼル広場から動かなかった。激したラファイエットと国民衛兵、バイイと市民の間で、けんかのような議論が始まる。

「国王は、決して逃亡などなさらない。祖国や人民をお捨てになるようなことはない。私の生命を賭けて保証する」

ラファイエットは、声を極めて言い募ったが、国民衛兵も人民も聞こうとはしなかった。

一時間半におよぶ激論の間、馬車の中に閉じこめられていたアントワネットは暑さにたまりかね、事態を収拾するためにルイを促《うなが》した。ルイは馬車の戸口を開けさせ、人民の前に姿を現して王の主張を伝える。

「国民が自由になったというのに、国民の王である私に、自由がないとは驚くべきことだ」

瞬間、衛兵隊の中からいくつもの声が飛んだ。

「それは、人民の拒否権だ」

ルイは二の句が継げなくなる。人民を愛していた彼は、その当の相手から攻撃されようとは夢にも思ってもみなかったのである。胸を突かれてルイは、馬車の中に引きこもった。それを見たラファイエットが駆け寄り、戸口をたたいて声を上げる。

「陛下、戒厳令の発令と発砲の許可を」

ルイは衝撃を抱えて座席にもたれかかったまま、答えない。アントワネットが口を開きかけたのを見て、同乗していたルーカスがその腕をつかんだ。

「人民の血を流し、彼らを敵に回してはいけません」

アントワネットは興奮のあまり、涙ぐんで叫ぶ。

「人民は、もう充分、敵に回っているではありませんか。王家の馬車の出発を阻止するのが敬意あふれる態度だとでも」

終わりまで言わせず、ルーカスは強引にアントワネットの体を引き寄せ、その肩を抱きしめた。

「人民は激しているだけです。中にオルレアン派の煽動家《せんどうか》が交じっている可能性もあります。彼らは、王家と人民の関係の悪化を狙《ねら》っているのです」

仇敵の家名がアントワネットの熱気を冷やし、体を包みこむルーカスの腕が安心感を与える。

「出直しましょう。明日、議会で王の旅行についての法的権利を請求すればいい。その後なら、どこへなりと自由に行くことができます。この機に、ミラボーの後任の腕前を見せてもらおうではありませんか」

アントワネットは大きな息をついてあきらめ、ルイに目を向けた。

「ここはルークの言葉に従いましょう。陛下、どうぞ馬を外《はず》すようにお命じください」

ルイは力なく立ち上がり、再び馬車の扉から外に出てラファイエットに告げる。

「人民が私の外出を許さないというなら、私は出かけないことにする」

ラファイエットが無念の思いをかみしめながらそれを人民に告げると、あたりを揺るがすような歓声と拍手が起こった。鯨波の中を宮殿内の居殿に引き返しながらルイは、これ以上ここに止まる意味はないと結論する。信仰を捨てさせられ、愛する人民から攻撃され、自由を束縛されるこのフランスの革命に、ルイは絶望したのだった。

第十章　背　信

「もはや逃亡と亡命以外に道はない」

苦渋に満ちた表情でルイが切り出すと、王弟でプロヴァンス伯爵のルイ・スタニスラス・グザヴィエも、妻のルィズ・マリー・ジョゼフィーヌも、王妹エリザベート夫人もふっ切るようにうなずいた。最初から逃亡説を掲げていたマリー・アントワネットだけがわずかに胸を張り、誇らしげに一同を見回す。

「頼る所は、もはやオーストリアのみだ。神聖ローマ皇帝レオポルト二世陛下のご意向については、先にお伺いを立ててある。まだお返事は、いただいていないが」

言いながらルイは、アントワネットに視線を向けた。

「それにしても時間がかかり過ぎるのではないだろうか」

アントワネットは祖国や兄をけなされたような気がして、いささか不愉快になる。

「簡単なことではございませんもの。ルークの申した通り、時間がかかるのはいたし方のないことですわ」

軽く一蹴《いっしゅう》したものの、本当はアントワネット自身が一番焦《じ》れていた。一刻も早くこの革命から逃れ去り、兄の軍隊を使ってこの国に復讐したいと思う気持は、先日の小競り合い以来いっそう強まっている。こうして王の意志を聞かされ、王家一同の意見の一致をみればなおのことだった。

「明日の朝になれば、ルークがやって来ます。話がどこまで進んでいるのか、問《と》い質《ただ》してみましょう。それでももう一度、こうして話し合いの時間を持つというのはいかがですか」

アントワネットの提案に残る全員がうなずいた時、扉の外で従僕デュレイの声が響いた。

「只今、ネーデルラント総督メルシー・ダルジャントー様より急ぎの使者が到着いたしました。マリー・アントワネット様への書状を持参しており、至急お返事をいただきたいと申して警備の間に控えておりますが、いかがいたしましょう」

アントワネットは怪訝《けげん》な顔をする。ミラボーの話を仲介して以来、ダルジャントーからの連絡は途絶えていた。ネーデルラントあたりから火急の使者というのも、不可解である。

「用件は何ですか」

アントワネットが声を張り上げると、デュレイは申しわけなさそうに答えた。

「極めて重大な用件としか、おっしゃいません」

アントワネットは眉根を寄せてルイを見た。ルイは、軽く答える。

「会ってみればわかるだろう。行ってやりなさい」

アントワネットは、席を立ちながら扉に向かって声をかけた。

「謁見の間に通しておきなさい」

部屋付の従僕が室内階段に通じる扉を素早く開ける。幅の狭い螺旋《らせん》階段を下りてアントワネットは自分の居殿に入り、公式寝室に出た。謁見の間はその先である。

「お茶をいただきますよ」

女官に命じて用意させたジャポネのお茶を飲んでいる間に、謁見の間から使者が入室した旨の知らせが届く。アントワネットは再び腰を上げ、掲げさせた鏡をのぞきこんで口紅の乱れを点検すると、両開きにされた扉から謁見の間に進み出た。

「お役目、ご苦労様」

使者は深々と頭を垂れる。中年の男性で、後ろに二人の青年を従えていた。不測の事態に備えての交替用員らしい。

「メルシー・ダルジャントーの書状をこれへ」

使者は再び一礼すると、懐から大きな封書を取り出し、近くにいた女官に渡した。女官は女官長の捧げ持つ漆ぬりの書籍台にそれを乗せ、アントワネットに差し出す。別の女官が、透かし彫りの入った紙用小刀を手渡した。

アントワネットは書状を手にして封を切り、思わず声を上げそうになる。中から、自分の署名の入った未開封の手紙がのぞいたからである。

取り出して見れば、書いた時とは別物のように変色していたが、間違いなく自分の手紙だった。ハプスブルク家の当主であり神聖ローマ皇帝である兄に渡してくれるようルーカスに言付けた物、ルーカスが言葉を添えて確かに渡したと答えたあの手紙である。

それがなぜ、ここにあるのか。一度《ひとたび》皇帝の手中に帰したものなら、二度と世に出るはずはなかった。

アントワネットの胸で不信が芽を吹き、根を伸ばし、枝を張り広げる。息もつまる思いでアントワネットは、ダルジャントーからの送り状を開いた。

視線は文字を追うものの、内容はなかなか頭に入ってこない。二度三度と読み直すうちに新しい疑念が次々と生まれ出て、アントワネットの怒りと焦《あせ》りをかき立てた。

渡していないものを渡したと言ったのだから、伝えたという話も伝わっているとは限らない。オーストリアにはいまだに、救援を求める自分の声が届いていないのかもしれないと思うと、アントワネットは体中が震えるような気がした。これ以上にひどい裏切りがあるだろうか。

「どうも私の手紙ではないようです」

必死で言葉を紡ぎながらアントワネットは壁際に置かれたフィオリの大燭台に歩み寄った。金の天使が捧げ持つ蠟燭《ろうそく》の上に、書簡をかざす。

「誰かが私の筆跡を真似たのでしょう」

紙を捲《めく》り上げて蠟燭の炎が立ち上がり、アントワネットの頰を赤く染めた。激しい失意に呑みこまれまいとしてアントワネットは、それに勝るだけの憤りを自分の胸にかき立てる。このままにはしておけなかった。

「ダルジャントーには、そのように伝えてください。お役目、ご苦労様でした。下がりなさい」

深々と頭を垂れて出て行く使者を見送りながら、アントワネットは考える。ルーカスから入ってきていたすべての情報を急いで再点検せねばならないと。

その中には、フェルセンに関する風評も含まれていた。女官を街に出して確認したことではあったが、ルーカスが噂を捏造《ねつぞう》していた可能性もある。

フェルセンと踊り子エレオノール・サリヴァンは、本当に愛情で結ばれているのかどうか。今まで聞けなかった二人の関係も、ルーカスの背信という口実を使えば、さりげなく問い質《ただ》すことができると気づいて、アントワネットはいても立ってもいられない気持で声を上げた。

「誰か、アクセルの館に使いに行ってください。最近、宮廷にお見えにならないのはなぜなのか、お伺いしてきておくれ。王妃が寂しがっていると伝えるのですよ。お出でになれない事情をはっきり伺うまで、帰ってくることはなりません。よいですね」

＊

一七九一年四月十九日、ルイは、議会に臨席し、サン・クルー行きを希望する旨を宣言した。これについて四十八自治区の代表の意見が求められたが、彼らは全員一致で、それを拒否する。シエースは、ルーカスと相談の上、国王宣言に賛成の署名を集めることで、これに対抗しようとはかった。

女官の求めに応じたフェルセンが、すべてを説明しようとしてチュイルリー宮殿に王妃マリー・アントワネットを訪ねたのは、その翌日のことである。

これを察知したアンリは、素早く国王ルイ十六世を動かし、アントワネットに用事を言いつけさせてその間にフェルセンを宮より退去させた。アントワネットは、これを知り、策をめぐらす。

一方、ラファイエットは、国民衛兵と民衆が自分の命令に従わなかったことを理由に、辞表を提出。いくつかの大隊が復職を求めてラファイエットの邸に押しかけるという日々が続いた。

二十五日に至ってようやくラファイエットも、思《おも》い止《とど》まる。だが留任に当たっては、条件を付けた。自分の命令に対する絶対服従と、軍規の死守である。ラファイエットは、衛兵の一人一人にこれらを宣誓させ、拒否する者を罷免するという徹底ぶりを見せた。

粛清されたその国民衛兵隊をもってラファイエットが対応したのは、ロベスピエールが指揮する選挙権拡大運動である。

立憲国民議会に陳情に来た彼らを、議事妨害の理由で武力阻止したラファイエットは、マラーらにより「反革命派の大元帥」と攻撃され、その人気は絶頂にあった昨年の連盟祭一周年を待たず、地に落ちた。

ルーカスは、以前から画策してきた王家とラファイエットの徹底的な引き離しをはかるが、ラファイエットの方は、ミラボー亡き後、王を独占することが可能になったと見て、毎日チュイルリー宮殿に伺候《しこう》するほどの忠勤ぶりを示す。

またロベスピエールの選挙権拡大運動は、ビュゾ、ペティヨンなどの賛同を得、反対するバルナーヴら三頭派を揺さぶり、彼らを新しい政策の模索へと追いやった。

一瞬の静止も見せない革命の激流の中で、ルーカスは時に応じて誰にでも手を伸ばし、孤軍奮闘を続ける。だが一人の勇戦では補いようもない苛烈さをもって時代は自転し、良否を問わずあらゆる旧習を倒壊に導いた。

第十一章　ロベスピエールの動向

「ロベスピエールが、明日コルドリエ・クラブで演説するらしい」

言いながらシャルル・ドゥ・ラメットが興奮した様子で扉から入って来た時、デュポール家の客間は騒然となった。ラメットの後ろからバルナーヴが姿を現すのを見て、ルーカスは横になっていた長椅子から身を起こす。

四月に入って植民地問題が再燃し、以来バルナーヴら三頭派はロベスピエールやビュゾを相手に、連日攻防を繰り広げていた。

また選挙権拡大運動や国民衛兵隊の構成をめぐる問題についても、悉《ことごと》くロベスピエールらと対立し、ルーカスの予想通り、協力者を求めずにいられない状況に追いこまれていたのである。革命の終了を宣言している彼らと手を携《たずさ》えることができるのは、立憲派以外にない。

ルーカスは、ミラボー亡き後王家の守護を買って出ているシエースとバルナーヴを共闘させる機会を狙《ねら》い、三頭派のたまり場であるデュポールの館で連日、爪《つめ》を研いでいた。

「何をしゃべるつもりなんだ」

デュポールが、病いに冒された肺をかばいながらつぶやく。声は弱々しかったが、目にはそれを補って余りある激しい意志の力が宿っていた。

「ついにコルドリエ・クラブの乗っ取りか」

乾いた笑いがあたりに広がる。

「あんな靴屋の集団を乗っ取ってどうする」

「演説をぶつより金貨をぶつけた方がありがたがる連中だろうよ」

バルナーヴは客間を突っ切って歩き、ブロカーテル大理石の暖炉の前に置かれたいつもの自分の椅子に腰を下ろした。前年八月の決闘の勝利を祝い、デュポールとラメット兄弟が贈った当節流行のエルトマンスドルフの英国風肘かけ椅子である。

「ロベスピエールは、冷静な計算家だ。自分の演説の欠点をよく知り、広い議場よりも狭いジャコバン・クラブを選んで全力を傾けてきた。また地方組織への連絡も怠りなく、全国的な支持を確立しつつある」

バルナーヴの表情は、淡々として静かだった。ゆっくりとしたその口調は、誰もが耳を傾けざるを得ないほど威厳と確信に満ちている。

「それが今、コルドリエ・クラブに足を運ぶのは、民衆階級に訴える演説を用意しているからだ」

コルドリエ・クラブは、コルドリエ地区の議長ジョルジュ・ジャック・ダントンが昨年四月に創設した政治結社「人権友の会」の通称である。権力乱用と人権侵害を阻止することを目的としたこの組織は、月二スーという安い会費により多くの下層労働者を集め、戦闘的な民衆運動に直結する底力を持っていた。

「ロベスピエールが今抱えている議題の中で、民衆の支持を必要としているものは何だ」

ルーカスの隣でアレクサンドル・ド・ラメットが、多くの女性たちの称賛を受けた美しい唇を開く。

「選挙権の拡大だ」

バルナーヴは深くうなずき、一同を見回して言い放った。

「民衆を動かし、我々の支持する選挙権制限に攻撃をかけるというわけだ」

緊張が客間を駆け抜け、ざわめきを吸収する。立憲国民議会は、財産額を基準に人民を能動市民と受動市民に分け、前者だけに選挙権を認める議案を上程中だった。具体的には、三日分の賃金と同等の直接税を払っているフランス人の父親からフランスで生まれた二十五歳以上の男子のみ、を有権者とするという規定である。

これに対してロベスピエールは、能動市民だけに選挙権を与えた場合、全人民の主権は、有産階級だけの主権に取って代わられるとし、人権宣言に保障された権利の平等を実践すべく、すべてのフランス人男性に選挙権を与えるよう主張していた。

「市民の権利は、税を負担している者のみに与えられてしかるべきだ」

「そうだ。財産を持ち、税を払う者のみが真の市民だ」

「失うものを持たない人間に、市民権を行使する権利はない」

「バルナーヴ、どうするつもりだ。演説を阻止しないのか」

「こちらもコルドリエ・クラブに乗りこんだらどうだ」

バルナーヴは静かに首を横に振った。

「今、事を荒立てるのは、得策ではない。コルドリエ・クラブでどのように労働者が盛り上がろうと、決着がつくのは議会だ。議会の押さえを完璧にすることの方が先決だ」

シャルルがおもしろくなさそうに、片脚を床の上に放り出す。

シャルル・ド・ラメットは、アメリカ独立戦争で百人の兵の先頭に立ち、銃火を潜って一躍名を上げた英雄だったが、その折に膝蓋骨《しつがいこつ》を損傷したため長く膝を曲げていることができなかった。

シャルルの軍靴が床の上で音を立てるたびに、周囲は彼の栄誉を思い出し、身を正す。

「それにしても演説の内容を把握しておく必要はあるだろう。奴《やっこ》さんが今後コルドリエと共闘していくのなら、こちらも対応策を考えにゃならん。誰かを潜りこませるか、あるいは間諜を雇うか」

デュポールが顔をゆがめる。

「危ないな。ロベスピエールはともかく、問題はダントンだ。あいつは、煽動家だからな」

ルーカスは、ダントンの赤銅色の顔を思い出す。張った額、引き裂かれた唇、鋭い緑の目、大きな口、山のように盛り上がった肩、猪の首。野性的な凶暴さと、知的な冷静さが共存する強烈な個性だった。

「コルドリエ・クラブは、修道院の狭い図書室を使っている。集まる連中は全員顔見知りで、しかも激情しやすい下層民だ。必ずスパイに気づくだろうし、ダントンの出方しだいで何でも起こり得る。もちろんロベスピエールは、その騒ぎを我々への攻撃材料として議会に持ちこむだろう」

バルナーヴが大きく息を吸いこみ、断言する。

「欲しい情報だが、あきらめよう。明日の演説内容については、これからの彼らの動きで判断を下していくよりない」

断念のざわめきと吐息が広がり、私語が始まる。ルーカスは、バルナーヴの視線を捕らえ、中庭の方に促《うなが》した。バルナーヴが腰を上げるのを見すまして後を追う。思いもかけないロベスピエールの行動が作ってくれた好機に感謝しつつ、それを捕らえて今までの計画の遅延を一気に解消しようとの目論見《もくろみ》だった。

第十二章　過去と未来のバルナーヴ

「僕がコルドリエ・クラブに行き、ロベスピエールの動向を探ってこよう」

ルーカスが口を切ると、バルナーヴは一瞬、真顔になった。しばらくの間、黙ってルーカスの顔を見つめていたのは、意図を判断しかねたからだろう。やがて言った。

「危険を冒すのは、何のためだ」

四月の風が中庭廻廊《かいろう》のラングドック産大理石壁柱の間を吹き抜け、噴水の水を優しくくすぐす。どうとでも答えられる問いに、ルーカスは迷いながらもこの機を逃したくない思いに引きずられた。客間から扉一枚をへだてた中庭では、いつ誰がやって来ないとも限らない。

「君をチュイルリー宮殿に案内するためだ」

バルナーヴは目を細め、ゆっくりと何度もうなずいた。

「そういうことか」

ラメット兄弟のシャルルから紹介されたラ・ロシュジャクラン侯爵のウィーン生まれの庶子。一見して帯剣貴族と知れる秀でた額と幅の狭い顔立、軍人らしい精悍《せいかん》な体軀は、どんな集まりでも一際《ひときわ》目立っていた。

物事に頓着《とんじやく》しないシャルルは、麾下《きか》の精鋭アンリの義兄というだけですでに胸襟を開いて付き合っていたが、バルナーヴは、もう少し用心深い。ルーカスの不敵な容貌と作為を感じさせる眼差《まなざし》に興味を引かれながら、距離を取ることは忘れなかった。

「君の出生から推察して、マリー・アントワネットの側近、オーストリア委員会の手の者というところだな」

ルーカスは、バルナーヴを逃すまいとして素早く話題を変える。打ち明けた以上、何としても引き受けさせるつもりだった。

「三頭派には協力者が必要だ。違うか」

高飛車に出たルーカスに、バルナーヴは皮肉げな笑みをもらした。

「だとしたら何だ」

感情を抑えた表情のない顔の中から、内に燃える闘志を映した二つの眼が慎重な輝きを放つ。ルーカスは、脈があると判断しながら語調を強めた。

「革命の終焉《しゅうえん》と立憲王政を宣言した以上、王家の存続に力を貸すことこそ今後の三頭派の課題のはずだ」

バルナーヴは視線を伏せる。三年前、故郷グルノーブルの全市民の家に王政批判の小冊子を配って以来、バルナーヴは一貫して革命の急先鋒の一人だった。

バスティーユ襲撃後に起こった蜂起人民による投機業者フーロンとソーヴィニの殺害事件においても、武力鎮圧の代わりに新しい憲法と軍隊を要求し、貴族たちから死刑執行人と呼ばれたものだ。

パリ市内の料理屋では、牛肉の生焼けを注文する際、バルナーヴ風と呼ぶことが流行したほどである。

一七八九年九月の立憲国民議会では、故郷グルノーブル時代の指導者であり、手を携《たずさ》えて革命のために闘ってきたジャン・ジョゼフ・ムーニエと、国王の拒否権の制限をめぐって正面衝突し、これを論破した。

ムーニエは衝撃を受け、その後のヴェルサイユ行進を契機に、議員を辞し、故郷に隠遁してしまった。

次に敵にしたのは、ミラボーである。国王の宣戦・講和の権限に対し、巧みな言い回しでこれを確保しようとしたミラボーの策略を看取《かんしゅ》し、修正動議にまで持ちこんで、その危険性を削除した。

その後、全国連盟祭を迎え、絶対王政の滅亡を実感、立憲君主ルイと人民の結び付きを見たバルナーヴは、自分の目指す革命が達成されたことを確信した。残る問題は、革命の成果を、いかにして保持するかである。

その方針が、ロベスピエールら急進派の攻撃の的になることはわかっていた。バルナーヴは二つの対策を考える。一つは、立憲派との結託。残る一つは、王家の保護である。

ラファイエットら立憲派と手を結び、国王を過激な民衆結社や新聞から守護し、その力を持ってロベスピエールたち民主派を牽制していかなければ、新しい秩序の維持は不可能といえた。ルーカスの指摘は、確かに的を射ている。

だがバルナーヴは、その申し出を受けることで自分たち三頭派が、革命を裏切ったかのような印象を各方面に与えることを恐れていた。

「僕ら三頭派は、国王側につくつもりはない」

この際、自分たちの立場をはっきりと表明し、誤解を避けておかなければならなかった。

「ただ国王が憲法を容認し、議会と折り合いをつける立憲君主であるなら、王政の存続に力を貸すつもりでいるというだけだ」

ルーカスは冷笑する。

「何を怖がっている。グルノーブルでパリ革命の先鞭《せんべん》をつけ、議会内の進歩派として、君主派ムーニエや立憲派ミラボーを阻止し、常に煽動者であった革命の寵児バルナーヴの名を汚すことか」

痛いところを突かれて、バルナーヴは黙りこむ。ルーカスは、笑いを大きくしながらゆっくりとした足取りでバルナーヴの前を横切った。

「誰も、自分の信じる道を進むしかない。現状を生み出すために存在した過去のバルナーヴが王を敵とし、現状を継続するために存在する未来のバルナーヴが王を味方としても、それは共に信念を実現するための手段だ。非難を受ける謂《いわ》れはないだろう」

バルナーヴは大きな息をつく。

「ところが民主派は何でも利用する。勢力の拡大に躍起《やっき》だからな」

ルーカスは足を止め、長靴の踵《かかと》で大理石の床を踏みにじりながらバルナーヴを振り返った。

「ならば、たたき潰《つぶ》せ」

バルナーヴは眉を上げる。抑制のきいたその表情の底に広がる驚きを確認しながら、ルーカスは次の矢を放った。

「民主派を根こそぎにすることは、難しくない」

バルナーヴの静かな眼差《まなざし》から、胸の内に燃える炎の先がのぞく。

「どうやる」

ルーカスは身を引いて笑った。

「残りは、チュイルリー宮の王妃の居殿で話そう」

バルナーヴはとっさに手を伸ばし、先に立って歩き出そうとするルーカスの二の腕をつかんだ。

「ここで話せ。僕をチュイルリー宮に連れて行きたいのなら、君の才腕を見せることだ」

真剣さのあまり青ざめるバルナーヴに、ルーカスは向き直った。ここが正念場だと直感して、声に力がこもる。

「まず君が、三頭派を率いてジャコバン・クラブを脱会する。次に立憲派が組織している『一七八九年の会』と結託し、新しい政治結社を作る」

バルナーヴは、うめくような声を出した。

「ジャコバン・クラブの会員は、この間の正式発表によれば、千五百名強だ。そこから三頭派が脱退すれば、残る会員数は五分の一、約三百名強になる。それだけでも残留組のロベスピエールにとっては大打撃だろう。

そこに三頭派と『一七八九年の会』の新組織結成が加われば、いっそうだ。さらにその新結社を挙げて王家を取りこみ、交渉を重ねながら立憲王政の確立をはかる。

一方、ラファイエット率いる国民衛兵隊を使って過激な人民結社を押さえていけば、民主派は勢力拡大どころか三百名維持も難しいだろう。追いこまれ、そのうちには解散だ」

バルナーヴは感嘆の吐息をつく。発案も素晴らしかったが、何よりバルナーヴの心を捕らえたのは、ルーカスが単なる王権擁護者ではなく立憲王政の支持者らしいということだった。そうでなければ王家を取りこむだの、交渉を重ねるだのという言葉は出てくるまい。

「君は、立憲派か」

バルナーヴが確かめると、ルーカスは語調を強めた。

「今、王家の存続をはかろうと思えば、立憲王政以外にないと確信している。何をおいても議会と国王の結び付きを優先させたい」

バルナーヴは胸を熱くする。頼もしい同志を発見したと思った。リアンクール公爵やラリ・トランダルのような王党派が国王夫妻の周辺を固め、立憲派のラファイエットでさえもなかなか近づけないという昨今、王よりも指導力を持つと噂される王妃マリー・アントワネットの側近が立憲王政志向とは、うれしい限りだった。

バルナーヴは、彼らしく慎重な歩み寄りの姿勢を見せる。

「わかった。明日コルドリエ・クラブに行き、情報を仕入れてくれ。それで君が我々の味方であることを確認できたら、国王との話し合いに応じてもいい」

ルーカスは腕を差し出し、バルナーヴの右手を握りしめた。膠着《こうちゃく》していた事態は、ともかくも一歩、前進したのだった。

第十三章　ダントンの爆笑

その夜ルーカスは、腰に革の紐を巻き付けて銃を入れ、上から絹の飾帯を締めて隠すと、コルドリエ街にあるダントンの家に出かけた。

コメルス小路の突き当たり右側に面し、一番地の標示を掲げた玄関扉をたたいていると、隣家の中年女性が通りがかりに声をかけた。

「マリウスなら、さっき女房や飲んだくれどもと一緒に、この先のカフェ・プロコープに一勝負しに行ったからね。当分帰っちゃ来ないよ」

マリウスというのは、ダントンの通称である。ルーカスは教えられた通りにランシェンヌ・コメディ通りまで行き、十三番地のカフェ・プロコープを見つけて中に足を踏み入れた。

瞬間、大きな歓声が上がり、ドミノ勝負の決着にわき上がった人々がいっせいにしゃべり出す。奥に幅広の帳場を備えた店は賑《にぎ》やかな一つの集団に占領されており、祝い事のすんだ後の家庭のように見えた。

「マラー、もうやめとけ。デムーランも今夜は帰って新婚四ヵ月のかみさんの機嫌をとった方がいいぞ」

「シェニエ、おまえもだ。明日の舞台の練習でもしな」

「ちきしょう、エベールに言って、『ペール・デュシェーヌ』に書かせてやるぞ、ダントンの一人勝ち的陰謀についてな」

くずれるような笑いの中で、鼻の大きな男が立ち上がり、かけ金を手元に集めながら顔を上げた。出入口のそばに立っているルーカスに気づいて、口を開く。

「誰だ」

いっせいに振り返った人々の中に、ルーカスはダントンを見つけた。奥まった場所に帳場を背にして腰かけ、友人たちに取り囲まれたその姿は、自分の水辺に君臨する鰐《わに》を思わせた。薄い暗がりの中で緑の瞳が炯々《けいけい》と光る。

「どこかで会ったな」

ルーカスは、摩擦を避けるためにフランス名を名乗った。

「リュック・エロワ・ドゥ・ラ・ロシュジャクランだ」

貴族の名が店の中に動揺を振りまき、ダントンに出会いの場所を思い起こさせる。ルーカスは、彼の言葉を待ちながら周囲に目を走らせた。

「ここは、貴族様の来る所じゃねえぜ」

「カフェ・ドゥ・ヴァロアに行きな」

ダントンから少し離れた場所に陣取り、好戦的な眼差《まなざし》でこちらを凝視しているのはジャン・ポール・マラーだった。

王弟アルトワ伯爵の護衛隊付医師でありながらイスパニア宮廷に近づき、問題を起こして地位を失った後、今度はプロイセン国王フリードリヒ二世に接近しようとして失敗、失意の中で革命に飛びこんで以来、新聞『人民の友』を発行して、革命の監視と人民の直接行動を主張している急進派である。

その隣で、わずかに首を傾げ、顎を上げて見下すように視線をこちらに投げているのは、バスティーユ襲撃の煽動者でタブロイド紙『フランスとブラバンの革命』の発行人カミーユ・デムーランだった。

他にも革命的小冊子に似顔絵の載るような過激な闘士の姿が何人か見える。ルーカスは、思わず笑みをもらした。こういった猛者《もさ》の前で、ダントンは、自分がどこでこの貴族と出会ったかを説明する勇気があるだろうか。

「出会ったその場所を、思い出させてやろうか」

高圧的に言い放ったルーカスに、ダントンは、あわてて腰を上げる。

「いや、その必要はない。皆、ゆっくりやっててくれ。すぐ戻る」

狭い椅子の間を大きな体で強引にすり抜け、転倒する椅子のけたたましい音を後ろに残しながらダントンは足早にルーカスのそばまで歩み寄った。

両手で自分の服の前身頃《まえみごろ》をつかみ、下に引き伸ばしながら校長に呼び付けられた餓鬼大将のような不貞腐《ふてくさ》れた顔で、ルーカスをにらむ。

「ここで言うなよ」

ルーカスは失笑する。猛牛のようなダントンの容貌が一瞬、愛嬌《あいきょう》のある温かいものに思えた。

「何がおかしいんだ。不愉快な奴だな。行くぞ」

油洋灯を手に先に立ったダントンの肉付きのいい背中を見ながら、ルーカスは店を出る。

傾いた石畳を踏んで狭い道を横切り、歩道に上がるとダントンは、フィリップ・オーギュストの周壁を右手に見ながらロアン小路に足を踏み入れた。十五世紀にルーアン大司教館のあったその一角は、古く瀟洒《しょうしゃ》な館の立ち並ぶ三本の路地からなり、中央に小さな広場が設けられていた。

「話は、何だ」

立ち止まったダントンに、ルーカスは近寄り、肩を並べた。群青色の空には、欠け始めた白い月が上っている。

「明日のコルドリエ・クラブの集会に参加したい」

隣でダントンのせせら笑いが聞こえた。

「入会金一リーヴル四スーの下層人民結社を、貴族が傍聴するわけか。それは時間の無駄というものだ。やめておけ。トルコ語を聞いているのと同じくらい珍紛漢紛《ちんぷんかんぷん》だぞ」

ルーカスは両腕を体の後ろで組みながら、月を見上げたままで答える。

「君には、断る権利がある。そして僕には、しゃべる自由がある」

ダントンの靴と石畳の間で、細かな砂が押し潰《つぶ》された。

「きさま、俺を脅《おど》す気か」

威嚇《いかく》を含んだ声を、ルーカスは聞き流しながら手探りで飾帯の下の銃を握りしめる。

ここがダントンの地元であり、すぐ近くに仲間もいることを考えれば、危険はかなり大きかった。

ルーカスは、高まる緊張をさりげない無表情でおおいながら自分をなだめ、ダントンの呼吸を計る。やがて大きな溜息が聞こえた。

「いい度胸だな」

半分は、感嘆だった。ルーカスは勝機と見て銃から手を放し、ダントンに向き直る。ここで彼の警戒を解くことができれば、一気に了解までこぎつけられそうだった。

「安心しろ。コルドリエ・クラブをとやかくしようというわけではない。ロベスピエールの話を聞きたいだけだ」

ダントンは、ルーカスを凝視したまま鰐のような口をわずかに動かした。

「聞いてどうする」

眼差《まなざし》の底で、狡獪《こうかい》な光がまたたく。先ほど見せた好人物の相は跡形もなく、弱点をつかんで食いつこうとする豺狼《さいろう》さながらだった。これでこそ、噂の多いミラボーと手を組むことも辞さない人民の星にふさわしい器というものだろう。ルーカスは用心深く言葉を選び、ダントンの矛先《ほこさき》をかわそうとはかった。

「ロベスピエールの動向を探りたい」

ダントンの赤銅色の顔が見る間に色を深め、直後に暴風のような爆笑に変わる。思ってもみなかった反応に、ルーカスが唖然《あぜん》としていると、ダントンは涙を拭きながら笑いを収め、丸太のような腕を伸ばしてルーカスの肩をたたいた。

「よし、来るがいい。俺も楽しみにするとしよう。貴族がロベスピエールにやられるところを見る機会なぞ、滅多にありゃしないからな」

ルーカスは眉根を寄せる。ダントンの言葉の意味がわからなかった。

「何」

ルーカスの問いに、ダントンは再びおもしろそうな笑い声を立て、手にしていた油洋灯をカフェ・プロコープの方に向けた。

「ロベスピエールというのは、人間というより、そういう名前の一種の熱病だと思った方がいい。奴に近づくと、誰もがその熱にやられる。おまえもきっとかかるさ。ロベスピエール熱にな」

様々《さまざま》な方向に傾いた四角な石畳を、ダントンは磨《す》り減った靴の踵《かかと》で踏みしめて歩き出す。ルーカスは追いかけ、歩調をそろえた。

「おもしろい話だな」

ダントンはロアン小路の角を曲がり、前方にカフェ・プロコープの明かりのまたたく闇を見すえて腹の底から吐き出すような声で言った。

「フランスの歴史が、革命のために産み落とした怪物、それがロベスピエールだ。誰もが自分のために革命を利用しようとしてこの熱狂に関わっているが、奴は、革命のために自分を利用している。たとえば俺は革命をたっぷりと楽しんでいるし、これ以上おもしろいものは他にはないと思っている。革命は、俺の酒食だ。ところが奴は、革命に自分を食わせている」

カフェ・プロコープ内でわき起こった歓声が、扉を揺るがせる。ダントンは足を止め、取手に手をかけながらルーカスを振り返った。

「王党派や立憲派が革命を止めようとはかるなら、まずロベスピエールを殺すことだ。奴が生きている限り、革命は進み続けるだろう。なぜなら奴と革命とは、今や一体だからだ」

ルーカスは身震いする。一七八九年十月のヴェルサイユで、ロベスピエールは宣言した。人民を掌握した者だけが革命を締結しうるのだと。

あれから一年半、ロベスピエールは人民の星と言われるダントンをして、その存在がある限り革命は進みうると断言させるところまで行き着いたのだ。一刻も早くバルナーヴら三頭派を指嗾《しそう》し、ロベスピエールを潰《つぶ》す用意を整えなければならなかった。

第十四章　革命の洗礼

一七九一年四月二十日、ルーカスは、コルドリエ街十五番地にあるコルドリエ派修道院内で、ロベスピエールを待ち構えた。通常、集会には図書室が使われているのだが、この日は傍聴者が多くなったため、急遽《きゅうきょ》礼拝堂に演説者用の演壇が整えられていた。高い天井の下、冷ややかな静寂に満たされた祈禱《きとう》の空間に、やがて会員たちが集まり始める。

あちらこちらに継ぎを当てた皺《しわ》だらけのカルマニョルを羽織り、縞《しま》の長いズボンをはき、木靴をつっかけた彼らは、何日も洗っていない服と体中から浮浪者もかくやと思われるほどの臭いを放っていた。

明けすけな下町の言葉で声高に笑い興じながら、時おりなめるような視線で、片隅の壁に寄りかかっているルーカスの様子をうかがう。ルーカスは、ロベスピエールが一刻も早くこの場に現れ、メジスリー河岸に勝るとも劣らないこのすさまじい臭気から自分を救ってくれることを願いながら、ひたすらに耐えた。

時間を追って会員の数は増え、人熱《いき》れが異臭に拍車をかけてルーカスの忍苦も限界に近づいた頃、ようやく待ち人が姿を見せる。

愛情のこもった野次と拍手の嵐をかき分けてロベスピエールは演台に近寄り、それを上ると、手にしていた演説の草稿を台の上に置いた。会場を見回す眼差《まなざし》には、相変わらず潔癖《けっぺき》で厳格な光がある。薄い唇はわずかに笑みを浮べていたが、飛び出した頬骨と尖った顎《あご》のために引きつっているように見えた。

「人は、自由なものとして生まれた」

声はどちらかといえば高めで、声量は乏しく、アラス訛《なま》りがなお残っている。

「しかし現在、人は鎖につながれている。どのようにしてこの状態を変えればよいのか。その答は、ルソーが出している。すなわち、現在の国家の代わりに人民主権の国家を打ち建てることである。そのために我々は、革命を起こした」

顎が半ば隠れるほど高くモスリンのクラヴァットを巻き、高い折り返し襟《えり》の付いたアビを着た姿は流行の先端であり、前時代風の白粉を振った鬘《かつら》のような髪型と奇妙な対照をなしていた。おそらく時好の垂れた犬の耳のような大ざっぱな髪型は、ロベスピエールの周密な精神の受け入れるところではないのだろう。

「私は三部会の第三身分代表に選ばれた時、実感した。革命の遂行こそ、自分の宿命であると。このために私は、妥協のない道を選んできた。革命を保護し、それを成し遂げるためなら、どんな苦悩も誤解も恐れず、死さえも厭いはしない。

しかるに革命を裏切る者たちは現在、人権宣言で謳《うた》われた権利の平等を無視し、個人の財産額を基準に市民権を認めようとしている。財産のない者、収入の低い者には、市民としての権利を与えないというのだ。私は訴える。貧しい者は、市民ではないというのか」

演台から放たれたロベスピエールの言葉が、人々の胸を突き、その息をつまらせる。それまでそこかしこで交わされていた雑談も、しだいに影をひそめた。

「財産の有無で人間を区別する、貧しい者に何の権利もない、それが革命か」

鞭《むち》を振るう苦行僧のように、ロベスピエールは自らの信念を振り上げ、人々を打つ。

「農民や職人、日々の糧《かて》を稼ぐために懸命に働く慎ましい者。このフランスを支えているそれら貧しい者たちを、市民権の外に置く革命などありうるのか」

人々のまとっていた惰性とあきらめは、ロベスピエールの言葉の下でほころび、引き裂かれて、その奥から欲求が露呈する。絶えず満たされず、虐げられ、断念せざるを得なかった数々の渇望が、それぞれの胸からこぼれ出て流れとなり会場に満ちた。

「貧しい者は、食べて行くことしか考えない。今日の糧があれば幸せを感じる。だが金持は、より多くを欲し、そのために略奪する。それを見たことのない者が、この中にいるだろうか。金持は貧しい者を搾取し、支配しようとはかる。革命を裏切り、利用しようとたくらむ。これを認めてはならない」

憎悪が空気に熱を与え、人々の心を一つの意志に練り上げる。ルーカスは圧倒され、目を見張った。

「貧しい者も、財産を持っている。日々の生活さえままならず、町角で途方にくれる者でさえも、神聖な財産を持っている。それは、自らの自由、そして自らの生命だ。財産を基準に市民権を与えるというのなら、人間の持つもっとも貴いこれらの財産に対して、それを与えよ。生命を持ち、何からも自由であること、それのみが市民権の基準だ」

ロベスピエールが言い放つと、雄叫びのような歓呼と拍手が上がり、人々は、くずれるように演台に殺到した。ダントンたちが大あわてで人垣を作る。

「聖具室に避難させろ。今日はもう、解散だ」

熱狂を極める礼拝堂から、ルーカスは外に出た。四月の風が体を吹き抜け、無帽の髪を巻き上げる。熾火《おきび》をはらんだような胸を冷まそうとして、ルーカスはコルドリエ街からアルプ通りに足を向けた。

両側に古い家々の立ち並ぶ聖ミシェル橋に向かい、脇を走り過ぎる二輪馬車や低輪車の音を聞きながら、夕暮れの雑踏の中を歩く。

決して大きくはない声、神経質そうで情調を欠きがちな表情、拳一つ上げることのない論理的な演説を、ルーカスは反芻《はんすう》した。それがあれほどに人をわかせる理由は何か。

ルーカスは、自分の胸の熱に問いかける。何にこうまで共鳴しているのか。

仕事を終えた石工たちの一群が、聖ミシェル広場に通じるオーギュスト河岸に漆喰《しっくい》で白くなった裸足の足跡を残して行く。広場の隅には、サヴォワ人の幼い靴磨《みが》きたちが夕日を背に最後の仕事に励んでいた。そばで鉱力《ブリキ》の給水器を背負った女が、カフェの匂う土の壺を差し上げて叫んでいる。

「一杯二スー、二スー。カフェに行きゃ、五スーはするよ」

足元に座りこんだ子供が、首が折れそうなほどそっくり返って女を仰ぐ。

「腹が減ったってば。一昨日、馬車にぶつかったとこが痛いよお。お家でジョルジュが鼠に引かれて泣いてるかもしんないじゃん。早く帰ろうよぉ」

女は、背中の給水器を揺すってみる。まだかなり残っていることを確かめると、スカートの襞《ひだ》の間のポケットを探り、艶《つや》のない白い硬貨を一枚出して子供の手の中に握らせた。

「パンを買ってお帰り。朝の牛乳を温めて、ジョルジュにやっておくれ。馬車に気をつけるんだよ」

その脇を、中年の水売りが咳をしながら行き過ぎる。二つの桶を支えるすり切れた革帯の食いこむ肩で、苦しげな息をつきながらルーカスの前を横切り、うつむいて小路の奥に消えていく。

河岸に設けられた階段を上り下りし、横付けされた舟から荷物を運び上げているのは、荷担ぎ人足である。日に焼けた筋肉を震わせ、全身で重みを支える彼らの中には、今にも折れそうな老人や襤褸《ぼろ》をまとった女も交じっていた。

ルーカスは、自分が貧民ばかりを目で追っていることに気づく。胸の熱さがそれを強《し》いた。

今まで風景の一部として視野の端に張り付いていた単色の彼らが、突然に色彩と膨みを持ち、人間として動き出してルーカスを圧迫する。血に混じり、勢いを得て体中に流れ出して行くその熱気を、ルーカスは振り捨てようとしてもがいた。

「旦那、コンドリュー産の葡萄酒はいかがで。カナリア群島の葡萄酒ですぜ。お代は、たった三ドニエだ」

銀のカップを差し出す甘草水売りの白い前かけが舞い上がるほど激しく、ルーカスは身をひるがえす。

逃げるように聖ミシェル橋を渡り、シテ島を横切り、両替橋からメジスリー河岸に出て小路を歩いた。イスパニアへの巡礼路の出発地点である聖ジャック・ラ・ブーシュリー教会を右手に見ながら聖マルタン街に抜けると、景色が変わる。

豪華なヴィザヴィ・ベルリン馬車の行き交う広い中央道と、両脇に立ち並ぶ壮麗な建物。その間に街路樹を配した歩道が開け、小粋《こいき》な身なりの人々が散歩を楽しんでいた。

香水の香りが風に乗ってルーカスの鼻孔に流れこみ、優しい会話と衣ずれの音が耳をふさぐ。

ルーカスは、大きな息をついた。戻るべき所に戻ったという安心感で、歩みが緩《ゆる》む。夕暮れの中でルーカスは、彼らの間に紛《まぎ》れた。優雅な足取り、取り澄ました態度、ゆとりある微笑で身を飾り、人の流れに乗って踊るように進む。

寛《くつろ》ぎの奥で違和感が膨《ふく》らみ始めたのは、サン・トノレ街に入った頃だった。胸に打ちこまれた革命の火が消えない。それがルーカスを、決定的に周囲からへだてていた。自分を持て余して、ルーカスは立ちつくす。体中に広がりつつある炎を、どう消せばよいのかわからない。

ロベスピエールの声を聞くまで、ルーカスにとって財産とは、土地や館であり、金品であり、名誉や地位だった。

ところがあのコルドリエ派修道院で、今まで誰からも聞いたことのなかった新しい価値を知らされた。そして最悪なことに、それが真実だと直感したのだった。その正当性がルーカスの既存の秩序を打ち砕き、焼き滅ぼそうとする。

「君、私の前をふさがないでもらいたい。気分でも悪いのかね」

後ろから歩いて来た紳士に言われて、ルーカスは道路脇の建物に体を寄せた。瞬間、頭上で鐘が鳴り始める。

目を上げれば、サン・トノレ教会の木の鐘楼が見えた。終課の鐘の時間である。道行く人々は立ち止まり、それぞれに帽子を取って頭を垂れた。

高く低く響き合い、降り注ぐその音を浴びながらルーカスは、自分が洗礼を受けてしまったことに気づく。コルドリエ派の礼拝堂で、ロベスピエールの祭壇で執り行われたあれは、革命の洗礼だったのだ。儀式の最後に参列者は、信者に変わる。

ルーカスは、ダントンの言葉を思い出す。確かにロベスピエール熱は強烈で、ルーカスもどうやら、やられたようだった。

＊

「その様子なら、まず客演といったところだな」

ルーカスの報告を書き取っていたデュポールが感想をもらすと、ラメット兄弟もうなずいた。

「それだけ会場が盛り上がっていながら、発表がないのは決定的だ。連中は、共闘まで進んでいないと見ていいだろう」

愁眉《しゅうび》を開いた三人に、バルナーヴが持ち前の慎重さで釘を刺す。

「いや、状況しだいだな」

ルーカスは、昼の前でカフェの茶碗を止めた。

「ロベスピエールは、今回コルドリエ・クラブで成功を収めたことで、彼らの感触をつかんだわけだ。時宜《じぎ》を得れば、利用しないはずはない。たとえば我々が『一七八九年の会』と結託するためにジャコバン・クラブを脱会した場合、激減したジャコバン・クラブの主導権を握るのは、ロベスピエールだ。再建のためにコルドリエに手を伸ばし、共闘か吸収をはかるだろう」

シャルルが音を立てて膝を伸ばす。

「我々が抜け、かつコルドリエと合体すれば、ジャコバン・クラブは先鋭化する。ラファイエットと一緒になった我々と、真っ向からぶつかるぞ」

アレクサンドルは闘志に満ちた笑いを浮かべた。

「望むところだ。潰《つぶ》してやる」

デュポールが、筆記帳から顔を上げる。

「数から考えても負けることはないだろうが、正面衝突はまずい。こちらも無傷ではすまないだろうし、漁夫の利を得た党派が急成長する可能性もある。一番安全な方法は、ロベスピエールが動く前にコルドリエ・クラブを潰《つぶ》しておくことだ。口実を見つけて解散に追いこむ」

バルナーヴは、考え深げな眼差《まなざし》をルーカスに向けた。

「君なら、どうする」

ルーカスは、茶碗の中に視線を落とした。バルナーヴの意図ははっきりしている。ルーカスの意見を求めることで仲間に引きこみ、その責任の一端を担わせておこうというのだ。口封じの意味もあり、また裏切りの防止でもあるのだろう。

煮出したカフェの中で、白いクリームが回る。任務の遂行に専念するルーカスに投げられたロベスピエールの呪縛に似ていた。

使命は、真実より価値があるのだろうか。どちらかを捨てなければならないとしたら、誰に忠実であればよいのだろう、皇帝レオポルトにか、自分にか。

ロベスピエールは、国王の存在を否定していない。共和政と王政は、両立しないものではないとの立場を取り、王とは法に従うべき公務員であると主張している。

だがロベスピエールが革命の進行をはかる限り、いずれはラファイエットの予言通り、王政否定、王権廃止に至ることは明らかだった。今、王家の守護を目指すか、ロベスピエールに共鳴するかは雲泥《うんでい》の差となる。

「どうした」

今まで通り王家存続の道を突き進むなら、自分を裏切り、真実に背を向けなければならない。逆に自分に従いロベスピエールを支持するならば、皇帝レオポルトを裏切り、王家保護に背を向けることになる。

ルーカスは行きづまり、双方の重みをはかり比べた。自分を裏切ることと、主君を裏切ること。真実に背く人生と、王家に背反する人生。

自分と真実を相手にしているならば、自己の苦闘だけですむ。だが皇帝レオポルトやフランス王家が関係してくるとなると、祖父フランツの立場もあり、また放り出されることになるアントワネットについても考えねばならなかった。

ルーカスの監視の外に置かれれば、アントワネットは恐らく逃亡を決行し、人民の更なる憎悪を招いて自分の生きる場所を失うだろう。

その後に来るものは、裏切られたと感じた民衆の王政廃止運動である。それが過熱していけば、処刑台が準備されるのだ。

今までになく現実味を帯びた危機に、ルーカスは身震いする。アントワネットを失うことはできない。どうしてもできない。

任務以上に強くそう感じて、ルーカスは、目から鱗《うろこ》が落ちるような気がした。その時ルーカスは初めて、アントワネットに対する自分の負い目の大きさを思い知ったのだった。

宮殿の廊下で地団駄を踏み泣いていた幼いアントワネット。常に愛情を求め、それをかき集めることだけに夢中だった彼女の無邪気さと残酷さに、ルーカスは心惹《こころひ》かれ、興味をもって手を貸した。

人の気を惹く技術、言葉の外にこめた思いを伝える方法、信頼を獲得するための数々の手口。

過酷さでは全欧一といわれるプロイセン王国士官学校幼年科に三年も寄宿し、虐待と差別と癒着の生活を見事に切り抜けた身であれば、どんな悪知恵も思いのままだった。

悪党さながらルーカスとアントワネットは宮殿の大人たちを手玉に取り、それと知られずに宮廷を支配した。ルーカスにとっては退屈しのぎの遊びだったそれが、後から考えれば、アントワネットにとっては真剣な学習の場だったのだ。

水を吸いこむ砂地のようにそれらを人生の指針としたアントワネットに、ルーカスは驚き、身を引いたが、すでに遅かった。ルーカスの吹きこんだ毒は、アントワネットの純粋さを蝕《むしば》み、世間を侮《あなど》り他人を操《あやつ》ることに喜びを感じる性癖を育てたのである。罪の意識は、深い河のようにルーカスの体の底を流れている。

大公レオポルトから命を受けた時には、パリの状況に血が騒いだ。その熱狂に身を浸してみたい一心で飛び出し、胸の伏流にまでは思いが及ばなかった。だが今、任務と真実の鬩《せめ》ぎ合いの中で心底からその流れがあふれ出し、ルーカスに告げたのだった。

現在のアントワネットを作ったのは誰かと。年齢だけは倍も上だったものの精神的にはひどく幼かったアントワネットは、もしルーカスが関わらなかったならば、別の人格を獲得していたに違いなかった。

二十年ぶりにヴェルサイユで再会した時、ルーカスはアントワネットが少しも成長していないと感じた。つまり彼女は、ルーカスが作り上げた手に負えない悪童のままなのだ。

「すべきことは三つだ」

ルーカスはカフェの茶碗をあおり、音を立てて受け皿に置いた。バルナーヴに目を上げ、決意をこめて口を切る。

「『一七八九年の会』と共闘体制を取り、新組織を結成すること。二つ目は、王家と交渉し、お互いが妥協できる線を出し合って協定を結ぶこと」

責任は取らねばならない。アントワネットの仕出かしたことに決着をつけ、正しい生き方を教え直して幸福にしてやらねばならない。それがルーカスの責務だった。やり遂げるためには、時間がいる。

「三つ目は」

ルーカスは、自分の不正を見つめ、真実を踏みにじる痛みをかみしめながら吐き捨てる。

「コルドリエ・クラブの閉鎖と、ロベスピエールら民主派の弾圧、以上だ」

＊

一七九一年五月、バルナーヴは、ロベスピエールの選挙制限反対論を粉砕しようとして演台に立つ。ルーカスは、傍聴のために議会の置かれているフイヤン修道院内王立馬術練習場跡地に出かけた。

フイヤン修道院は、サン・トノレ街を挟んでヴァンドーム広場と向かい合っている。その奥に位置する旧馬術練習場は、修道院の庭とチュイルリー宮殿の広い前庭に囲まれていた。

ルーカスが修道院横を抜けるカスティリヨーヌ通りを通り、議場の前まで行くと、出入口には、国民衛兵隊が警備の列を作っていた。その間を縫い、バルナーヴから手渡された通行証を提示しながら議場に入ろうとすると、後ろから声がかかる。

「深刻な顔だな」

振り向くと、衛兵の列をかき分けて、サンテールが姿を見せるところだった。

「悩みでもあるのか」

相変わらず屈強な体の襟元《えりもと》に、灰色のスカーフを巻いている。意志の強さを感じさせる口角の下がった唇には、余裕のある笑いが浮かんでいた。

「王妃の扱いに手を焼いているとか」

力のこもった眼差《まなざし》が、ルーカスの心を揺さぶる。動揺を隠そうとしてルーカスは、サンテールもまた微妙な立場に立っていることを思い起こした。

国民衛兵隊と司令官ラファイエットの間の亀裂は、一七八九年十月のヴェルサイユ行進に始まり、つい先日の国王のサン・クルー行きに至って、確実に深まりつつある。大隊長であるサンテールは、兵士と司令官の間に立ち、その軋轢《あつれき》を直接身に受けているはずだった。

「同じ言葉をお返ししよう。国民衛兵隊も、なかなか大変そうだからな」

ルーカスの皮肉に、サンテールは唇をゆがめた。

「否定はせん」

言いながら溜息をつき、ルーカスを見る目を細める。

「司令官ラファイエット侯爵は、反動化している。あの方には、民衆の気持がわからんのだ。なにしろ貴族だからな。

ヴァンセンヌでの騒ぎにしても、サン・クルー行きの騒動にしても、人民が国王に愛情を持っているからこそ起こったことだ。人民は、自分たちの国王を失うまいとして必死なんだ。だが教育を受けていないから、それを理論立てて訴える術《すべ》を知らない。勢い、王宮に押しかけて国王の身柄を拘束しようということになる。

国民衛兵は志願兵だから、考え方は民衆と同じだ。いくら上官が命令を下しても、軍人というより民間人に近いから、自己の感情に引きずられる。ラファイエット侯爵が隊を粛清したことにより、表面上は形がついたが、問題は内向した。いずれ、再び噴出するだろう」

ルーカスは、以前サンテールのたくましい体から芬々《ふんぷん》と漂い出ていた木樽の匂いが、今日は少しもしないことを不思議に思いながら聞いた。

「その時君は、どちらに付く。司令官と兵士、どちらを選ぶ」

サンテールは太い鼻梁に皺《しわ》を寄せる。

「俺の渾名《あだな》を知っているか。『下町の親父』だ。一昨年、議会の選挙人に選ばれ、満場一致で国民衛兵隊の大隊長に指名されたのも、サン・タントワーヌ街を始めとする下町地区の支持があったからだ。その連中に、俺を選んだことを後悔させるような真似は、しやしねぇよ。そいつらがいたからこそ、今の俺があるんだからな」

ルーカスは自分の視線がうつろになるのを感じる。信じるものと共に歩いて行くことのできるサンテールが、うらやましかった。

「三年続きの厳冬と飢餓から地区の連中を救うために、俺は、自分のビール工場を売った。その金で、燃料と食料を確保したんだ。だが今年また寒波が来たら、もう売る物がない。その時のために、政治を変えておきたいんだ。どんな貧しい人間も、冬を越すことができるようなパリにしておきたい。わかるか」

ルーカスは、うなずきながら考える。サンテールは、遠からずロベスピエールやダントンらと結束し、立憲王政の敵に回るに違いないと。ジャコバン・クラブを掌握するだろうロベスピエール、コルドリエ・クラブと人民を束ねるダントン、そして軍を動員できるサンテール。三人が足並みをそろえれば、かなりの力になることは明らかだった。その前に潰《つぶ》さねばならない。

「何を考えている、オーストリア人」

射しこむように見すえられて、ルーカスは真顔を取《と》り繕《つくろ》う。サンテールは、不敵な微笑を浮かべた。

「おまえには貸しがある。それを忘れるなよ」

ルーカスは、議場入口に足を向けながら答えた。

「革命が熱くなり過ぎなければ、覚えていられるだろう」

サンテールの動きをバルナーヴの耳に入れ、ロベスピエールとの間を遮断《しゃだん》せねばならない。そう考えながらルーカスは、自分が踏みしだいていく道義の多さにめまいを感じた。

いつかそれらの残骸に足を取られ、転倒する日が来ないはずはないと予感しつつ、アントワネットの救護を前に、進むべき道を他に見出すことができなかった。

＊

選挙権の制限に反対するロベスピエールを向こうに回したバルナーヴは、議席の多くを占める有産階級の支持を巧みに取り付け、彼らの不安をあおりつつ議題を採決に持ちこんで、勝利を収めた。

立憲国民議会は、人権宣言において権利の平等を謳《うた》いながら、一定の財産額を持つ者だけに、その選挙権を与えたのである。

ルーカスは、血の気の引いた顔で投票結果を聞いているロベスピエールを見ていた。唇が隠れるほど強く口を引き結んだその横顔には、疲労の色が濃い。それがしだいに絶望へと変わっていくのを目にして、ルーカスは胸が焼けるような焦燥感に捕らわれた。

革命は、正しい者が正しく評価されるほど単純なものではないだろうと、励ましの言葉をかけたがっている自分に気づく。

ロベスピエールの失墜を画策しながら、ルーカスは、自分でそれに耐え得ないのだった。歯ぎしりしたい思いでルーカスは、傍聴席を後にする。この自分を、何とかしなければならなかった。

議場を出、壁龕《へきがん》にペテロ像を飾った廊下を曲がると、すぐ脇に議員の出入口である扉があり、廻廊《かいろう》を挟んで修道院らしく簡素な芝生の中庭が広がっていた。夏を思わせる強い日差しの下で輝く緑を見つめながら、自分をなだめつつバルナーヴを待つ。

やがて三つの扉が開け放たれ、ざわめきと共に議員たちが姿を見せた。今日の勝利者であるバルナーヴやデュポール、ラメット兄弟は、議場で崇拝者に囲まれているらしく、なかなか現れない。

ルーカスは、議員たちの流れの中にロベスピエールを見つけた。肩に手を置いたり、背中をたたき合いながら出て来る多くの議員たちの中で、一人思いつめた様子で前方を見すえ、出入口に向かって行く。ルーカスは、自分を抑えられずに声をかけた。

「ロベスピエールさん」

ロベスピエールは足を止め、振り返る。丈の短い顔の中から灰緑色の瞳が一瞬、怪訝《けげん》な光を放った。ルーカスは言葉につまる。バルナーヴに弾圧を提案しておきながら、その本人を鼓舞するという自分の二心に、吐気がした。

「いえ、失礼。何でもありません」

辛《かろ》うじて言葉を紡ぐと、ロベスピエールは疲れの漂う顔に微かな微笑を浮かべた。

「どこかでお会いしましたね」

ルーカスは口をつぐむ。二年前、ヴェルサイユ宮殿の鉄柵の前で出会った日のことが思い出された。いつかは必ず敵になるだろうと予感したあの時、まさか自分が、その前に屈服しようとは思いもしなかった。

「いえ、初めてです」

これが最初で、最後の出会いにしておきたかった。でなければ、さらに引きずられる。何しろロベスピエールは、真実という強い武器を手にしていた。

「では、失礼します」

ルーカスが切り上げようとすると、ロベスピエールは静かに言った。

「議会で私が負けるところをご覧になりましたか」

ルーカスは、口からこぼれそうになる慰労と激励を呑みこむ。言えば、自分が今よりさらに卑しくなるように思えた。ルーカスがいつまでも黙っているのを見て、ロベスピエールは、一人で話し出す。

「選挙制限は可決されてしまった。私は絶望しています。何に絶望しているのだと思いますか」

不思議な問いかけだった。ルーカスは気を惹かれ、恐る恐る話に応じる。

「革命に、ですか」

ロベスピエールは尖った小さな顎《あご》をゆっくりと動かし、道破した。

「違います。この議会にです」

ルーカスは目を見張る。失意を露《あらわ》にしたロベスピエールの瞳に満ちる殉教者のような熱狂に取りこまれ、身動きが取れなくなるのを感じながら、その熱を心に迎え入れずにいられない。

「議会は腐敗している。自ら打ち立てた人権宣言すら守ることのできないこの立憲国民議会に、これ以上革命を任せておくことはできないと、私は今日、確信しました。偽りの革命家たちから、革命を救うことこそ自分の急務であると。私は、全議員に対して再選否決動議を提出し、この議会を解散させると共に、真に人民を代表する新しい議会の成立をはかる決意です」

過労も絶望も乗り越えてひたすら革命を前進させていこうとするロベスピエールの熱情が、ルーカスを魅了した。傲慢《ごうまん》なまでに激しく純粋な情意が、ルーカスを責務から引きはがす。ルーカスは二つに裂けそうな心を抱え、うめくように言った。

「なぜ私に、そのような話をされるのですか」

ロベスピエールは表情を止め、しばらく黙っていたが、やがて自分でもおかしくなったらしく視線を伏せて苦笑した。

「あなたが聞きたがっているように思えたものですから」

ルーカスはすくみ上がる。胸の思いが知らず知らずに体《たい》を成し、ロベスピエールを呼び寄せたのかもしれなかった。

立憲国民議会に対し、ロベスピエールが不信任動議を提出する意図を持っているということは、立憲王政を目指す者にとっては緊急を要する検討課題である。

即バルナーヴに話し、対応策を練《ね》らねばならない。ルーカスは、罪を深めるばかりの自分に手を焼きながら口を開いた。

「人が求めるという理由で心を明かされることは危険極まりないと思いますが、いかがでしょう」

ロベスピエールは、とっさに目を上げてルーカスを見た。射すように鋭い眼差《まなざし》を、しだいにうつろなものに変えながらつぶやく。

「口に出すことで、自分をかり立てねばならない時もあります。失礼、あなたが聞きたがっていたというより、私が誰かに話したかったというべきでした」

言葉と共に孤立無援の苦渋があふれ出て、ルーカスの胸を打った。小柄なロベスピエールの体に思わず手を伸ばし、支えてやりたい気持を堪《こら》えてルーカスは、両手を拳に握りしめる。止めようもなくロベスピエールに惹かれる自分と、それをこばむ自分の間で、立っていられないほど苦しかった。

第十五章　真実を踏みしだく情熱

「アンリ様」

言いながらセレスタンは振り返り、食堂の方に視線を流す。

「ルーカス様は、どうなすったのでございましょう」

廊下を挟んで向かい合いにある食堂の扉は閉められていたが、セレスタンの目には、一人で飲んでいるルーカスの姿が見えていた。いつもより遅く帰ってくるなり、食事はいらないと言い、黙って杯を重ねている。

「ここのところ、めっきり寡黙になられ、それに反して酒量は増すばかり。また今夜は、一際《ひときわ》妙な飲まれ方ではございませんか」

アンリは読みかけていた本を置き、肘かけ椅子から身を起こした。

「おまえも、どうかしているぞ」

眉を上げたセレスタンの前で、アンリは冷ややかな青い瞳に笑いを含みながら時計を見る。

「勤務時間外だ」

セレスタンは体の後ろで押さえていた扉の取手から手を放し、胸に当てた。

「お心遣いありがとうございます。私の勤務形態をご理解いただいてうれしく思います。これでルーカス様が以前のようなお人柄を取り戻してくだされば、もう何も言うことはございません。慎んで生涯、ラ・ロシュジャクラン家にお仕えさせていただきます」

冗談とも本気ともつかないセレスタンのいつもの口調に、アンリは苦笑しながら床の上に足を下ろす。

「では、おまえの希望に添えるよう努力してみるとしよう」

「ご成功をお祈り申し上げます」

セレスタンの激励を受けてアンリは、自分の部屋を出、食堂の扉を開ける。ルーカスは片手で杯をつかんだまま、食卓にうつぶせていた。アンリはそばに寄り、杯を取り上げる。

「朝まで飲むつもりか」

ルーカスはだるそうに顔を上げ、半眼に開いた目にくずれるような微笑を浮かべた。

「結構だな。お付き合いしよう。ただし、それは僕の杯だ。自分のを持ってこい」

話にならない。アンリは、音を立ててルーカスの隣の椅子を引いた。腰を下ろし、組んだ腕を食卓に乗せてルーカスの方に身を乗り出す。

「何があった」

ルーカスは口角を下げ、顎《あご》に皺《しわ》を寄せながら首を横に振った。

「何もありゃしない。議会でロベスピエールの話を聞いて、その後デュポールの館で昨日に引き続きバルナーヴたちと打ち合わせをした。国民衛兵隊大隊長サンテールの動きを監視すること、ロベスピエールが発議する不信任動議を阻止すること、などなどだ。僕は悪人だからな。何でもやる。それよりフェルセンの動きはどうだ」

アンリは、椅子の背に寄りかかりながら溜息をついた。

「チュイルリー宮には、まったく姿を見せていない。王妃と接触をはかろうとする気配もない。ただ気になるのは、王妃の女官たちの外出が多いことだ。彼女たちを通じて外で連絡をつけているのかもしれない。いずれ、信頼できる誰かに尾行させるつもりでいるが」

ルーカスは、酔いの回った頭で考える。フェルセンに付けておいた密偵は、相変わらず逃亡準備と思われるあわただしい動きを報告してきていた。

すでに大型四輪馬車はでき上がり、フェルセンはそれを試乗している。またナンシー市の暴動を厳しく弾圧した王党派の軍事司令官ブイエ侯爵に宛てて、メッツの高等法院召集の際、立憲国民議会の非合法宣言を出すように要請し、スウェーデン国王やブリュッセルのメルシー・ダルジャントーには、逃亡した国王夫妻を迎える歓迎式典を依頼する旨の手紙も書き送っていた。

残るは、フランクフルト行きの旅券の交付を待つばかりである。ルーカスがロシア大使館内に確保した協力者は、旅券の発給が決定したら、すぐ知らせを寄こすことになっていた。

決行日は、いまだもって不明である。旅券が彼らの手に渡ったならば、連日、見張りに立ち、現場を押さえて阻止するしかない。

それよりも確実で楽な方法は、アントワネットとフェルセンの意思の疎通を断っておくことだった。そのためにルーカスは、最初アントワネットを口止めし、次にフェルセンの愛人説を利用した。逃亡を防ぐために二人を離しておきたい。ルーカスは、ずっとそう考えてきた。

だが今、酔いの回った視線で胸の内をのぞき見れば、果たしてそれだけだったのかどうか確信が持てない。その中に私情は、少しも交じっていなかったか。アントワネットがフェルセンを愛したことへの無念さで、二人を引き離す口実を作ったのではなかったか。

「今夜は、このくらいにして休もう。体に悪い」

立ち上がったアンリに腕をつかまれて、ルーカスは彼を見上げる。

「珍しく優しいな」

アンリは鼻先で笑った。

「オーストリアがフランスに送りこんだ災難を、片付ける前にくたばってもらっては困るからな」

相も変わらずアンリは、アントワネットをこきおろす。国王に忠誠を誓いながら、その正妻を悪様《あしざま》にののしる人間は珍しかった。

「王妃の悪口は、王への不敬罪にならんのか」

ルーカスがよろけながら立ち上がると、アンリは不愉快そうにその脇の下に自分の肩を入れ、抱え上げた。

「王国フランスに今日の危機を差し招いた原因の一つを、敬意の対象とすることこそ王家への侮辱だ」

ルーカスは、細くしなやかなアンリの体にもたれかかりながらつぶやく。

「国王には、今日の危機を招いた責任はないのか」

アンリは筋肉質のルーカスを引きずるようにして廊下に出しながら、その重みに耐えかね、潰《つぶ》れそうな声を出した。

「あるかもしれない。だが私はフランスの貴族だ。フランスの貴族には、フランスの国王を支える義務がある。セレスタン、聞こえるか。時間外手当をはずむ。義兄殿の寝室の扉をお開けしろ」

すぐさま足音が響き、安眠用の帽子をかぶったセレスタンが階段から姿を見せた。

「少しおまけを付けて下されば、ご一緒にお運びいたしますが」

アンリは、息を荒くしながらセレスタンをにらむ。

「二倍だ。ただし半分は本人からもらえ」

「承知いたしました」

セレスタンは喜々として部屋の扉を開けてからアンリの反対側に回り、ルーカスを担いだ。

「これは。お見かけより随分と重うございますな」

よろめくセレスタンに足を踏まれ、アンリはいまいましげに言い放つ。

「肉屋にでも売り飛ばせば、いい値がつくだろう」

優男の二人を巻き添えにしてルーカスは寝台に倒れこみ、大きな息をついた。

「貴族には、何があるって」

おぼつかない手つきで首のクラヴァットを緩めながらルーカスは、先ほどのアンリの言葉を模索する。

「国王を支える義務か」

アンリは立ち上がり、着衣の乱れを整えると、綿のように寝台に沈んでいるルーカスを見下ろした。

「そうだ。なぜなら貴族というものは、国王を守護するために作られたものだからだ。自らの責任を果たさない貴族は、自己の存在意義を放棄する者だ。私はフランス貴族として、フランス国王陛下を永遠にお守りする。生命に賭けてだ。だがオーストリア人についての責任は持たない」

ルーカスは、自分の負荷を思い出す。激しい革命の火に焼かれながらも涸《か》れない胸の底の深い河。アントワネットへの責務。真実を踏みしだき、人を裏切り、自分を奸賊《かんぞく》と自覚することすらさせるその情熱は、愛情と呼び変えてもよいものかもしれなかった。

ルーカスは腕を上げ、両眼をおおう。

「オーストリア人の王妃については、オーストリア貴族が責任を持つ。生命に賭けてだ」

＊

「ご開門、ご開門願います」

火急の使者がフラン・ブールジュワ通りの角にあるラ・ロシュジャクラン邸の扉をたたいたのは、その明け方のことだった。

「時間外勤務は、一日につき一回までとさせていただきとうございます」

こぼすセレスタンを止《と》めて、アンリが銃を片手に玄関に出、扉越しに呼びかける。

「名乗られよ」

緊張をはらんだ声が応じた。

「リュック・エロワ・ドゥ・ラ・ロシュジャクラン様に、ご主君レオポール様より遣わされた使者にございます」

名前を全部フランス読みにしているのは、他聞をはばかってのことだろう。神聖ローマ皇帝レオポルト二世からの使者に違いなかった。

アンリがかけ金を外し扉を開けると、騎馬の男がそのまま入りこみ、中庭で馬を降りた。ハプスブルク家の紋章である双頭の鷲《わし》を縫い取ったサーベルタッシュを掲げながら口を開く。

「リュック様は、どちらに」

アンリは、館を振り返った。

「運が悪いな。今は使用不能だ。代わって聞こう」

使者は馬の轡《くつわ》を握りしめる。

「いえ、ここで待たせていただきます」

髭《ひげ》に囲まれた唇に友好的な微笑を浮かべながら、力のこもった金壺眼《かなつぼまなこ》から警戒の光を放つ。恐らく館内に足を踏み入れることも、出された食物に手を伸ばすこともしないだろう。不敵な面構《つらがま》えや屈強な体軀から見ても、ただの使者ではなさそうである。さすがに皇帝ともなると逸材を抱えているものだと思いながらアンリは踵《きびす》を返した。

「では、少し待たれよ」

手桶の水の四、五杯もかければ、何とか正気に戻せるに違いなかった。

＊

「緊急の用件ゆえ、ご挨拶《あいさつ》方、割愛させていただきます」

片膝を地についた使者の前で、ルーカスは首にかけたセルヴィエトで髪を拭い、濡《ぬ》れて体にまといつくシュミーズを摘まんで風を入れながらうなずいた。

「伺《うかが》おう」

使者は一瞬、かしこまった後に顔を上げ、空の一点を見すえて口を開く。

「皇帝レオポルト二世陛下より、直々のご命令にございます」

ルーカスは背筋を伸ばし、両足の踵《かかと》をつけて佇《たたず》まいを正した。

「使者として遣わしたグレゴール・ヨーゼフ・シュタレムベルクと共に、直ちにパリを脱出、ケルン大司教マクシミリアン・フランツのボンの居城に身を寄せること」

ルーカスは愕然《がくぜん》とする。ケルン大司教マクシミリアン・フランツは、ハプスブルク家の五男で、皇帝レオポルト二世の末の弟に当たる。ケルン大司教として選帝侯位を保有していたが、ケルンの大司教館を嫌い、ボンに居住していた。

「以上でございます。ご案内いたしますゆえ、早々にお支度のほどを」

立ち上がった使者グレゴールの前で、ルーカスは言葉が出ない。脱出という表現や、その行き先としてウィーンではなくボンを指定したところからみて、身の危険が迫っていることを感じさせる命令だったが、理由が皆目《かいもく》つかめなかった。

「任務の途中だ」

ようやくのことで口を切ると、グレゴールは深くうなずく。

「お察し申し上げます。が、このままではあなた様の生命に関わるばかりでなく、オーストリアにとってもはなはだ喜ばしからぬ事態に発展しかねないとの陛下のご判断にございます。さ、お急ぎください」

ルーカスは霞のかかったような頭をはっきりさせようとして、首を横に振った。

「何が起こった」

昨夜の鯨飲を後悔しながらつぶやくと、グレゴールは取りあえず説得に当たらなければ出発できそうもないと判断したらしく、出しかけていた足を戻してルーカスに向き直った。

「今年の一月、ネーデルラントにオーストリア干渉軍が進軍いたしました。一七八九年八月以来くすぶっていたリエージュ市の革命を鎮圧するためです。その折に、リエージュの革命派の多くが逮捕されましたが、その中にアンヌ・ジョゼーフ・テルヴァニュ、通称テュアニュ・ド・メリクールという者が交じっておりました」

ルーカスは目を見開く。

「メリクールは、フランス王家に対する誹謗中傷《ひぼうちゅうしょう》の小冊子を発行していた廉《かど》により、フランスの亡命貴族ラ・ヴァレット殿に告発されたものです。ところが身体検査により、王妃マリア・アントニア様の直筆の手紙を隠し持っていることが発覚したため、厳しい尋問を受けた後、政治犯と間諜を収容するチロル地方の特殊監獄クフシュタイン要塞に送られることになりました。

が、いまだに何もしゃべっていないということです。手紙の方は、ネーデルラント総督メルシー・ダルジャントー様の手に渡り、ダルジャントー様は、ウィーンの皇帝陛下にご報告されると同時に、事の真相を探るため、マリア・アントニア様に事情をお問い合わせになったということでした」

ルーカスは目を閉じる。頭がひどく痛むのは、昨夜の深酒のせいばかりではなさそうだった。

「すべてをお聞きになった皇帝陛下は、直ちにルーカス様のパリ脱出の手筈《てはず》を整えられました。この事件によりルーカス様とマリア・アントニア様の信頼関係はくずれ、任務の続行が不可能であるばかりか、マリア・アントニア様がどんな報復に出ないとも限らず、またルーカス様とオーストリアとの関係も憶測されかねません。ここはいったんパリを離れ、ほとぼりが冷めるまで身を隠せとのご指示でございます」

ルーカスは、グレゴールを見つめる。密使が失態を演じた場合、その背後関係を隠蔽《いんぺい》するために最もよく用いられる方法は、謀殺である。ボンまでは遠い。機会は、無数にあるに違いなかった。

「君は軍人か」

ルーカスが聞くと、グレゴールは二つの目を底から光らせた。

「テレジアーヌム士官学校です」

テレジアーヌム士官学校というのは、女帝マリア・テレジアがウィーン市域内ヴィーデンにあるファヴォリタ離宮に設置したオーストリア軍将校の養成所である。貴族だけでなく市民や農民も能力次第で入学できるという画期的な制度が人気を集め、ハプスブルク家に絶対の忠誠を誓う有能な軍人を数多く輩出していた。刺客を設《しつら》えるには、理想的な場所といえる。

「私をボンに連れて行った後、君はどうする」

グレゴールは、緊張のあまり瞳を強く収縮させた。かすれた声が返ってきたのは、かなりしてからである。

「ウィーンに戻ります」

ルーカスは、時おり冷厳な光を放つレオポルトの、母親譲りの眼差《まなざし》を思い浮かべた。反駁《はんばく》する気持は、ない。悪いのは、限られた時間の中で任務を遂行できなかった自分である。

それは処分に値することだろうし、渡仏以来、嘘と裏切りを重ねてきた身であれば、いつそうなっても不思議はなかった。

「わかった。出発前に手紙を何通か書かせてくれ。面会したい人物もいる。その辺は、君の裁量次第だろう。遺言くらい認めてくれ」

口をつぐんで反応をうかがうルーカスの前で、グレゴールはわずかに身震いし、やがて呑みこむように言った。

「ご存分に」

ルーカスは軽い溜息をつく。女の尻を追いかけてばかりいると、いつかそれで身を滅ぼすことになるとの祖父フランツの予言は、どうやら当たったらしかった。

第十六章　さらば、チュイルリー

ルーカスは、建築家アンドレーアス・ゲルトナーの銘の入った机に向かう。突如《とつじょ》として訪れた終焉《しゅうえん》を前に、気持が乱れた。懸命に力を奮い起こし、筆記具をそろえながら考える。

ダントンは言った、俺はこの革命を楽しんでいると。ロベスピエールは言った、革命遂行のために死さえも厭《いと》わないと。アンリは言った、自己の存在意義に賭けて国王を守ると。人は誰も、信念を抱いて生きるものだ。

ルーカスは自分を見つめ返し、アントワネットに向けて流れる深い河に行き当たる。恐らくそれが、他人に明言しうる唯一の、ルーカスの信念だった。ならば、残された時間はすべて、そのために使いたい。死ぬ時でさえも、そのためでありたかった。

決意を固めてルーカスは、羽飾りの付いた筆記具を動かし、まず祖父に書簡を認《したた》める。不始末をわび、今までの感謝を述べた上で、最後の我儘《わがまま》としてクフシュタイン監獄にいるメリクール釈放のために手をつくし、その身柄を引き取ってほしいと懇願した。

フランツは激怒するだろうが、メリクールを見殺しにはしないだろう。およそ正反対の二人の組み合わせは、フランツの老後に光明を投げるものになるかもしれなかった。

二通目と三通目は、あれこれと考えたすえに、ラファイエットとバルナーヴに宛《あ》てる。

ルーカスがいなくなれば、アントワネットは逃亡計画に没頭するに違いなかったが、いく度にもわたって憲法に従うことを誓っている王家が今フランスから逃げ出せば、国民に対する重大な裏切りとなり、王室の凋落《ちょうらく》を早める以外の何物でもない。

ましてやオーストリアは、受け入れを拒否しているのである。逃げ出しても、行く所はないのだ。

アントワネットは、このフランスで革命期の王妃として生きていかねばならない。今ならそれは、充分に可能なことだった。

先日、国庫から王室費が支給されたが、生活と建物の維持のための年額二千五百万リーヴルと、アントワネットに対して更に四百万リーヴルの加算があった。幸せを追求できない額ではない。

また私有地としてヴェルサイユ宮やマルリの城を初めとする国内九ヵ所の城館や土地、森の所有が認められ、セーヴル磁器工場やゴブラン織物工場も王家の物となった。これだけの資産があればアントワネットは、今まで通り遊んで暮らすこともできる。ただ国民と共に生きて行こうと決意するだけでいい。

ルーカスはアントワネットを教化できなかった自分の非力さをかみしめながら、その役目をラファイエットとバルナーヴに託すことにした。二人とも、報じる主義のために王家と協調していかなければならない立場である。

特にラファイエットは、先月のサン・クルー行きの事件に際し、自分の命を賭けて王家の逃亡を否定しており、実際にそれがたくらまれていることを知れば、国民衛兵を率いて全力で阻止に当たってくれるに違いなかった。

ルーカスは、自分が知り得た逃亡計画の全貌と、それに関わる人間の名簿を作り、ラファイエット宛の書簡に同封する。

依然として不明である逃亡決行日については、これから探り出すつもりだった。ルーカスの裏切りは、すでに発覚しているに違いなく、アントワネットも用心しているに違いなく、どこまでできるかはわからなかったが、とにかくやってみるしかない。

心を固めながらルーカスは、ロシア大使館内の協力者とも連絡を取るよう書きそえてラファイエットへの手紙を終える。

バルナーヴには、ロベスピエールの動きに留意しつつ、早急にラファイエット率いる「一七八九年の会」と合流し、ジャコバン・クラブを脱会して新組織を作るよう要請した。くれぐれも王家との結び付きを大切にするよう言葉を重ねる。

表向きは立憲王政実現のためだったが、真の目的は革命の寵児であり人民の人気を勝ち得ているバルナーヴの擁護を後ろ楯に、王家の安泰をはかることにあった。

朝までかかってルーカスはそれらの作業を終えると、グレゴールと共にラ・ロシュジャクラン邸を出た。今まで世話になったお礼としてアンリに剣と銃を、セレスタンに所持金のすべてを残す。

男三人の奇妙な共同生活だったが、思い返してみればそれなりに楽しかった。祖父との生活や士官学校暮らしが長いルーカスにとっては、初めて経験した家庭の真似事である。今まで知ることのできなかった父についてもいろいろと見聞きし、自分の内にその血を感じることができてうれしかった。

これで女性がいれば最高だったのにと思いながら、この期《ご》に及んで女のことを考えている自分に失笑する。どうやら死んでも治りそうになかった。

＊

「神聖ローマ皇帝レオポルト二世陛下の勅命により、急遽《きゅうきょ》ウィーンに戻ることになりました」

ラファイエット邸とバルナーヴ邸で口にした当たり障《さわ》りのない名目を、ルーカスは国王ルイの前でもくり返した。

「誠に心残りではございますが、宮仕えの身、御諚には逆らいがたく、ここにお別れに参りました」

ラファイエットやバルナーヴたちの力強い返答はルーカスの危惧を和らげ、王家の未来に希望を持たせてくれるものだった。ルーカスはほっとしながらチュイルリー宮に伺候し、まず国王ルイに暇乞《いとまご》いをする。

「これからは、遥かウィーンの空より国王陛下のご清勝を願い奉ります」

ルイは小さな吐息をついた。

「寂しくなるな。今月三日の火曜日に、パレ・ロワイヤルの庭で教皇猊下《げいか》の人形が焼かれたという話を聞いたか」

ルーカスはうなずく。破門をもって革命を恫喝《どうかつ》するローマ教皇ピウス六世に対する抗議行動として、教皇の三重冠を被り、教書と短剣を持ち、法衣を着けた人形を裁判にかけ、火刑を宣告して火をつけたのである。

人民の自発的行動ということになっていたが、人形の衣装の豪華さから見て、資力のある人間が糸を引いていることは疑いがなかった。その場所がパレ・ロワイヤルであることを考え合わせれば、オルレアン公爵と策士ラクロの演出である可能性が強い。いまだローマ教皇に背を向け切れないでいる国王ルイに、統治の自信を喪失させるための詐術《さじゅつ》かと思われた。

「人民は、教皇猊下を憎悪しているのだ。恐ろしいことだ。枝の主日の前日である先月十六日に、先王ルイ十五世陛下の内親王方はようやくローマに到着され、無事にベルニス枢機卿の館に入られたが、あわやパリ送還かと懸念された時に、獅子の咆哮《ほうこう》を上げて救ってくれたミラボーはすでに亡く、力になってくれていた君もパリを去る。私や王妃は、人民の間に残されるのだ。私たちに敵意を抱いている人民の中に」

ルーカスが反論の声を上げようとすると、ルイは片手を上げて止め、力なく首を横に振った。

「私は人民が好きだったし、革命時代の王として生きたいと望んでいた。だが今、私は、法律の制定に関わることもできず、軍事や財政についても同様だ。身の安全も保障されず、自由さえない。

先月十七日と、十八日の騒ぎを覚えているだろう。自分の信仰に基づいて儀式を執り行ったことで、私は激しい非難を受け、翌日にはサン・クルーへ出かけることすらできなかったのだ。革命は国王の権威を踏みにじり、それを無にするものだと私は結論せざるを得ない。この革命に私は耐えられないし、耐える必要もないと感じている」

苦しげに口をつぐんだルイの前で、ルーカスは王の逃亡を確信した。

革命期の王となるには、人民を愛すると同時に旧套《きゅうとう》を切り捨てるだけの精神力がなければならない。捨てたものに代わる新しい価値を、革命の中から収穫する才知を持たねばならないのだ。

ルイは気が弱すぎて旧習を捨て切れず、凡庸すぎて革命の真価に気づかない。それらがルイの望みを妨《さまた》げ、彼を目的から遠ざけて祖国逃亡に追いやるのである。

「どうかくれぐれも皇帝陛下によろしく伝えてくれ。私と王妃が頼ることのできる国は、もはや貴国しかないのだと。よいお返事をお待ちしていると。よいな」

ルーカスは低頭し、うけたまわる。自国で生きることのできない王が他国で生きられるはずもないことに、ルイの脆弱な理性は気づかない。

何十年か昔、どこか田舎の小国にでも生まれていれば、よい王様で一生を終えることができただろうルイを、ルーカスは心から哀れに思いながら再びの別れを告げ、退室する。

国王と王妃に、祖国フランスを捨てさせないこと、その逃走を未然に防ぐこと以外に王家存続の道はなく、彼らの地位や生命を守る方途も存在しない。逃がしてはならなかった。

謁見の間から控《ひかえ》の間《ま》に出て来ると、扉の側に立っていたグレゴールが目立たないように銃をしまうのが見えた。オーストリアにとって都合の悪い発言でもあれば、中断させるつもりだったのだろう。緊張から解放されて息を乱しているグレゴールに、ルーカスは微笑を流す。

「君は、いくつだ」

グレゴールは、ルーカスの意図を計りかねたらしく怪訝《けげん》そうな声を出した。

「二十三です」

ルーカスはグレゴールの脇を通り抜け、王妃の居殿に向かいながら口を開く。

「その頃、僕は毎日、遊び惚けていた。君はすでに仕事をしている。偉いな」

半歩遅れて従いながらグレゴールは、視線を伏せた。

「命令ですから、逆らうことはできません」

ルーカスは小さな息をつく。

「世の中が軍人ばかりなら、革命も起きないだろうに」

グレゴールは一瞬、足を早め、肩を並べてルーカスを見た。

「しかし軍人ばかりでは、面白くありません」

真面目な眼差《まなざし》に、ルーカスは苦笑する。確かにその通りだった。思いの外、純朴なグレゴールに、ルーカスは興味を惹《ひ》かれる。出生や家族について聞いてみたくなったが、親しくならない方が彼のためにもよさそうだと感じて言葉を呑み、足を早めた。

大理石の階段を下り、中庭に面した部屋を通ってマルサンの翼館に向かうと、格子天井に掲げられたフランスとオーストリアの真新しい紋章が王妃の居殿の始まりを告げる。アントワネットとの別れは、熾烈《しれつ》なものになりそうだと考えながらルーカスは、衛兵の間を抜け、控《ひかえ》の間に踏みこんだ。

そこにいた女官がすぐさま立ち上がり、謁見の間の奥にある公式寝室に入って行く。しばらくして戻り、愛想のよい微笑を浮かべて答えた。

「マリー・アントワネット様が、謁見の間にてお会いになるそうでございます。ルーカス様、お一人でどうぞ」

ルーカスは開けられた扉に歩み寄り、中に入る。

「今日は、おいとまをいただきに参りました」

言いながら顔を上げ、ルーカスは、アントワネットの隣にエレオノールの姿を見つけた。女官のお仕着《しきせ》である明るい青絹のローブを着ていたが、唇の左側にある黒子《ほくろ》を確認するまでもなく、間違いようもない。

ルーカスは、驚愕《きょうがく》を悟られまいとして視線を伏せた。エレオノールがここにいるということは、アントワネットとフェルセンの間の誤解が解けたということである。

恐らくアントワネットはルーカスの裏切りを知り、フェルセンに関する情報についても考え直したのだ。女官を通じてそれを確かめることは、気持ちさえあれば造作もない。その結果、真実に気づいたというわけだろう。

「まあルーク、どうしたのです、目を逸《そ》らせて。久しぶりの恋人との邂逅《かいこう》でしょう。素直に喜んだらいかが。もっとも自分の愛人とフェルセンの愛人を間違えるようでは、あなたの恋も大して真剣なものとはいえないようですけれど」

アントワネットの声は勝ち誇り、得意の絶頂である。フェルセンの無償の献身と愛を、掌中につかんだ喜びに酔っている。

「今日、いとま乞いに来られたことは、あなたの名誉にとって賢明なことでした。今週中にもこちらから、伺候無用《しこうむよう》の使者を立てようと思っていた矢先ですからね。理由は、おわかりでしょう」

ルーカスは、聞き流すしかない。ネーデルラント産の毛足の長い絨毯《じゅうたん》を見つめたまま黙っていると、アントワネットはしだいに苛立《いらだ》ちを露《あらわ》にした。

「二人きりでお話があります。その前に、二重に裏切られたあなたの可哀想な恋人に一言あやまっておやりなさい。捨てられたあげくに、アクセルの愛人などと謂《いわ》れのない中傷を受けたのですからね」

ルーカスは目を上げ、エレオノールを見た。引き締まった小柄な体は、つめ物の多い女官服の下に隠されていたが、相変わらず十代の少女と見紛《みまご》うばかりの可憐さである。男なしでは一夜も明かせない女には、とても見えなかった。

いかにフェルセンがアントワネットを想い、エレオノールの交友関係と資産を目的に近づいたとしても、彼女との間が友人の域を一歩も出なかったとはルーカスは思わない。エレオノールは踊り子であり、踊り子は高級娼婦なのだ。三十も半ばを過ぎて他国の王妃に現《うつつ》を抜かしている初心《うぶ》な中年士官を、寝台に誘いこむ手口ぐらいはいくつも知っている。それで気に入ったからこそ、あるいはフェルセンを今後も愛人の一人にしておきたかったからこそ、エレオノールは彼に協力する気になったのに違いなかった。

「今の生活は、どうだ。楽しいか」

ルーカスが聞くと、エレオノールは一瞬、表情を険《けわ》しくした。が、直後に声を上げて笑い出し、態度を和らげる。

「ああルーク、あなたをとても恨んでいたのよ。でも、こうして顔を見ていると、あたし、駄目になってしまうわ」

見栄も外聞もない天真爛漫《てんしんらんまん》なところが、いかにもエレオノールらしかった。こういう気性だからこそ、いつまでも少女のような容貌なのかもしれないと思いながらルーカスも笑みを浮かべる。

「悪い人ね、女より国を取るなんて。でも許して上げる、やっぱり好きだから。そうね、今の暮らしも悪くはないけれど、でもウィーンであなたと一緒だった頃が最高だった。今は、クリシー通りのルイエ・ドルフィユ館にいるのよ」

今夜にも来てほしいと言わんばかりの眼差《まなざし》で、エレオノールはからみつくようにルーカスを見つめた。

戸惑ったのは、アントワネットである。ルーカスを責め立てる先兵にしようと思っていたエレオノールにあっさりと手を引かれ、狐《きつね》につままれたような気持だった。長く恨んでいた相手を、そうも簡単に許してしまう精神がアントワネットには理解できない。彼女にとって恨みとは、生涯背負っていくものだった。

アントワネットは穴の空くほどエレオノールを見つめていたが、やがて我に返り、役に立たない彼女を下がらせる。ルーカスに言いたいことが山ほどあり、胸が疼《うず》いて止められなかった。

エレオノールが退室し、二人の従僕が扉を閉めるのを待ちかねて、アントワネットは悲憤の火蓋を切る。

「ルーク、あなたは、なんと不実な人なのでしょう。あなたを信じ、頼り切っていたこの私や国王陛下をだますなんて。私の手紙を兄上に届けて下さるどころか、汚らわしい革命女の一人にくれてやるなんて」

ルーカスは再び視線を伏せる。

「それほどに私を裏切っていながら、よくも忠実そうな顔でここに日参できたものですね。どんな悪魔でも、あなたほどうまく二心を隠せはしないでしょう。それにアクセル、私の大切なあの方を誹謗中傷《ひぼうちゅうしょう》したことは、私を裏切ったことよりも大きな罪です。よくお聞きなさい。

あなたが不実をもって私をだましている間に、アクセルはたった一人で逃亡計画のために身を粉にして働いてくれていたのですよ。財を投げうち、友人を利用し、命まで賭けて私を救おうとしてくださった。それなのに、私と同じオーストリア人でありながら、幼友達でありながら、あなたは」

激情のあまり声をつまらせるアントワネットに、ルーカスは静かに顔を上げた。

「なんと素晴らしい愛情でしょう。まるで歌劇のようだ」

ここまで二人が心を通わせている以上、逃亡日は決定しているに決まっていた。何とかそれを探り出すべく、ルーカスはアントワネットを刺激してみる。

「でも私の不実も、あなたとアクセルの愛を引き立たせることができたと思えば、まんざら役に立たないものでもなかったというわけですね。で、誤解が解けた夜の愛情交換は、満足すべきものでしたか」

アントワネットは、わずかに踵《かかと》の音をさせる。

「あなたという人は」

ハプスブルクの血を感じさせる突き出した下唇から、小さな吐息がもれた。

「でも、そういう人でしたね。いつもいつも意地悪で、ひねくれていて、下品で。この革命の中で私がどうなろうと、知ったことではないのでしょう。あなたがやって来てくれた時、私は本当に、本当に期待しました。私をこのフランスから助け出してくれるのは、あなたに違いないと。それなのに裏切って、平気な顔で今度はウィーンに帰るなど と、よくも」

憤りの涙をにじませるアントワネットを見つめながらルーカスは喉に力を入れ、自分の言葉を押し殺した。無邪気で軽薄なこの悪童、自分が責任を負っているこの魂を、匡正《きょうせい》できないままパリを去らねばならないことが心残りだった。せめて生命の安全と未来の生活の保障だけは、確保しておいてやりたい。

「それとも、それがあなたの渡仏の目的であったとでも言うのですか。兄上レオポルト陛下には、端《はな》から私たちを受け入れるつもりなどなく、あなたを遣わして私をなだめ、時間を稼いで事を有耶無耶《うやむや》にしようとしているとでも」

ルーカスは、真情がこぼれ出ないように気をつけながらゆっくりと口を開く。

「初めにも申し上げました通り、私が参りましたのは、自ら思い立ってのこと。皇帝レオポルト二世陛下とは、何の関わりもございません」

アントワネットは顔を背《そむ》けた。

「どちらにしても、私が行動を起こせばお兄様も動かざるを得ないことでしょう」

ルーカスは息をつめる。アントワネットは、薄い笑いを浮かべた。

「それでも駄目なら、スウェーデン国王に頼ります。軍隊を率いてフランス国境までいらしてくださるとの確約をいただいておりますゆえ」

ルーカスは、背筋が冷たくなるような気がした。そんなことをしては、スウェーデン軍にフランス侵入の口実を与えるも同然である。今攻めこまれれば、革命の混乱の最中《さなか》にあるフランスは国土を防衛することができない。

王家は勿論《もちろん》、フランス王国自体の存亡の危機だった。スウェーデン国王が、フェルセンを手先にフランスの乗っ取りをはかったとしても同じ筋立てになると思われるほど見事な危急を、知らずに差し招いているアントワネットに、ルーカスは絶句する。

「私は、不当に奪われた私のものを必ず取り戻すつもりでいます」

夢見るようなアントワネットの語調が、ルーカスの絶望を深めた。

「恐怖と屈辱によって私を傷つけたこの国の人民には、私と同じ思いを味わってもらわねばなりません。それを見るために私は、今まで耐えて生きてきたといっても過言ではないのですから。この国を逃れ、この国に復讐すること。それが今の私の望みのすべてです」

自分のことだけで一杯の小さな心。残酷でいとおしいこの小悪魔を、ルーカスは両腕の中に抱きしめたい気がした。初めて出会った時から、そうして守っていたなら、神の加護や夫君の愛などに期待せず自分の手で守護していたならば、今日のような日が来ることもなかっただろうと思われて無念だった。

「何を黙っているのです。お得意の皮肉の一つもおっしゃったらいかが」

ルーカスは姿勢を正し、つまる胸を押し開くようにして声を出す。

「王国フランスが革命という嵐に見舞われている時、この王国の母であらせられるトワネット様が、ご自分の権利にばかり汲々《きゅうきゅう》とされておられるのは、いかがなものでしょうか。それは人民にとっても、またトワネット様ご自身におかれましても、この上なく不幸なことと言わざるを得ません」

逃亡を未然に防ぎさえすれば、いくらスウェーデン軍が国境にたむろしようと、一触即発の事態は避けられる。そのためには逃亡日を突き止めねばならなかった。

ルーカスは、冷汗のにじむ両手を拳に握りしめる。なんとしてもその日を突き止めたい。今や対外戦争にまで発展しそうな気配のあるこの問題を、命に替えてもここで食い止めなければならなかった。

「どうぞ母親にふさわしい態度で、子たる人民を見守り、許し、愛し、指導していただけますよう、お別れにあたり心よりお願い申し上げます」

アントワネットは軽い笑い声をたてた。

「ルーク、おやめなさい。あなたが私のお願いを聞いてくれたとでも言うのですか。自分がしなかったことを他人に求めても、それは無理というものです。では、お下がりなさい。これでお別れです」

アントワネットの青い瞳に敵意がきらめき、これ以上の話は無駄であるとルーカスに告げる。ルーカスは顔をゆがめた。真実に背《そむ》き、人を裏切り自分を貶《おとし》めてまで守りたかったアントワネットから、目的半ばで切り離される苦痛に、息ができない。

「ごきげんよう、私の不実なお友達」

アントワネットの声に重ねるように、天鵞絨《びろうど》を張った壁の向こうで微かな靴音が響く。アントワネットは耳をそばだて、しばし考えていたが、やがて意味ありげな微笑を浮かべてルーカスに向き直った。

「あの方にも、お会いになってから行くべきでしょうね」

言うなり壁に向かい、ひときわ明るい声を張り上げる。

「大丈夫です。いらして」

蝶番《ちょうつがい》の音と共に壁の一部を飾っていた北京繻子《しゅす》の薔薇色のカーテンが動く。それをくぐって現われたのは、フェルセンだった。

「このチュイルリー宮には、王家の者しか知らない秘密の通路があるのです」

得意げに言いながらアントワネットはフェルセンに歩み寄り、右手を与えた。フェルセンは、ルーカスの姿に驚きながらそれを受け、顔を伏せて口づける。有産階級の市民を装ったその服は、あちらこちらが土や埃で汚れていた。秘密の通路というのは、どうやら庭や床下を通っているらしい。

「セーヌに面した水辺の庭園の地下に昔の廻廊《かいろう》があり、一階にある私の居殿から先王陛下広場に出ることができるのですよ」

アントワネットの部屋の中まで調べることのできなかったアンリが、フェルセンの姿などチュイルリー宮ではまったく見かけないと言っていたのも道理だった。

「ルークは、ウィーンにお帰りになるのですって。今日はお別れに見えたのよ。ルーク、アクセルにおっしゃりたいことがあるのではなくって」

アントワネットににらまれて、ルーカスはフェルセンに会釈しつつ自暴自棄の皮肉を口にする。

「あなたが注文した馬車の乗り心地を試してみることができなくて、非常に残念です」

青ざめるフェルセンを冷笑した直後、ルーカスの脳裏を一つの考えが走り抜けた。ルーカスは目を見開く。逃亡日がわからなくても逃亡を止めることは可能であると、その時ルーカスは、ようやく気づいたのだった。

たちまち体中が熱くなるのを感じながらルーカスは自分の勝利を確信し、歓喜に満たされて叫ぶように言った。

「フェルセン殿、あなたに一つ忠告させてください。オーストリア大公女として生をお受けになり、フランス王妃となられたトワネット様の尊厳は、いついかなる時にも傷つけられてはならないものです」

フェルセンは、灰色の瞳に用心深い光をまたたかせながらうなずく。ルーカスは、言葉に力をこめた。

「それがたとえ逃亡であるにせよ、王家の人間が移動する時には、冒されてはならないいくつもの典礼があります。

たとえば、馬車には馬を六頭以上つけねばならない。従僕、もしくは女官が同じ馬車内に二人以上、また警護の騎兵を三名以上同行させねばならない。身の回りの品として欠くことのできない物は、お召し替えのための下着と服が一日につき二回分ずつ、椅子付の便座、携帯用の礼拝堂、葡萄酒用の冷蔵庫、更に」

フェルセンが、たまりかねたような大声を上げる。

「そんな大荷物を抱えての逃亡は、不可能だ。物見遊山《ものみゆさん》ではない」

ルーカスは視線の先でアントワネットの顔色をうかがいながら、彼女が想像しやすいように話に具体性を持たせた。

「ではあなたは、苟《いやしく》もフランス王妃に対し、その辺の道端で用を足せと言われるつもりか。何日も着替えもせず、葡萄酒もない食事を我慢せよとおっしゃるのか。それをどこかの人民が見つけ、嘲笑《あざわら》うようなことにでもなったら、到着した国の貴顕たちの間に、フランスからいらした王妃は市場女さながらに臭かったと噂《うわさ》が流れでもしたら、トワネット様の誇りはどうなるのだ」

アントワネットは身震いする。そんなことがあってはならない。あくまでも王妃にふさわしい態度でこの国を出、王妃としてふさわしい待遇で他国に迎え入れられなければならないのだ。そのためには、伝統を無視することはできない。それこそが王妃の威光を守ってくれるものだった。

「アクセル、ルークの言っていることは真剣に考えてみる必要があります。あなたにしても、この私が軽侮されることには我慢がならないでしょう」

フェルセンは、不満そうにしながらもいったん口をつぐんだ。ルーカスは、意気揚々と頭を下げる。

「では、これにてお別れいたします。お二人とも、ご機嫌よろしゅう」

フェルセンは、人も荷物もできる限り減らそうとするだろう。だがルーカスが今、口にした屈辱の話は、アントワネットの頭を去らない。王妃の威厳を保とうとしてアントワネットは、できる限り多くを持っていこうとするだろう。二人は口論となり、弱い方が折れる。すなわちフェルセンである。

となれば、馬車は重くなり、早く走れなくなる。あるいは台数が増え、やはり速度が落ちる。絶対王政時代の旧習を頑《かたく》なに保って生き抜こうとするルイとアントワネットにふさわしいその行列は、彼らの出奔に気づいて急追する革命に必ず追いつかれ、捕らわれるだろう。ルーカスは、ラファイエットに追加の書簡を送るだけでいい。

「あなたが目指す政治の確立のために、例の一家の逃亡を防ぐ必要があることは先に認《したた》めた通りです。が、もし事前に予防できず、計画が実行されてしまっても心配はいりません。必ず、捕まるでしょう。革命の新風は、旧習を引きずる彼らの馬車より早いからです。

その時は、裏切られたと叫ぶ人民に、こう説明してください。一家は、誘拐されたのだと。逃亡計画に関わった者たちの中から、二、三人を選んで首謀者に仕立て上げれば人民の怒りも収まるでしょうし、当人たちも二度と馬鹿な考えに取り付かれることはなくなるでしょう。

では、フランスが一日も早く落ち着くことを祈って」

チュイルリー宮殿内にある貴族の間で書き終えたその手紙を、ルーカスは、使い走りをするために廊下に控えている近習たちの一人に預けた。

心付けを半額だけ与え、残りはラファイエット閣下からもらうように指示する。それですべての仕事が終わりだった。ルーカスは待っていたグレゴールに声をかけ、チュイルリー宮中央棟にある出入口に向かう。

「今日は、どこまで行く予定だ」

鉄柵門の前で馬にまたがりながら聞くと、グレゴールは頰《ほお》をこわばらせて答えた。

「行ける所までです」

ルーカスはチュイルリー宮殿を振り返り、アントワネットの居殿を探す。その窓の一つ一つを見つめて、永遠の別れと愛を告げた。危ういところで何とか組み立て終えた安全な巣の中に、アントワネットを保護することができて満足だった。

後は、ラファイエットとバルナーヴがうまくやってくれることを願うばかりである。

「では、参りましょう。お先にどうぞ」

開かれた門を通りカルーゼル広場に馬を進めながらルーカスは、今一度宮殿を振り返る。

正午を過ぎたばかりの太陽の下、揺らぐ陽炎《かげろう》におおわれたチュイルリー宮殿は燃えているように見えた。

藤本ひとみ作品リスト

歴史小説

『侯爵サド』文藝春秋
『侯爵サド夫人』文藝春秋
『バスティーユの陰謀』文藝春秋
『ハプスブルクの宝剣』［上・下］文藝春秋
『皇后ジョゼフィーヌのおいしい人生』集英社
『令嬢テレジアと華麗なる愛人たち』集英社
『ノストラダムスと王妃』［上・下］集英社
『暗殺者ロレンザッチョ』新潮社
『ブルボンの封印』［上・下］集英社
『ダ・ヴィンチの愛人』集英社
『コキュ伯爵夫人の艶事』新潮社
『エルメス伯爵夫人の恋』新潮社
『聖女ジャンヌと娼婦ジャンヌ』新潮社
『三銃士』講談社
『新・三銃士 ダルタニャンとミラディ』講談社
『マリー・アントワネットの遺言』朝日新聞社
『聖戦ヴァンデ』［上・下］角川書店
『ナポレオン千一夜物語』潮出版社
『王妃マリー・アントワネット 青春の光と影』角川書店
『王妃マリー・アントワネット 華やかな悲劇のすべて』角川書店
『皇帝ナポレオン』［上・下］角川書店
『皇妃エリザベート』講談社

ミステリー・歴史ミステリー小説

『見知らぬ遊戯――鑑定医シャルル』集英社
『歓びの娘――鑑定医シャルル』集英社
『快楽の伏流――鑑定医シャルル』集英社
『殺人の四重奏』集英社

『大修院長ジュスティーヌ』文藝春秋
『貴腐　みだらな迷宮』文藝春秋
『聖ヨゼフの惨劇』講談社
『聖アントニウスの殺人』講談社

恋愛小説

『恋する力』文藝春秋
『離婚美人』文藝春秋
『華麗なるオデパン』文藝春秋
『恋愛王国オデパン』文藝春秋
『鎌倉の秘めごと』文藝春秋
『シャネル』講談社
『離婚まで』集英社
『綺羅星』角川書店
『いい女』中央公論新社

ユーモア小説

『隣りの若草さん』白泉社

エッセイ

『華麗なる古都と古城を訪ねて』中央公論新社
『マリー・アントワネットの生涯』中央公論新社
『マリー・アントワネットの娘』中央公論新社
『天使と呼ばれた悪女』中央公論新社
『ジャンヌ・ダルクの生涯』講談社
『パンドラの娘』講談社
『時にはロマンティク』講談社
『皇帝を惑わせた女たち』角川書店
『ナポレオンに選ばれた男たち』新潮社
『ナポレオンに学ぶ20の仕事力』日経ＢＰ社

集英社文庫

マリー・アントワネットの恋人《こいびと》

2009年3月25日　第1刷　　　定価はカバーに表示してあります。

著　者　藤本《ふじもと》ひとみ

発行者　加藤　潤

発行所　株式会社　集英社

東京都千代田区一ツ橋2-5-10　〒101-8050

電話　03-3230-6095（編集）

03-3230-6393（販売）

03-3230-6080（読者係）

印　刷　株式会社 廣済堂

製　本　株式会社 廣済堂

フォーマットデザイン　アリヤマデザインストア　　マークデザイン　居山浩二

ISBN978-4-08-746416-0 C0193